# 无辜者的谎言

THE GOOD LIE

［美］A·R·托雷 著
梁颂宇 译

四川人民出版社

图书在版编目（CIP）数据

无辜者的谎言/（美）A.R.托雷著；梁颂宇译. --
成都：四川人民出版社，2024.4
ISBN 978-7-220-13323-7

Ⅰ.①无… Ⅱ.①A…②梁… Ⅲ.①长篇小说—美国
—现代 Ⅳ.①I712.45
中国国家版本馆 CIP 数据核字(2023)第 154145 号

THE GOOD LIE
Copyright © 2021 by Select Publishing LLC
This edition is made possible under a license arrangement originating with Amazon Publishing,www.
apub.com, in collaboration with The Grayhawk Agency Ltd.

四川省版权局著作权合同登记号：21-23-175

WUGUZHE DE HUANGYAN

无辜者的谎言
[美]A.R.托雷 著
梁颂宇 译

| | | | |
|---|---|---|---|
| 出版人 | 黄立新 | 责任校对 | 舒晓利 |
| 出品人 | 柯伟 | 责任印制 | 周奇 |
| 监制 | 郭健 | 封面设计 | 水沐 |
| 责任编辑 | 范雯晴 | 版式设计 | 修靖雯 |
| 特约编辑 | 刘思懿 赵莉 | | |

| | |
|---|---|
| 出版发行 | 四川人民出版社（成都三色路 238 号） |
| 网　址 | http://www.scpph.com |
| E-mail | scrmcbs@sina.com |
| 新浪微博 | @四川人民出版社 |
| 微信公众号 | 四川人民出版社 |
| 发行部业务电话 | （028）86361653　86361656 |
| 防盗版举报电话 | （028）86361653 |
| 照　排 | 天津星文文化传播有限公司 |
| 印　刷 | 北京盛通印刷股份有限公司 |
| 成品尺寸 | 145mm×210mm |
| 印　张 | 10.5 |
| 字　数 | 218 千 |
| 版　次 | 2024 年 4 月第 1 版 |
| 印　次 | 2024 年 4 月第 1 次印刷 |
| 书　号 | ISBN 978-7-220-13323-7 |
| 定　价 | 49.80 元 |

■版权所有·侵权必究
本书若出现印装质量问题，请与我社发行部联系调换
电话：（028）86361656

CONTENTS 目录

第 01 章 - 001
第 02 章 - 005
第 03 章 - 019
第 04 章 - 023
第 05 章 - 026
第 06 章 - 039
第 07 章 - 043
第 08 章 - 047
第 09 章 - 053
第 10 章 - 060

第 11 章 - 072
第 12 章 - 079
第 13 章 - 084
第 14 章 - 087
第 15 章 - 093
第 16 章 - 100
第 17 章 - 103
第 18 章 - 110
第 19 章 - 117
第 20 章 - 123

第 21 章 - 133

第 22 章 - 146

第 23 章 - 157

第 24 章 - 166　　　　第 34 章 - 253

第 25 章 - 174　　　　第 35 章 - 266

第 26 章 - 182　　　　第 36 章 - 274

第 27 章 - 197　　　　第 37 章 - 279

第 28 章 - 204　　　　第 38 章 - 284

第 29 章 - 212　　　　第 39 章 - 291

第 30 章 - 219　　　　第 40 章 - 298

第 31 章 - 224　　　　第 41 章 - 306

第 32 章 - 229　　　　第 42 章 - 314

第 33 章 - 241　　　　第 43 章 - 318

　　　　　　　　　　　第 44 章 - 324

　　　　　　　　　　　致　谢 - 330

# 第01章

那条声名远播的街道仍然暗藏着可怕的秘密。粘贴在加纳利棕榈树树干上的寻人启事，在大自然的作用下渐渐褪色，纸张的边缘因风吹雨打而变得卷曲。那栋白色的砖砌宅邸矗立在街道尽头，在宅邸的环形车道上，曾经成群环绕的警车已不见踪影，新闻采访车和摄像机也逐渐转向其他新闻故事。宅邸的那扇铁栅栏门原是不可或缺之物，主人本来是借助它阻拦满怀好意的民众，可现在这里却门可罗雀，只有沉重的寂静悬浮在阳光灿烂的洛杉矶上空。

沿着那条种着一排棕榈树的人行道，斯科特·海顿跟跟跄跄地朝那扇大门走去。汗水灼痛了他的眼角，他的视线变得模糊，那栋白色的房子仿佛随着他的走动而摇摇摆摆。他身上印有交织字母的马球衫，因一连穿了几个星期而变得污渍斑斑，紧紧贴在他的后背上。他双手的手腕上还有粗绳索留下的瘀青和伤痕。斯科特加快脚步，靠近房子时，他开始小跑，鲜血从他胸膛的伤口涌出。他跌跌撞撞地跑到门前，停下脚步，在大门的门禁控制面板的小键盘上输入密码，面板上留下了带着他血迹的指纹。大门发出一声鸟鸣，向两侧滑行，门开了。

妮塔·海顿套着一件松松垮垮的黑色瑜伽服，站在浴室的镜子前，试图打起精神，拿起牙刷刷牙。她的梳妆台上原本摆满了香水和昂贵的化妆品，可现在却空荡荡的。以前她每两周就要去美发沙龙一趟，保养自己那头金色的鬈发，可现在她却疏于打理，任由深灰的发根冒出来了半英寸长。妮塔原本是精明世故的社交名流，能使出浑身解数挤进比弗利山顶级的社交圈，可现在她却完全变了个人。

儿子失踪了，有没有口臭又有什么关系呢？现在的每一天都如同一场残酷的等待游戏：今天会不会有人发现儿子的尸体？这个时候所有一切又有什么意义呢？

那个绰号为"血腥之心杀手"的家伙从不出错。他绑架人缘好又英俊的十几岁少年——像她的斯科特那样的少年。

每个少年都会被囚禁一两个月，然后被杀手勒死、肢解，像垃圾一样被丢弃。在斯科特之前，已经有六个男孩遭此毒手。人们发现了那六具裸尸，尸体的胸口上刻着一颗心。从斯科特失踪时算起，到现在已经过去将近七个星期了，他的尸体随时可能被人发现，到时候妮塔肯定会被叫到太平间认尸。

门铃声响起，正在刷牙的妮塔抬起眼眸，侧耳倾听。前门传来熟悉的开门铃声。设计这栋房子的时候，每个家庭成员都挑选了属于自己的门禁密码和开门铃声。每当妮塔开着她那辆捷豹来到门口，使用遥控器或个人密码打开大门，就会响起柔和的丁零声。她丈夫的专属开门铃声是加州大学洛杉矶分校校队打比赛的战歌，而斯科特的铃声则是普普通通的一声鸟鸣……现在斯科特的专属开门铃声在宽敞的浴室里回响，妮塔的牙刷"啪"的一声掉落在盥洗池里。

一股重新燃起的强烈情感刺痛了她的心。听到那熟悉的铃声，妮塔发出一声痛苦的叫喊。多年来，她对这铃声早已习以为常。每当这铃声响起，斯科特那灿烂的笑脸就会浮现在她的脑海中，斯科特总是单肩背着背包，蹦蹦跳跳地跑进来，直接跑去找吃的。妮塔跑到浴室的大窗户前，朝前院张望。她原本以为会看到斯科特某位朋友的车，或是他们雇用的家政清洁工或庭院设计师的小货车，又或是从斯科特那里得知开门密码的某个人。但透过重叠的树叶，她没有看到任何车辆。妮塔把手放在窗玻璃上，手指曲握，想透过手指形成的圆筒看清大门口的情形。

一个人影迈着僵硬的步伐，出现在用碎贝壳铺就的车道中央，那人的一条腿有点瘸。当妮塔看到那人身上那件熟悉的灰色马球衫时，她的呼吸都停止了，一口气不上不下地卡在嗓子眼里。斯科特的衣帽间里还挂着十几件马球衫，和那个人身上穿的一模一样。那个人只是一门心思地往前走，妮塔看不清那人的脸，可是她一眼就认出了那人的身形。她猛地转过身想跑出去看个究竟，却被浴缸的铜质爪形足绊了一跤，跪在地上，一声饱含情绪和痛苦的啜泣过后，她马上站了起来，冲过连接浴室和卧室的拱门，冲进大厅，在楼梯拐角处撞上一名女仆，但她什么都顾不上，径直冲下楼梯，泪水使她眼前一片模糊。

妮塔的丈夫居家办公时总是待在书房里，妮塔扭头朝书房尖叫："乔治！乔治！"她并没有停下来查看丈夫是否在家或是否听见，而是抓住沉甸甸的铜质门把手，用力将前门拉开，开得大大的，足以让好几个她同时冲出门。

妮塔光着脚踩在碎贝壳上，沿着车道中央向前奔跑，完全不顾脚上传来的疼痛，尖叫着儿子的名字。斯科特抬起头，停下踉踉跄跄的脚步，他嘴角上扬，挤出笑容，脸上透着疲惫，接着他缓缓张开双臂，妮塔扑进他的怀里。

经历了千难万险，她的儿子终于回到家中。

# 第02章

我听着约翰·艾伯特的语音留言，心想今天他会不会杀死自己的妻子。

"莫尔医生，"他情绪激动，刺耳的嗓音传来，声音忽高忽低，"给我回电话，她要为了他而离开我。我知道，就是这么回事。"

约翰——总是比约诊时间提早五分钟到，穿着熨好的衣物，个人形象打理得一丝不苟，给我写支票时会煞费苦心地使用整齐的印刷字体。可现在听起来他却像是要崩溃了。我听完他的留言，按了下手机屏幕，又听了一遍。

我叹了口气，给他回电话。经过一年多的一对一心理治疗，我断定约翰患有嫉妒妄想症。治疗的头两个月我们关注的是他的妻子，以及他的妻子对某个庭院设计师所谓的痴迷之情。约翰对行为疗法颇为抗拒，对服用吩噻嗪类药物的提议则坚决反对。经过几周的大力劝说，他接受了我的建议，解雇了那个庭院设计师，如此一来这个问题也解决了。然而，现在他又找到了新的焦虑来源——他们的邻居。他的怀疑看似毫无根据，假如不是同时伴有越来越强烈的杀妻冲动，他的情况原本也不会令人太过担忧。

我一边等着他接听电话，一边打开冰箱拿出一盒牛奶。约翰·艾伯特有没有能力杀人还不好说，不过他一直在琢磨这件事，甚至琢磨了近一年之久——这可是确凿无疑的事实。

他没有接听。我挂断电话，把手机放在厨房料理台上，接着倒了一大杯牛奶，掀开硬蕾丝窗帘，透过洗碗槽上方的窗户张望。透过粘在窗玻璃上的那层细密花粉，我看到我的猫正在我那辆敞篷车的前盖上磨爪子，它的爪子在红色的抛光面漆上刮擦。我敲敲窗玻璃，大叫一声"嘿"，试图引起它的注意。

然而猫咪克莱门汀根本不理我。我将牛奶一饮而尽，更加用力地敲击窗玻璃。它还是没有反应。

我把杯子洗干净，放在洗碗机的顶层架子上，然后看向手机。这可是约翰·艾伯特头一回拨打我的手机进行留言。里克·比肯哪怕是预定高尔夫开球时间都要征得我的同意，可约翰和比肯不同，他是那种将打电话求助视为软弱无能的病人，对他来说，在周二早上留下一条语音留言可是非同小可的大事。他是不是掌握了自己的妻子布鲁克出轨的证据？又或是他的妄想和嫉妒已经濒临崩溃？

"她要为了他而离开我。我知道，就是这么回事。"

对于约翰这样的人来说，失去某人不亚于世界崩塌，尤其是考虑到他对妻子的关注程度异乎寻常，总是死死盯着他的妻子，且他对妻子的看法也颇为扭曲。他的关注已经转化为一种执念，夹杂着一丝暴力色彩，甚至有转变为狂暴的倾向。

我再次给他打电话，铃声响了一声又一声，还是无人接听，而我的忧虑也渐渐加剧。可能出现的场景在我脑海中浮现，让人不安。约翰——那个字迹端正的药剂师，那个本月有两次未能如约赴诊的人，也许此刻正居高临下地站在自己妻子身边，手里拿着一把血淋淋的刀。

不，我纠正自己的想法：不会是用刀，他不会用刀来对付布鲁克，应该是其他的方式，一种没那么直接的方式。毒药——在他近期的妄想中，他选择的杀人方式是下毒。

我看了看微波炉上的电子时钟——从约翰给我打电话时算起，将近两小时过去了。这两个小时可能发生任何事。看吧，这就是睡懒觉的"好处"：凌晨三点时来一片安眠药感觉是个好主意，却让我漏接了一通电话。

再打一次，我对自己说，先等一会儿，再拨打他的手机，然后我就去做今天该做的事。正如我经常对我的病人说的那样，执念无法改变外部环境，只会加剧内心的挣扎，对由此引发的个人行为和决定产生影响，使情形变得更糟。

我烤了一片面包，在餐桌前坐下，故意细嚼慢咽，还在手机上看了一集《宋飞正传》[①]。吃完后我擦擦桌子，把剩下的面包重新装进袋子里，在洗碗槽里洗洗手，再次拨打约翰的电话。

和前两次一样，他没有接听。

---

[①] 《宋飞正传》：*Seinfeld*，一部美国情景喜剧。——全书注释均为译者注。

九点四十五分，我去上班，准备接待约诊的第一位病人。与此同时，约翰并没有在布雷尔药店现身。

这马上引起了药店店员的注意，约翰一向准点守时，甚至可以说他对准时的要求近乎变态。曾经就有两名初级药剂师因为迟到在被约翰教训一番后含泪辞职，当时约翰几乎是破口大骂，对他们大谈特谈守时的重要性。然而，这一天直到十点半他都没有现身，到十一点还没来上班。药店的工作人员不停地给约翰打电话，却没有人接听。三名药店店员在存放药品的架子后面凑到一块儿，讨论接下来该怎么办。在这之前，排队等候的顾客队伍顶多排到过道里的成人纸尿裤售卖处，可这一天却一直排到了草药售卖处。队伍前端站着一位长着茂密白胡子、戴着牛仔帽的顾客，他清清喉咙，以示不满。

店员们决定在元宇宙①上找到约翰的妻子，给她发条信息。做完这件事之后，他们又等了十五分钟，但仍旧没有收到任何回复。最后他们只能派一名店员开车到约翰家看看。那家伙级别最低，是最适合"被牺牲"的人选。

被派去的店员名叫乔尔·布兰克，二十一岁，是来自阿肯色州小石城的实习药剂师。他喜欢《龙与地下城》桌游和拉丁裔女人，喜欢多加番茄酱的鸡肉。此时我正在听一位名叫菲尔·安克

---

① 元宇宙：一个社交软件。

里的病人就一部关于泰德·邦迪①的纪录片发表自己的"观后感"。乔尔把车停在路边,给药店的助理药剂师发了一条短信,告诉他约翰的车就停在车道上,停在一辆白色轿车后面。接下来乔尔收到的"指示"很简单:按门铃,问约翰打不打算来上班,如果他开始破口大骂,就"赶紧跑开躲起来"!

乔尔朝那栋平房的前门走去,按响门铃,听到铃声在房屋里回荡,无人回应。他的胳肢窝变得潮乎乎的——那肯定是洛杉矶的炎热天气造成的。乔尔又按了一次门铃,可屋里还是没有任何响动。于是他走到车库旁,轻轻敲了下侧门,等了一会儿,他犹犹豫豫地将手搁在玻璃门板上,透过手指形成的圆筒朝门里张望。

血迹和尸体一映入眼帘,乔尔立刻跌跌撞撞地往后退去,他脚上那时髦的鞋子在车库旁的路缘石上磕了一下,手机也掉落在地上,向前滑行,直到撞上一根立柱才停下来。乔尔趴在打扫得干干净净的地面上,手脚并用地爬了一段,捡起手机。手机的屏幕新添了一张"蜘蛛网",可他对此毫不在意,直接解锁手机,拨打911。

接诊完上午的第二位病人之后,我抽空跑去位于四十五大道上的健身房。当我换上健身服走上一台跑步机时,因约翰·艾伯

---

① 泰德·邦迪(1946—1989):一名活跃于1973—1978年的美国连环杀手。

特的语音留言所引发的忧虑开始渐渐消散。我调高跑步机的速度，扫一眼挂在前方的那排电视屏幕，其中一则新闻吸引了我的注意力。屏幕上出现一张新闻主播的脸，屏幕下方还有几个加粗的大字：血腥之心杀手。那几个字紧贴着新闻主播的下巴。我开始慢跑，感觉颇为自在，不过我的眼睛一直盯着新闻播报的滚动字幕，想要搞清楚发生了什么。此时镜头转换，屏幕上出现一个英俊的少年，他穿着卡其布长裤和正装衬衫，站在他的母亲身边，脸上挂着腼腆的笑容。他的母亲搂着他的腰。

"……很庆幸他能回到家里，这个时候请不要打扰我们，让我们和自己的儿子待在一起……"

我按下跑步机的停止键，拿起手机。尽管我已经停下脚步，可我的心仍未平静下来。血腥之心杀手的最后一个受害者逃出来了？和大多数洛杉矶人一样，最近三年来我一直密切关注这一系列事件。现在，一个受害者，而且是一个肢体健全的受害者，居然逃出来了——我的直觉告诉我这根本不可能。按照先例，现在应该是发现尸体的时间，受害者的阴茎被残忍地割掉，一丝不挂的尸体饱经摧残，如同一支被丢弃的香烟。

这个杀手行事独特，手法精准。在此前的六个受害者身上，他已经展现出自己这方面的"专业技能"。然而他竟然这么粗心，让一个受害者逃了出来——我大为惊讶。或许这是一个模仿犯干的？或许这一切只是恶作剧？或许在策划或杀人的过程中，他一时心软了？我解锁手机，搜索最新的新闻标题，然后再次看向已经调成静音状态的电视屏幕。

"……从血腥之心杀手的住处逃出，跑了几英里才找到回家的路……"

的确如此,电视屏幕里滚动的文字再次印证了这一消息。斯科特·海顿是如何逃脱的?我从跑步机上跳下来,穿过熙熙攘攘的有氧运动训练区,来到楼梯处,一路小跑,跳下一级级宽大的阶梯。当我跳下最后一级阶梯,手机屏幕闪动,我的耳机里响起了来电铃声。电话是从我的诊所办公室打来的。我把另一个耳机戴上,按下接听键:"喂?"

"是莫尔医生吗?"耳机里传来雅各刻意压低的嗓音。我仿佛看到他坐在诊所前台,宽边眼镜沿着鼻梁滑落,他的额头因粉刺而变得坑坑洼洼,一滴汗珠沿着额头一侧滑落,不上不下地挂在正中。

"你好,雅各。"我推开女士更衣室的门,从顶层的架子上抓了一条印着交织字母的长绒毛巾。

"有个叫作泰德·萨克斯的警探想要见你,他说有急事。"

我从一群穿着五颜六色的健身服的瑜伽爱好者中挤出一条路,找到自己的储物柜。"他有没有说是什么事?"

"他不肯告诉我,也不肯离开。"

真该死。从收到约翰·艾伯特的语音留言时算起,已经过了将近六个小时。我没有听到任何消息。是不是发生了什么事?又或是这名警探是为了其他病人而来的?

"我现在马上回去,"我用肩膀夹着手机,将健身短裤向下扯到臀部,"对了,雅各……"

"怎么?"

"不管他想要什么,别让他进我的办公室,不要给他提供任何信息。"

雅各是兼职的前台接待员,他会给钢琴调音,他的午餐是黏糊糊的鲨鱼形状小点心。不过他很机灵,马上明白了我的意思。"明白,我已经这么做了。"他说。

"谢了。"我挂断电话,我的健身短裤滑落到脚踝上,所有人都能看到我身上那条红色的棉布丁字裤。我找到约翰的语音留言,迅速删除,然后在"已删除"列表里找到备份文件,选择"完全删除"。

这一举动完全出于本能。我在精神病学方面受到的训练让我把这一举动归咎于自己的童年经历:隐藏自己的踪迹,把可能刺激到我那酒鬼老妈的任何东西藏起来,以免她被刺激后暴跳如雷。不过,现在我面临的风险可不是被一个沉溺于酒精的家庭主妇扇几个耳光那么简单。假如约翰·艾伯特伤害了他的妻子,假如警察就是为这事找上门的,那么由此产生的后果要恶劣得多。我的心理治疗过程可能会受到调查,还会被医学委员会重新审查,媒体会把注意力放在我和我的病人身上——而我的病人要求我对他们的就诊经历完全保密。

不管怎么说,我的诊疗对象可不是缺乏安全感的工作狂人。我的特长是处理杀手的精神和心理问题,我面对的是堕落、暴力、反复无常的杀手。

我把手机放在长凳上,脱下健身短裤,转身在储物柜上输入密码。我想尽快赶回办公室,了结此事。

泰德·萨克斯是一名高个子警探，他穿着廉价的灰色西装，警徽用一条细绳挂在脖子上。我打开办公室的门，两张软和的绿色椅子正对着我的办公桌，我朝那两张椅子一挥手："请坐。"

他依然站着，不知是出于固执还是不屑。我绕过他，把手提包放进办公桌一侧的抽屉里，在皮质办公椅上坐下："请问有什么可以帮到你的？"

他凑上前来，把一个证物袋放在干净的木质桌面中央。我捡起那个透明的袋子，查看里面的物件。

那是一张我的名片。出于谨慎，那名片上只印了我的名字、医务头衔和办公室电话。名片的背面有我的手机号码，手写的，而且是我自己的笔迹。我再次看向警探："在哪里找到的？"

"在约翰·艾伯特的钱包里。"萨克斯穿着衬衫，衬衫的每一颗纽扣都被扣得整整齐齐。接着，他把架在秃头上的蛤蟆镜摘下来，挂在衣领上。这家伙看上去简直就像是从选角现场跑出来的候选演员。他身体瘦削结实，皮肤黑黝黝的，不信任他人的神色让他显现出一脸怒容。"你认识约翰·艾伯特吗？"他问道。

我原本就担心约翰会把杀妻妄想付诸实施，现在那种挥之不去的担忧引起了我的警觉：他到底干了什么？我放下证物袋，清了清喉咙。同时我的大脑飞速运转，掂量每一种可能。"认识，他是我这里的一个就诊者。"我说。

美国心理学会发布的《心理学家伦理原则和行为守则》强调要为病人保密，不过也明确了当病人存在伤害自己或他人风险时，可以违背保密原则行事。

在上一次对约翰·艾伯特进行治疗的过程中，他描述了自己对抗伤妻念头时的内心挣扎。严格地说，这已经属于可以报警的范畴。而今天上午他的语音留言大可以被当成值得警惕的征兆，可以要求警方介入。

可那只是一条语音留言而已。这个缺乏安全感的人在为期一年多的治疗期中间也说过同样的话。他有过杀妻的念头，还反复琢磨，但这并不意味着他会付诸实施。如果我的病人一有杀人的念头我就报警，那我会把许多无辜的人送进监狱，把自己的病人通通吓跑。

事实上，在人类的精神世界中，某些人出现想要伤人或杀人的念头是正常现象。当然，某些道德圣人从来没有想过要伤害别人，但是百分之二十的人在人生中的某一阶段曾经考虑过杀人的利弊。

还有百分之五的人不受道德束缚，会让这种可能成为现实。

百分之十的人沉迷于杀人的想法，其中有些人会寻求心理医生的帮助，希望能解决这一问题，我的病人就是这类人。而我则怀有一种强烈的责任感：他们进行了最诚挚的忏悔，为此我必须保护他们。

无论如何，想要伤害别人只是他们的想法，他们并没有付诸实施。人们不会被他人的心理活动杀害，除非他们把想法转化为现实行动……我每天做的事就如同冒着致命的风险，和病人进行一场对赌。

现在，一个警探就在我对面……这已经很明显了，在和约翰·艾伯特的对赌中,我输了,风险已经变为现实。

萨克斯警探清清喉咙:"今天早上约翰·艾伯特没有去上班,这引发了他那群同事的担忧。其中一个同事前去查看情况如何,然后警方就接到了报警。"

我将一只手放在胸前,搓揉着西裙套装的软丝面料,想让自己怦怦直跳的心平静下来。我正要问约翰是不是被拘捕了,这时警探又开口了。

"两具尸体躺在厨房的地板上,药店店员透过窗户看到了艾伯特先生的尸体。"

我那信马由缰的思绪马上踩下急刹车。尸体?艾伯特先生的尸体?

"看来在两人吃早餐的时候,布鲁克·艾伯特突发心脏病去世。我们发现她丈夫的尸体就躺在她身边。显而易见,她丈夫是自杀。"

我皱皱眉:"什么?你们确定吗?"

"尸体的腹部有捅刺伤。根据形成伤口的角度和周围的环境,我们认为是自杀。"

我尽力不让布鲁克·艾伯特的身影浮现在我的脑海中。上个月在一家杂货店门前我还见过她。布鲁克是个漂亮的女人,眼眸中透着和善,脸上挂着友好的微笑。她亲切地和我打招呼,可她并不知道在我和她丈夫进行的几十次交谈中,谈论的主题是"为什么杀死布鲁克不是一个好主意"。

而在他给我打电话的几个小时之后,布鲁克·艾伯特死于突发心脏病——事实真是这样吗?我不信。

"你为约翰·艾伯特提供心理治疗，是为了解决什么心理问题？"

我说："这可是要保密的，警探。"

"得了吧，"他语带讥讽，"病人已经死了。"

"那你先去弄一张调查许可令来，"我说，"抱歉，我要遵守职业伦理与道德。"

"我敢肯定对于这些所谓的伦理与道德，你可以灵活处理，"他嗤之以鼻，"我们都知道你的专长是什么，莫尔医生。"他终于坐下来了——真倒霉，我正想赶他走。"你就是'死亡医生'，他们就是这么称呼你的，对吧？"

面对他的嘲讽，我叹了口气："我的专长的确是治疗与暴力倾向和痴迷心理相关的心理失调，不过我面对的心理问题可不止这两样。很多来我这儿的就诊者是非常正常的人，是讨人喜欢的人。"这是脱口而出的谎言。近十年来，来找我的病人就没有一个是正常的。

警探皮笑肉不笑地说："你的病人是杀手。你为杀手提供心理治疗服务。正在杀人的，以前杀过人的，将来打算去杀人的，都是杀手。抱歉，医生，我不过是实话实说。"

"好吧，我刚才也说了，我不能谈论有关艾伯特先生的事。"

"你上回和他说话是什么时候？"

试探开始了，我斟酌词句，心想他们或许已经知道他给谁打过电话了。"艾伯特上回约诊是在两周前，他取消了本周的一次约诊。今天早上他给我打电话，我没有接，几个小时之后我给他回电话，可他没有接听。"

听到这一消息，萨克斯并没有流露出讶异之色。这意味着他们已经拿到了约翰的通话记录。上帝保佑，我没有留存那条语音留言。"他给你打电话时说了什么？"他问道。

"他只是留言说让我给他回电话。"

"我想听听他的语音留言。"

我叹口气："我删掉了，抱歉，当时我没想那么多。"

他点点头，仿佛理解了我的行为。如果他真的以为这是突发心脏病引发的死亡和一起自杀事件，那他就大错特错了。

"他拨打的是你名片上的电话吗？"

"是的，名片背面的电话是我的手机号。"

"你把自己的手机号给所有病人？"他皱皱眉，"哪怕是可能会伤害你的病人？"

"只是手机号码而已，"我往椅背上一靠，"又不是我的家庭住址，也不是我家大门的门禁密码。如果他们乱打电话，我就不再为他们提供心理治疗。如果逼不得已，我就换手机号好了，也不是什么大不了的事。"

"作为一个整天和杀手打交道的人，不得不说，我认为你没有认真考虑自己的安全问题，医生。你是一个有魅力的女人，如果某个脑子有毛病的家伙对你有什么想法并且沉迷其中不能自拔，你面临的问题可就严重了。"

"多谢你的建议，"我硬挤出笑容，"不过他们可不是什么'脑子有毛病的家伙'，他们是正常人，警探。有的人和抑郁症做斗争，有的人要压抑自己的暴力冲动。上我这儿来的就诊者想要保护其他人不受伤害，要不然他们也不会来找我。"

"约翰·艾伯特就是因为这个才来找你的吗？他不想让其他人受到伤害？"

我竭力装出一副讨喜的模样："我之前也说了，我针对就诊者的多种心理问题进行治疗，有的人只是想找人说说话。如果你想了解更多，就弄一张调查许可令来。"

"好吧，我尽力了。"他举起手，以示妥协。他朝我办公室的窗外望去，盯着窗外公园的景致，看了很久。"我认为这是一起自杀事件，有什么可以让我改变看法的理由吗？任何理由？"

他想打探有关约翰死亡的信息，但他搞错对象了。"我想不出任何理由。"我说。

"你能发誓自己说的都是真话吗？"

"当然。"千万不要问起有关布鲁克的事，我在心里默念。

他缓缓地点点头。"如果我还有其他问题要问，我会联系你的，莫尔医生。"他撑着椅子扶手站起来，"谢谢你宝贵的时间。"

我送他出去，一直走到候诊室。雅各正饶有兴致地盯着我们。我对雅各露出微笑，好让他安心。回到办公室之后，我关上门，颤抖着长舒了一口气。

这或许是我的错——可能性很高，非常高。我的工作没做好，我以一种非常奇妙的方式辜负了布鲁克，也辜负了约翰。正因如此，两条生命逝去了。

# 第03章

隔着一份配上豆芽菜的布鲁塞尔式金枪鱼三明治，梅莉迪丝瞟了我一眼："这不是你的错。告诉我，你也明白这不是你的错。"

"你从情感出发，向我抛出了一根救命稻草，对此我表示感激。不过你错了，"我用叉子戳戳配上甜瓜的意大利熏火腿，"他向我寻求帮助，让我解决他的心理问题，因为他想要杀死自己的妻子。结果是他当真杀死了自己的妻子，还自杀了。如果我尽到了自己的职责，他们俩现在还活着。"

"好吧，首先，没有证据表明是他杀害了自己的妻子。"梅莉迪丝嘴里含着食物，嘟嘟囔囔地说。她竖起一根手指，仿佛是要把一份"胡说八道清单"上的项目一一画去。"她死于突发心脏病。"她说。

"有的人可以让别人心脏病发作，"我放下叉子，"他是一个药剂师，我说的是真的。"

"那你就打电话给警察，让他们进行药物筛查。"梅莉迪丝等我回应，她拿起三明治，送到嘴边。

我环顾四周，看了看人来人往的市中心咖啡厅，压低嗓音，勉强挤出一句："你也知道，我不能这么做。"

"你可以，"她直接点明要害，"你只是不想这么做而已。因为这样一来就能证明我说的没错，而你也可以抛下那强加于自身的罪恶感，快快乐乐地继续自己的生活。"

看吧，这就是不要让一个心理医生同行成为自己朋友的原因。即使是简简单单地吃一餐饭，我们也忍不住要分析对方的心理。

我细细端详餐盘边缘的图案。"我不该这么做，"我改口道，"不该这么做的理由有好几个。"我大可以把午餐时光全部浪费在这上面，不停地思来想去，论证为什么梅莉迪丝的提议是个糟糕的主意。如果我判断错误，布鲁克是自然死亡，那我将会因为败坏自己病人的名声而成为笑料。如果我的想法没错，我的病人杀害了自己的妻子，我将会受到事无巨细的调查，还要上交约翰的档案记录，而这么做又是为了什么？向一个已经给自己判死刑的人讨回公道吗？那简直是浪费政府资源，浪费时间。

梅莉迪丝喝了一口花茶，耸耸肩："随便你，你就给自己挖坑，越陷越深好了。上回我给你介绍的那个杂务工，你有没有给他打电话？"

"我没有给他打电话。"我撕下一块面包，"你给我介绍男朋友，我很感激。不过现在我有一个新目标了，用不着再多找一个。"

"你说的那家伙可算不上什么目标。"她对我皱皱眉，从套衫前襟上捡起一根豆芽菜。

"好吧,"我眯缝着双眼,在心里计算了一下,"这十八个月以来,他是除了我哥哥之外唯一上我家来的男人,所以我认为这是朝正确的方向迈出的一步。"

"那你就更有理由给米莫打电话了,你之前和意大利人谈过恋爱吗?"她低声吹了一声口哨,"亲爱的,那将会是一次激情四射的体验。再说了,米莫可是一个好情人。"

"随你怎么说。"我叉起一块甜瓜,放进嘴里。

"哦,你听说了吗?"她突然来了精神,马上就把那个意大利籍杂务工抛诸脑后了,"血腥之心杀手已经被抓到了。"

约翰·艾伯特死亡的消息传来之后,我一直身陷其中,倒把这则新闻给忘了。"我错过了,没有了解整件事的来龙去脉,究竟怎么回事?"我喝了一口冰水,"那孩子逃出来了?"

"没错,那孩子——就是失踪了七个星期的孩子——是贝弗利高中的学生,他……"她停下来,喝了一口茶,然后开始咳嗽。她用拳头堵住嘴,拼命咳嗽,想把刺激物咳出来。"真是抱歉。"她说。

"你刚才说到了血腥之心杀手的受害者。"我催促道。

"那孩子从杀手那里逃出来,跑回位于贝弗利山的家里。他的父母高兴坏了,絮絮叨叨地说什么'儿子失而复得',诸如此类的。然后他们给警察打电话,那孩子知道杀手是谁。"她朝我一指,"听好了——杀手是贝弗利高中的一个老师。"

"什么!"我凑得更近了,"那家伙什么情况?"

"那个杀手是个独来独往的人,没有结过婚,看上去人畜无害,就像在商场里扮演圣诞老人的人。十年前他还获得过年度最佳教师奖。"

"有意思,"我仔细思考这些信息,"我只是觉得奇怪,为什么他直到现在才对贝弗利高中的学生下手?要知道,一般情况下,杀手会在第一次动手时选择一个距离近且容易得手的目标。"

她耸耸肩:"研究杀手是你的事,我还是专心为那些性饥渴的妈妈提供心理咨询吧!"

"说起这事,"我看了一眼手表,"四十五分我和一位病人有约,我得快点吃完。"

"好吧,我也要跑一趟干洗店。"她微微抬起手,叫来服务员。服务员从围裙里掏出账单,放在桌上。

我伸手拿过账单:"我来付,感谢你为我提供的心理咨询。"

我把几张钞票放在桌上,喝了一口水,然后站起来。我得抓紧时间。一个自诩杀手的病人或许已经来到候诊室,她那四英寸长的鞋跟正在轻敲地面,等待我的到来。

# 第04章

"你知道吗？大多数杀手会选择某个家庭成员或朋友作为第一个受害者。"

这话是莉拉·格兰特说的。她穿着鲜艳的黄色裙装，披一件白色的开襟毛衣，脚上穿着蓝绿色的高跟鞋，专人设计的手提包放在两脚之间。在此次诊疗的头三十分钟里，她先对自己的丈夫抱怨了一通，然后喋喋不休地谈起她去吃午餐的那家乡村俱乐部新添了一个沙拉自助吧台，之后又给我看了几张照片。照片上是两张躺椅，她要选择其中之一放在自家的阳台上。我们做出了艰难的抉择，选择了那张配有白色椅垫的竹制躺椅。最后谈话终于被引到那个话题上——她对丈夫的姐姐所怀有的暴力妄想，而这正是我要帮助她解决的心理问题。

"没错，我知道从统计数字来看，你说得没错。"我在笔记本顶端画了一行小玫瑰，在脑子里的备忘录上记下一笔——记得为约翰和布鲁克的葬礼订花。

"问题在于她住得那么近。我丈夫想要去她家吃圣诞晚餐，我又能说什么？我找不到合适的借口。莎拉的房子比我们的大，她的孩子有几个月没见过我丈夫了。还有她做的柠檬馅饼，我丈夫对那玩意儿可是赞不绝口。我说那不过是柠檬馅饼而已，有什么好大惊小怪的？"

我耸耸肩："我不喜欢馅饼。"

"好吧，那不过是馅饼而已，我就是这么对他说的，他倒不高兴了，好像被冒犯了似的。老实说，我给这个男人做过上百张馅饼，他从来没有夸过我一句，不高兴的人应该是我才对！实话告诉你吧，格温，你想想看：我坐在莎拉家的餐桌前，看着她拿着甜点大摇大摆地走进来，我怎么可能不抓狂呢？你知道那餐桌上摆着多少把刀吗？！"焦虑情绪让她双颊下陷，做过丰唇手术的嘴唇变得过分饱满，然而她的前额却无比光滑，不见一丝皱纹——这简直有悖一切自然规律。

"你不会拿起一把餐刀捅她的。"我耐心地说。

"我觉得我会这么做的。那样的情景频频出现在我的脑海中，其频繁程度可是你想象不到的。"当莉拉在脑海中勾勒那血腥的场面时，一抹如梦似幻的平静掠过她的脸庞。她突然抬起眼皮："作为医生，你能不能给我一点建议？好让我摆脱这种想法。"

"距离圣诞节还有两个月，"我向她说明，"我们一步一步来。"

我把谈话引向更为正确的方向："我希望你能和我说说莎拉的优点。"

"什么意思？"

"莎拉身上有什么你喜欢的特质？就是她的可取之处。"

她看着我，仿佛我是个精神错乱的疯子。我耐心等待，交叠的双手放在笔记本上。尽管莉拉一心想成为杀手，可她绝对不是杀手。她只是无聊，在电视上看了太多关于女性杀手的纪录片，而且憎恨自己的大姑子。她只是想成为一个有意思的人，而且她觉得这主意不错。拥有不为人知的潜在杀人倾向是她穷极无聊时的幻想，而她则怀着疯狂的热情欣然拥抱这种幻想。

"我给你布置一项任务，"我拿起笔，"在下周我们见面之前，你要从莎拉身上找出三种你喜欢或钦佩的特质。"她想张口反驳，我举手阻止她，继续说道，"不要说你在莎拉身上找不出三个优点。你得找出来，要不然下一次的诊疗就推迟进行，直到你找出来为止。"

她那红得跟西瓜瓤似的嘴唇扭曲变形，朝我露出苦笑。

我报以宽慰的微笑，站起来："我觉得今天我们很有收获。"

她伸手下探，握住手提包的拎带："我讨厌这项任务。"

我憋住笑，给她些许精神支持："如果想要抑制你的暴力冲动，我们必须重塑莎拉在你心里的形象。实话告诉你吧，这对你的心理治疗至关重要。"

"这对你的婚姻也至关重要。"我在心里默默加了一句。

"好吧，"她猛地站起来，"谢谢你，医生。"

"不客气。"我也站起来，一股从未有过的不安全感在我心里涌动，我把这种怪异的感觉压下去。我原以为布鲁克·艾伯特在丈夫身边是安全的，可我错了。

那么对于莉拉·格兰特，我会不会也看走眼了？

# 第05章

  穿着黑色正装的陌生人形成一片人海，我就站在这片人海中央，听所有人谈论约翰是多么好的一个人，听上去他简直与圣人无异。

  "我的包在健身房里被偷了，我还得再买些治心脏病的药。那时候正赶上平安夜，他还特地为我去药店配药……"说话的是一位老妇人，她的胸前别着一枚蝴蝶形状的金色胸针。她一边说，一边把手放在胸前，就放在那枚胸针旁边。

  哦，上帝保佑约翰，保佑他为解他人燃眉之急而配好的心脏病用药。事实上，那些最和善的大好人才是最令人担心的。有一个名叫艾德·盖恩[①]的杀手，他广为人知的事迹是用女人的皮肤来缝制套装，可在他人的描述中，他是镇上最好的人。还有哈罗德·希普曼[②]医生，他曾杀害了两百多名病人。他去病人家回访，在病人的床边，他表现得彬彬有礼，让病人感到宽慰。杀手会伪

---

[①] 艾德·盖恩（1906—1984）：美国连环杀手。
[②] 哈罗德·希普曼（1946—2004）：英国家庭医生、连环杀手。

装成无辜者，然而在他们的伪装下却藏着一个恶魔。对于许多杀手而言，这种伪装是杀戮游戏的组成部分。如果他们成功地欺骗了其他人，那就证明他们比其他人更聪明，也因此让他们觉得自己高人一等。

"那是一个下雨天，约翰帮我拿报纸。他说他不放心我拄着拐棍在车道上行走……"说话的是一名年轻男子，他嗓音嘶哑，腿上还装着固定支架。我绕过这群人，朝摆放咖啡的地方走去。

"你能感受到他们对彼此的爱意，知道吗？今年是他们结婚十五周年……"另一群吊唁者挤在一起，这场闲谈由一名妇女牵头，她的头发很短，被染成鲜亮的洋红色。

没错，十五年了。这十五年来他一直像秃鹫一样在妻子身边打转，用挑剔的目光死死盯着她。如果布鲁克和他人聊天或结交，他会对他们于人无害的谈话和友谊吹毛求疵。约翰的不安全感和控制欲究竟源于何处？这一年多来我还未能触及这些情绪的源头，不过这些情绪与布鲁克的行为有关，会随之起起落落。

他们结婚十五年了，然而约翰对妻子的感情颇为复杂，多种情绪相互交织。这些情绪逐渐累积，并在去年发展为对妻子使用暴力。他第一次来找我是因为发生了这样一件事：他和妻子吵架，吵到最后他用力掐妻子的脖子，掐到她晕过去才停手。这一行为让他感受到一种类似性高潮的快感，却让他的妻子在感情上逐渐疏远了他。这种情形如同一个孩子为了摆脱一条大狗而拼命往前跑，而那条狗则竖起耳朵、尾巴不停摇摆，奋力追逐孩子。

或许约翰会为身有残疾的邻居拿报纸，在休息日专程跑去药店开门营业，为某位顾客配备额外的心脏病药物。可他也琢磨过使用哪几种药物杀死自己的妻子。有一次,他设想在炎炎夏日里把妻子锁在汽车后备厢中,而这么做只是为了"给她一点教训",让她知道忠诚和信任为何物。

不过他的暴力妄想只有在第一次对妻子动手时才转化为现实,其余的妄想都被压制住了。我们通过定时心理治疗和精神类处方药对他的妄想加以控制。不过他经常不按时吃药,有时根本就不吃。

吊唁者在葬礼接待处前排成一条长龙,我走到长龙末端,前面站着一家三口。队伍缓缓向前移动,我看着这些人的脸,心里纳闷他们是否看到了隐藏在约翰体内的恶魔。

"最好的方式是把她掐死。我的意思是,这么做会让我感到愉悦。我想看着她的眼睛,我想让她知道这究竟是怎么回事。如果采取其他方式,我担心疼痛会分散她的注意力。"

过去四天,我一直在不停地回忆约翰的心理治疗过程。每个晚上我都要听听心理治疗时的对话录音,我把关注的重点放在约翰说话的语调上——当他描绘伤害妻子的不同方式时,他的嗓音会因兴奋而变得轻快。现在回过头看看,那时就已显现出太多的征兆。从他第一次求医到最后一次约诊,约翰的紧张情绪一直在慢慢累积。在进行心理治疗的时候,我听着约翰说话,有时还会做一些笔记。然而我居然那么蠢,竟然相信自己的心理治疗具有足够大的力量,大到足以约束约翰,不让他做出格的事。是我的自负最终害死了布鲁克。

我来到约翰的姐姐面前,停下脚步。她的睫毛膏糊在脸上,在脸颊上留下条条黑线。"请节哀。"我对她说。我走到约翰的哥哥旁边，对他说了同样的话。他们身材瘦削，带点书卷气，和约翰那魁梧的身材形成鲜明对比。

"卡德维尔太太，请节哀。"我对布鲁克的母亲点点头。她站在自己的位置上，缩成一团，萎靡不振，哀伤在她脸上留下深深的刻痕，她的皮肤变得暗淡无光。

这都是我的错。因为我，她的女儿死了。

如果我认为自己的病人对他人形成暴力威胁，我就无须遵守心理医生的保密原则。

我可以去报警，把约翰和我说的一切都告诉警察。

可那又能怎样？他们会找约翰和布鲁克来问话，然后把约翰放了。假如一个人只是在琢磨杀人这事，你不能仅仅因为他的想法就逮捕他。最后警察还是不得不放走约翰。一旦发生这样的事，或许布鲁克就会离开约翰，而约翰则会杀了她。

公道，正义。我的医务头衔给我带来了困扰，我突然发现自己说的全是废话。

我早早就溜了，来到距离殡仪馆两个街区的一家酒吧，占据了酒吧深处的一个卡座。那个卡座在一张台球桌后面，旁边还摆着一个歪歪扭扭的飞镖靶盘。这里挺安静，一半座位还是空的。我沿着塑料座椅滑向卡座深处，把桌上一个装着沾满灰尘的花生米的金属小桶拉到自己面前。

那个怀孕的女服务员挺着沉甸甸的大肚子，漫不经心地打着哈欠，迈着沉重的步伐朝我走来。为了不让她多跑几趟，我要了一大桶瓶装啤酒。

"要点吃的吗？"她扫了一眼我身上的黑色正装，目光里透着好奇，仿佛在暗示——一个穿着熨平的正装的顾客可是这里的稀客。

"只要啤酒。"我挤出一抹微笑。

"你们俩都穿成这样，是到附近参加什么会议吗？"

"什么？"

她指指门口："你和他呀。"

我循着她指的方向看过去，看见一个穿着正装的男人坐在吧台前的高脚凳上。"不是。"我答道。

她耸耸肩："好吧，如果你还想要花生米，随时和我说。"

自动点唱机响了起来。伴有和弦的歌声传出，唱的是《阿马里洛市①的早晨》。我坐在卡座里，脑袋靠在椅背上，慢慢放松下来。过去这十年，我不曾走进任何一家酒吧。或许正是这个原因，我才一直单身。如果你大部分时间都与心理医生为伍，与精神病人相伴，是很难找到男朋友的。记得上一次我走进酒吧的时候，酒吧里的钢琴师正在演奏，乐声悠扬，在昂贵的灯具下方，客人们窃窃私语，相互交谈。当时我喝的是手工调制的饮品，盛在茶色平底玻璃杯里，里面还加了香料。

而眼前这家酒吧则截然不同。在这里，人的哀伤会被酒精湮没，会认识一些陌生人，甚至犯一个浪漫的错误。也正是这个原

---

① 阿马里洛市：美国得克萨斯州西北部的工商业城市。

因，我才会在这家酒吧门前停下脚步，推门进来。如果把自己灌醉，如果酒精能冲刷掉过去两小时的经历，或许我就不会梦到布鲁克·艾伯特的母亲在棺材旁哀伤哭泣的场景了。

"这个给你。"那个女服务员走回来，把一个金属大冰桶拎到桌子上，桶里插满了瓶装百威淡啤，"如果客人多了之后满座的话，你就得挪到吧台去。这里可是双人或多人卡座。"

我点点头。如果满座的话，我就出门叫辆出租车回家。我从冰桶里抽出一瓶啤酒，拧开瓶盖，猛灌几口，直到啤酒的冰凉直击大脑，所有的思绪仿佛都缩成一团。

灌完两瓶啤酒，我去了一趟洗手间，然后又钻进卡座。剩下的啤酒趾高气扬地立在冰桶里，正等着我消灭它们。我拿起一张黏糊糊的菜单，审视那上面短短的餐品列表。

"抱歉，打扰了，看到你马上就要犯错，我想我有义务来阻止你。"

我将目光从菜单上挪开，抬起眼眸，一张跟我一样疲惫的脸映入眼帘。只不过和我相比，疲惫的神情让他的脸显得更加好看，眉心的皱纹则给他增添了几分帅气。

"什么错？"我问道。

"你想点鱼肉丝，对吧？"他嘴角上扬，露出整齐的牙齿。他看上去和我年纪相仿，在三十五到四十岁之间。当我看到他的无名指光溜溜的，没有戴婚戒，我突然来了兴致。

我想要的可不是一场恋爱。现在的我每一缕思绪里都掺杂着沉重的愧疚感，我就是想犯错，做一件错事，一件让我心智麻木的错事。如果这个时候遇上一个穿着昂贵的西装，目光中带着挑逗意味的男人，那岂不是更好？

"我只是在想，要不要点一份牡蛎。"

他做了个鬼脸："过去的一个小时，我品尝了菜单上的每一样餐品。作为一个'过来人'，我只会向你推荐鸡翅。"

"听你的。"我放下菜单，向他伸出手，"我叫格温。"

"我叫罗伯特。"他握手有力，不过还不到让人觉得强势的程度。"今天过得不如意？"他问道。

"整个星期都过得不如意。"我指了指卡座另一侧，示意他坐下，"你呢？"

"我也一样。"他坐下来，朝卡座深处挪了一点，碰到了我的腿，"想聊聊吗？"

"算了。"我抽出一瓶啤酒递给他，"喝吗？"

他接过啤酒："老实说，我从没见过一个美女独自在酒吧里坐了那么久，居然还没有人来搭讪。"

"我以为自己发送的信号已经很明显了——'生人勿扰'，"我环顾四周，"再说，这里也没什么人。"

"因为人少，所以没人搭讪才更让人惊讶。"他故作正经地说。

我笑了。

"好吧，我也不知道，不过这里的氛围和我的心情很配。"我凑上前去，握着啤酒瓶，"'酒杯里的酒水香浓醇厚，让我们怀抱自己的哀伤，哄它入睡'。"我露出黯然神伤的微笑，"我老爸以前常说这句话。不过他喝威士忌，不喝啤酒。"

他仔细打量我："你为什么会出现在这种地方？你看上去像上城区的人。"

这句看似礼貌的恭维，其实却是挖苦。我微微一笑，补充道："你是想说我看上去很势利吧？"

"我是说你是那种会在手提包里放消毒洗手液的人，会在点唱机上点播泰勒·斯威夫特的歌，"最后他点明了，"换一种温和的说法吧，就是你和这里的环境格格不入。"

他在观察我——意识到这一点后，我感受到一股暖意。接着我马上提醒自己来这里是为了什么——惩罚自己、赎罪，因为我眼睁睁地看着两个人死去。

"我正好就在这附近，"我与女服务员目光相接，引起她的注意，"你呢？"

他露出苦笑："我来这里参加葬礼。"

我顿了一下，惊讶地问道："是艾伯特夫妇的葬礼吗？"

他扬扬眉毛："正是。你呢？"

"我也一样，"我皱皱眉，"不过我在葬礼上没看到你。"话说回来，我也没有好好端详参加葬礼的那群人。

"我早早就离开了，我不擅长应付葬礼，尤其是最近这段时间……"一片阴云掠过他的脸庞，"对我来说，这是难过的一年，是死神频频光顾的一年。"

即使是没有拿到心理学学位的人也明白这个话题是应该避免的雷区。他浑身上下散发着哀伤。假如这哀伤源于此次葬礼，我会更加愧疚。作为回应，我只是微微点头。

他若有所思，眉头微蹙："哪位是你的朋友？布鲁克还是约翰？"

朋友？无论我选哪个，我都是在撒谎。"布鲁克。"我说，心里暗暗希望事实当真如此。

他点点头："约翰是我的药剂师。"

"哇！"我喝了一口啤酒，"真不错。我都不知道自己的药剂师叫什么名字，更不会参加他的葬礼。"

"我儿子有糖尿病，"他低声说道，"我们是药店的常客。"

啊？糖尿病，死神频频光顾的一年，难过的一年。最近并没有针对青少年糖尿病的有效疗法问世。他的眼中为什么总是透着哀伤？我以为自己已经找到了答案。

"好吧，"我举起啤酒瓶，"为了约翰和布鲁克，干杯。"

"为了约翰和布鲁克。"他拿起啤酒瓶，和我干杯。之后他将瓶中剩下的啤酒一饮而尽。

女服务员在我们的桌边停下脚步。冰桶里的啤酒已经被我们喝光了，桶里只剩下了冰。女服务员把桶拉到桌边："你们还想要点别的什么吗？"

"来几个鸡翅，要嫩一点的。"

"再要一大桶瓶装啤酒。"罗伯特舒展一侧的手臂，搁在卡座的靠背上。他的外套向两侧张开，露出里面那件昂贵的马甲。他身上穿的是定制西服，外套袖口处闪着一抹金光——那是一块劳力士手表。显而易见，他才是跟这里格格不入的人，不过他却颇为自在。这种自如的神态源于纯粹的自信。他可能是一个生意人,或是一个律师——后者的可能性更大。

"我不能再喝了。"我转动手表看了一眼时间,才七点半,可是感觉已经很晚了。

"我会喝掉所有的酒。"他从口袋里掏出两片药,把其中一片放进嘴里。我面前放着酒吧提供的纸巾,他把另一片药放在那张纸巾上。"吃了它,这药可以缓解宿醉,让你明天没那么难受。"

我盯着那圆圆的白色药片,碰都不碰:"这是什么?"

"维生素 $B_6$,本应该在喝酒前、喝酒时和喝酒后各服一片,不过在喝酒前、喝酒后或喝酒时单服一片也是有用的。"他朝药片点点头,"服下它,不会有事的。"

我把纸巾推到他面前:"我不吃,这都是你耍的鬼把戏。"

他咯咯一笑:"你要么是极度排斥药物的人,要么就是为了惩罚自己而灌酒,不然就是你不信任我。"

"后两点说对了,"我啜饮一口啤酒,"无意冒犯。"

"我没有觉得自己受到冒犯。"他拿起那片药,放在舌头上。在那片药消失在他嘴里之前,一排雪白的牙齿一闪而过。"你为什么要惩罚自己?"他问道。

"我在工作中犯了错,"我握着啤酒瓶,在桌上画了一个小圈圈,看着瓶身上滑落的水滴在桌面上留下痕迹。

"肯定不是小错。"

"说得对。"

"让我猜猜看,"他把头歪向一边,明目张胆地审视我身上穿着的套装,"你是个会计。"

我不屑地噘起上唇:"才不是。"

"那就是电影公司的经理人。"

我笑了。在洛杉矶,人人都想在电影行业谋一个职位。"不,我是个心理医生。"我说。

"啊,这么看来你肯定不会排斥药物了。"他上下审视我,"你的手表和手提包都价值不菲,现在是酒吧生意冷清的时候,这里是个名声不太好的街区,而你却在这时候走进酒吧——你肯定是个独立执业的心理医生。让我猜猜看,你的病人大多是有自卑情结的家庭主妇吧?"

"独立执业的心理医生这点你猜对了,关于我的病人你没有猜对。"我眯着双眼,盯着他,"如果你是个警察,那你可真不怎么样。"

"我当然不是警察,在法庭上,我是警方的对手,"他扬扬自得,没有表露出丝毫歉意,"我是辩方律师。"

我直起身体,他的职业引起了我的兴趣:"你擅长为什么罪行辩护?职务犯罪吗?"

"我为大多数罪行辩护。"

"你在洛杉矶郡①工作吗?"

"还有奥兰治郡②。"

"你处理的案子主要是人身犯罪还是财产犯罪?"

他隔着啤酒瓶打量我:"你的问题突然多起来了。"

"我经常被叫到法庭上,作为专家提供证词。真奇怪,我们

---

① 洛杉矶郡:美国加利福尼亚州的一个郡,包含洛杉矶市。
② 奥兰治郡:位于美国加利福尼亚州。

居然没有碰过面。"

"每年都有好几千件案子被送交法庭审判，"他缓缓说道，"如果我们碰过面，那才叫奇怪呢。你的职业专长是什么？"

我喝得太多了，根本无法应付这样的问话。我清清喉咙，尽力保持矜持："我的专长是治疗与个性缺陷以及暴力冲动相关的心理问题。"

"你越来越有意思了，格温医生。"

"谁点的鸡翅？"一个戴着牛仔帽的男人拎着一篮鸡翅，在我们的桌前停下脚步。这是一家西部主题的酒吧，美国西部特色被渲染得淋漓尽致，简直有点过头了。

我举起手："我的。"

我的家距离酒吧更近。我大笑着脚步踉跄地从出租车里钻出来，在一片黑暗中踏上院门前的垫脚石。我拉着罗伯特的手，我们俩十指相扣。一道由石块堆砌而成的阶梯通往我家门前，我和他走上阶梯，来到门廊。克莱门汀躲在门廊尽头的秋千里，喵喵直叫。罗伯特看向黑暗："可爱的猫咪。"

我不理他，打开房门。他紧紧跟着我。进门后，他脱掉我的外套，亲吻我的后颈，他的手在我身上游走。我的头向后仰，享受他的嘴唇给我带来的愉悦。他的嘴唇温柔地按压着许久无人触碰的肌肤，一股欲望激发的震颤沿着我的脊梁骨向下蹿动。我最近一次做爱是在一次由他人介绍的相亲之后。当时那个男人心不在焉,而我则不停地看表,想要睡觉。当时我不停地想打哈欠,可还要努力把这哈欠强压下去。

玄关的灯开着。墙上挂着一幅油画,画的是恶魔岛的景致。灯光让油画中的蓝绿色变得更加鲜亮。

"来吧。"我闪到一旁,拽着他的手,牵着他,走上深黑色的木质楼梯,朝我的卧室走去。我推开卧室房门,井井有条的房间和整整齐齐的床铺为我带来安宁与宽慰。在装修这栋房子的时候,我为客厅和玄关分别选择了浓烈的彩色和黑色,不过我的卧室却是一片干净清新的纯白:墙壁,床上用品,还有胡桃木地板上软和的长绒地毯——所有一切都是白色的。床头柜上摆放着一摞小说,摞得整整齐齐;还有一个花瓶,瓶里插着百合花。卧室里仅有的色彩来自床头柜上那摞小说和花瓶里的鲜花,还有那巨大的壁炉。壁炉里,镜面玻璃碎片镶嵌在砖石中,让整个壁炉熠熠生辉。为了装修这个壁炉,我可花了好大一笔钱,而这笔钱中每一分都没有白花,这个壁炉当真是物有所值。

就算这样的卧室会给他留下很深的印象,他也没有流露半分。印有交织字母的白色鸭绒被平平整整地摊在床上。我爬上床,转身面对他。在此期间,他一直保持沉默。

他缓缓脱下外套,解开衬衣的纽扣。他在给我时间思考分析,给我时间打退堂鼓。或许是因为酒精的作用,我没有半分犹豫,只是解开了衣服。

当他爬上床,来到我身边,床垫微微下陷。我向他伸出手,我贪恋他的肌肤所散发的暖意,迫不及待要和他再度唇齿相接。

# 第06章

早上,咖啡和烤面包的香气把我唤醒。这种感觉既熟悉又让人安心,让我想起自己的童年。我闭上眼睛,又拖延了一会儿,才完全醒过来。

我的卧室一如既往地井井有条。梳妆台干净整洁,窗帘被拉了下来。闹钟和花瓶成四十五度角,花瓶里插着百合花,现在那花已经开始枯萎了。我的手表放在床头柜上,就放在那摞小说旁边。

然而,不同寻常之处在于食物的香气和楼下传来的脚步声。那个律师。我紧紧闭上双眼,想要记起他的名字。他叫罗伯特。姓什么?不知道。在出租车上我们还讨论了死刑的问题。哦,老天,我的车!我的车还停放在距离殡仪馆三个街区的室内停车场里。

我慢慢坐起来,掀开被单,双腿一抬,坐在高脚床的床边。我惊讶地发现自己身上除了一件网购的超大号星战T恤之外,竟什么也没穿。罗伯特喜欢那件T恤。当时他咯咯笑着从我的衣帽间里走出来,手里拿着这件T恤。我四处寻找自己的内衣,却找不到。我站起来，头痛让我龇牙咧嘴。我本该服下那片药……是什么药片？$B_{12}$？$B_6$？管他呢。看看，他还能起床做早饭——这一事实证明那药片真的有效。

我刷了牙，换上一套干净的内衣和一条褪色的牛仔裤，扣好裤子的纽扣，悄悄地下楼，朝厨房走去。

然而，经过我的工作室时，我脸上的笑容消失了。工作室的双开门敞开着，罗伯特正站在我的办公桌前。他低着头，盯着一份摊开的病人档案——约翰·艾伯特的心理治疗档案。是我把那份档案放在那里的。昨天下午，我正在查看约翰的治疗记录，看到一半我就把档案抛下，换衣服去参加葬礼了。我看着他，看到他翻了一页。

"你在干什么？"

他抬起头，我的声音并没有让他惊慌失措。"我记得你说你是布鲁克的朋友。"他说。

我走进工作室。看到他毫无歉意，我的怒气不断膨胀："这是保密级的病人档案。"

"是约翰·艾伯特的病人档案，"他弹弹纸张，"约翰是你的病人？"

"你得走了。"我厉声喝道。当我意识到他可能看到了什么，刚才那种温馨舒适的感觉立马烟消云散。我对此要负什么法律责任？没错，我把病人档案放在明处，可这是在我自己的家里，是属于我的私人空间。我有没有触犯法律？他呢？

他把文件放下，离开了办公桌。

"你在这里干什么？"我把档案文件夹合上，套上一个橡胶圈,"这就是你的行事做派吗?和一个女人上床,然后乱翻她的东西?"

"我想查看手机上的业务短信,但我的手机没电了。"他看向办公桌上的座机,"我没带手机充电器,而厨房里没有固定电话。我走进第一个房间——就是这里,然后我找到了电话。抱歉,我一眼就看到了他的名字。"

我打开抽屉,把文件夹塞进去。"你得走了,如果你的手机没电,我可以帮你叫出租车。"

他一动不动,我更加恼怒。

"你知道我必须遵守保密原则,你在面对自己客户的时候也要遵守类似的原则。"我说。

"你本该告诉我你是约翰的心理医生。"

"为什么?"我发出一阵短促的笑声,"你不过是我在酒吧里碰到的一个陌生人,我不会向你透露病人的保密信息。"

"那个病人已经死了。"他点明这一点。

"这没关系,我的法律义务也没有因此改变。"我双臂交叠,抱在胸前,瞪着他。

他最终开口了。"好吧,"他咬牙切齿地说,"好吧,不用为我叫出租车,多谢你的好意。"

他拿起搭在椅背上的外套,走进客厅。我站在原地不动,他的脚步声传入我耳中。他穿着与正装相配的礼服鞋,穿过客厅,走出前门。出门后他反手关门,一声轻微的咔嗒声传来,门又关上了。这时我闻到厨房里什么东西烤煳了。

我拿起座机听筒,电话忙音在我耳边响起。我看看电话按键,然后按一下重拨键。座机小屏幕上显示出一个陌生号码,地区代码是310。我屏住呼吸,听着对方电话的振铃声。一声、两声……无人接听,然后电话被转到克拉斯特&凯文律师事务所的语音留言信箱。

我挂上电话——看来他是给自己的律师事务所打电话。克拉斯特和凯文……

我朝客厅走去,走了几步之后停下来,倒吸一口冷气。我突然知道他是谁了。

罗伯特·凯文,加布的父亲。

# 第07章

罗伯特·凯文停下脚步，他正站在格温家前院的车道尽头，向两侧张望，审视这片宁静的小区。这是一片颇具规模的住宅区，家家户户的前院都很整洁，汽车都停放在车库里。他喜欢格温家这栋房子，喜欢她那井井有条的家。她在家居布置上花费了不少心思，对此他也颇为欣赏。她的家居风格优雅大方又不失个性：书柜里放着骷髅头镇纸，盥洗室的墙上挂着镶框的印刷画，画的是血点四溅的图案；那堵厚重的内墙被刷成蓝色，书本随处可见。每一件艺术品都藏着一个故事。他希望能了解这些艺术品背后的故事，了解这个女人。昨晚在出租车的后座上，这个性感美艳的女人趴在他身上，她的笑声颇具感染力，和她那职业干练的外表形成鲜明对比。

然而，当他看到办公桌上的那份档案，他对她的脉脉温情立马烟消云散了。在她闯进来阻止他之前，他只看了几页，但这也足够让他明白针对约翰·艾伯特的心理治疗是非常私密的。不仅如此，其内容中还充斥着暴力。

他回头望望那栋都铎风格的两层楼建筑，然后往左转，沿着街道前行。他暗自咒骂着该死的手机——居然会在这时候没电。昨晚坐出租车来到这里的时候，他并没有留意自己的方位。现在他只能往北走，盼着能找到这片住宅区的出口，最好能找到一个加油站或附近的联排商业街。他左手攥着外套，走向街道背阴的一侧。即便是十月，加利福尼亚的炎热也让人难以忍受。

如果自己的儿子还在世的话，听说自己的这番经历，肯定会嘲笑自己。每当罗伯特碰一鼻子灰，加布就会拿他打趣。加布会问他为什么要冲出门，为什么不和格温讲清楚。如果罗伯特说他试过了，可格温根本不理他，只是大谈特谈保密问题，这时候加布就会指出如果是罗伯特面对这样的情况，他也会这么做的。

的确如此。罗伯特和客户打了二十年的交道，其中一些客户是非常可怕的人。不过他从来没有泄露过客户的秘密。老实说，在和他有过一夜情的女人中，也没有哪个会翻看他的案件卷宗。他设想假如某个和他有一夜情的女人翻看他的卷宗，他会是何种反应。想到这里，他忍不住做个鬼脸——换成是他也不可能泰然处之。

一辆沃尔沃汽车从他身边经过，车身还贴着斯坦福大学的汽车贴纸。他不想搭乘陌生人的顺风车，眼睁睁看着那辆车离开。前方有一条高尔夫球场的场内车道，一块路牌上写着"高尔夫球俱乐部"，还有一个小箭头指明方向。看来那个俱乐部距离此处不会太远。

这片街区让他感到熟悉，好像是加布第一任女友的家所在的街区。那个女孩的父母曾在独立日当天举办聚会以示庆祝。罗伯特几乎是被逼着参加那次聚会的。当时正值泽坦伯格案件庭审期间,他累得几乎都站不直,可他还是去了,在那里度过了痛苦的三个小时。跟别人的闲聊总是大同小异:圣地亚哥电光队,森林火灾,然后是选举……沉闷的对话周而复始,无休无止。

如果娜塔莎还活着,她会和他一起参加聚会。她喜欢这种场合。她会站在那里,手里拿一杯饮品。愚蠢的闲话会逗得她哈哈大笑,仿佛她从没听过那么幽默有趣的话语。但她可不是一个虚情假意的女子——这一点倒是值得称赞。不过一旦某个人转过身,走到听不见她说话的地方,她就会对那人加以剖析,将对方批得体无完肤。罗伯特也看清了她的这一点:她总是对他人评头论足,总喜欢在背后中伤他人——他可不会为此而怀念她。

转了个弯,高尔夫球俱乐部出现在他眼前。他跨过路沿石,走上宽阔的车道。想到那里有电话和空调,他不禁加快脚步。他看看手表——时间还早,不知道酒吧开门没有。

现在他正需要喝一杯。

酒吧已经开门营业,里面空空荡荡。罗伯特要了一杯威士忌,酒保嘟囔一声,不情不愿地接了单。他坐在高脚凳上,身子向后仰,伸个懒腰,然后把酒杯挪到自己面前。

"……泪流满面的家人再度团聚……"

他看向电视屏幕,正好看到一段新闻录像的结尾。屏幕上的画面是一家人互相拥抱。他的情绪变得更加低落。

"真是难以置信,对吧?"酒保靠着吧台,双臂抱在胸前。

"是啊。"罗伯特盯着酒杯。他现在最不想听的就是斯科特·海顿奇迹般地逃出杀手魔爪的故事。

"你听说了吗?那个失踪的孩子——就是他们认为被连环杀手抓去的那个,他逃出来了。"

这个"失踪的孩子"不是加布,加布没能逃出来。那是斯科特·海顿,那个幸运儿。

电视上的主播开始重温斯科特的逃跑过程和一家人团聚的故事,罗伯特的情绪开始波动。接着镜头切换,他们对血腥之心杀手的杀戮史进行了简单介绍。罗伯特一口喝光杯里兑了水的威士忌,就听到电视节目里提到了加布的名字。他把平底玻璃杯掼在桌上,取出钱包,抽出一张二十美元的钞票,放在吧台上:"谢谢。"

"不客气。"

当加布的名字再次传入他的耳中,罗伯特变得更加焦躁。媒体会不会展示那些照片?加布的光脚丫从油布下方伸出来的那张照片?那件沾满血的外套的照片?哪一张照片会出现在电视屏幕上?

罗伯特走到酒吧前厅,走出前门,一辆出租车正沿着车道朝他驶来。他抬抬手,叫停出租车。上车后,罗伯特紧闭双眼,然而他脑海中的形象却难以磨灭——是加布,身上穿着橄榄球球衣,对着镜头微笑。那是加布被杀前八周拍的照片,这张照片总是会出现在电视上。

# 第08章

妮塔·海顿原以为自己的儿子会瘦成皮包骨,然而不知怎的,她的儿子反而变胖了。现在的斯科特正坐在书房里一张高背椅上。他身上穿着一件白色正装衬衫,每一颗纽扣都扣上了,遮住了他那布满烟头烫痕的胸膛。他胸前的伤口已经开始结疤。

艾丽卡·佩茨警探坐在他对面。她调整录音机的旋钮,然后把录音机放在自己的膝盖上。斯科特失踪时,佩茨是第一个来到这里的警探。在斯科特失踪期间,乔治和妮塔问了她无数个问题,对她哭诉,对她抱怨。

"如果你觉得累了,或是想休息一下,就直接跟我说。如果对于某个问题你需要时间思考,那也不用着急,慢慢来。"警探坐在自己的位置上,身体前倾,全部注意力都放在斯科特身上。

"好的,女士。"斯科特是一个有礼貌的孩子,为此乔治下了好大一番功夫。一年级的时候,斯科特就知道说"请"和"谢谢"。那时他甚至还不知道这两个字怎么写呢。妮塔看着他擦擦自己那英俊的脸庞,心里的自豪感逐渐膨胀。

三张椅子摆在一起,这时另一名警探在第三张椅子上就座:

"好,我们会对此次谈话进行录音,这样一来就不会有所遗漏了。"艾德·哈维警探是个身材魁梧的大个子,还戴着眼镜。他总是摆出一副"别挡着我们干正事"的架势,让妮塔颇为恼火。然而,自从斯科特回到家中,艾德的态度就变了,变得疑心重重。只是妮塔不知道他怀疑的对象到底是谁。

妮塔靠着墙,十指相扣,看到艾德把一瓶苏打水递给斯科特。那不是斯科特喜欢的牌子。于是她匆忙跑进厨房,打开双开门大冰箱,拿出一罐根汁汽水①,然后又跑回书房,悄悄走过去,把根汁汽水放在斯科特旁边的桌上。

"谢谢你,妈妈。"他对她微笑。

艾丽卡清清喉咙:"你感觉如何,斯科特?"

斯科特露出腼腆的微笑:"感觉还好,很高兴能回到家里。"

艾丽卡发出短促的笑声:"我看也是,你有什么计划吗?"

"嗯……我妈妈今晚要做意大利千层面,想起这个我就感到兴奋。之后我们要去看电影《虎胆龙威》②。"

妮塔曾建议换一部没那么暴力的电影。对此斯科特只是翻翻白眼,说服乔治站在他那一边。他没花多少工夫就说服了乔治。实际上,无论他想要什么,妮塔都无法拒绝。现在,每当她看向自己的儿子,她都感觉自己的一颗心要炸开了。

斯科特回家后,妮塔感到如释重负,接着是溢满内心的狂喜。那种感觉如此强烈,让妮塔无法入睡。她甚至想过在儿子的

---

① 根汁汽水:北美盛行的一种含二氧化碳和糖的无酒精饮料。
② 《虎胆龙威》:Die Hard,由约翰·麦克蒂尔南执导的好莱坞电影。

卧室里放一张行军床，和他同住一室，不过对于这个想法，她丈夫坚决地摇摇头，阻止了她。

"那部电影不错，"艾德插了一句，"我喜欢布鲁斯·威利斯①。"

"是吗？"斯科特拉开汽水罐头的拉环。

接下来是短暂的沉默。妮塔调整站姿，把重心挪到另一条腿上。

"你失踪了四十四天，斯科特，"艾丽卡按了一下笔帽，开始记录，"对于你被绑架那天发生的事，你还记得多少？"

"我什么都记得……我是说……在我晕倒之前发生的所有事情我都记得。然后我记得醒来之后发现自己在一栋房子里。"

"好吧，那么就说说在晕倒之前，你记得的最后一件事。"

"嗯……那天我们和哈佛西湖高中的校队打比赛，"他挠挠后脑勺，"比赛结束之后我冲了个澡。他们说要去找点吃的，所以我拿起自己的体育用品，朝我的车子走去。"

斯科特的车是他十七岁的生日礼物。那是一辆银色的四开门大型车，配有越野轮胎。车子的发动机声音很大，不过斯科特很喜欢这辆车。在他失踪期间，妮塔经常钻进他的车里，一坐就是几个小时。她拼命吸车里的空气，想要感受他的气息。

"可是你并没有走到车边，对吗？"艾德问道。

"没错。有人把车停在我的车子旁边。那个人是……嗯……学校里教自然科学的老师，汤普森先生。"

"是这个人吗？"艾丽卡从膝上的一个文件夹里抽出一张照

---

① 布鲁斯·威利斯（1955—　）：美国演员、制片人，系列电影《虎胆龙威》的主演。

片。妮塔轻挪几步,想要看清照片上的人。那是一个年近六十岁的男人,蓄着整齐的白胡子,顶着不断后移的发际线,脸上挂着和善的微笑。那是一张员工照,照片上的人脖子上挂着一根细绳,细绳末端拴着员工卡片。他身上的白色正装衬衫有点皱,上面还别着名牌。妮塔盯着那张照片——这就是绑架她儿子的恶魔。这个人曾经折磨并杀害了其他六个男孩。她肯定在贝弗利高中遇见过这个人,足有十几次之多,可她从来不曾留意。碰到这个人时,她作为母亲的本能应该尖叫着发出警报,暴露出这个人的真面目。然而,她作为母亲的本能却失灵了。

"对,就是他。"

问题在于她在这方面逐渐变得懒散懈怠。体重170磅[1]的斯科特已经算是一个成年人了,不会有事的。然而她想错了,她绝不会再犯这样愚蠢的错误。

"究竟发生了什么?"艾德问道。

"他想把什么东西从汽车后备厢里拿出来,让我搭把手。我弯下腰,准备帮他搬东西。这时候他用东西扎了我的脖子一下。我不知道他用的是什么,总之就那么一下……"斯科特打个响指,"我就失去知觉了。"

"当你醒过来的时候,你在哪儿?"艾丽卡问道。

斯科特犹豫了。他拿起根汁汽水,送到嘴边,喝了一小口。他朝母亲看了一眼,然后说道:"嗯……在一个房间里,在一张床上,我被捆在一张床上。"

---

[1] 磅:英美制质量或重量单位,1磅约等于0.4536千克。

妮塔和儿子目光相接，直到他把目光移向别处。妮塔感到自己的胃部传来一阵痉挛。在斯科特失踪的那几周，当警方肯定此事和血腥之心杀手有关时，曾经向海顿夫妇透露了其他受害者的一些情况。想起那些验尸报告展示的细节……妮塔不由自主地打了个冷战。

斯科特是个天真无邪的孩子。这些年来他和不少女孩互有好感，但没有正式女友。在他失踪之前，妮塔可以对着《圣经》发誓说自己的儿子仍然是处男。现在，斯科特看着缠着绷带的手腕沉默不语。那也是斯科特回到家后妮塔为他做的第一件事——处理手腕上的伤，接着妮塔为他准备了一盘食物，让他洗了个热水澡。斯科特还在洗澡的时候，妮塔给艾丽卡打了电话。这位警探冲到她家，朝她大喊大叫，说什么要保留证据，要把正在洗澡的斯科特拉出来。

当时斯科特又脏又臭，而且他知道绑架自己的人是谁，有没有保留证据很重要吗？不重要。重要的是给他疗伤。警探应该先把他们的问题搁在一边，不要打扰斯科特，让他变回那个正常的少年，和家人待在一起。

"你知道那栋房子的方位吗？是这栋吗？"艾德拿出一张照片，斯科特看了一眼。

"大概吧，我逃出来后，就拼命跑，没有仔细看那栋房子。"

妮塔仔细观察自己的儿子，恰好看到他用食指挠了挠一侧的脸颊。这是他撒谎时的习惯动作。她皱皱眉，心想不知他到底撒了什么谎。

"当时你是在卧室里吗？是他的卧室吗？"艾丽卡问道。

"不是，我觉得他不住在那里。大部分时间我都被灌了迷药，我也说不准。"

两个警探对视一眼。

"你们必须逮捕他，"妮塔开口了，"他可能会逃跑，甚至可能找到我们家。你们必须在这之前逮捕他。"

"我们已经派出警员去监控兰道尔·汤普森了，"艾丽卡直视她的眼睛，"等搜查许可令批下来，我们就能对他家进行搜查。别担心，他跑不了。"

"如果他说不是他干的呢？"斯科特问道，"如果他说的话和我说的相矛盾呢？"

"那就由证据说了算，"艾德说，"放心，没事的。"

斯科特点点头，可他还是将信将疑。妮塔走上前去："今晚你们问的问题够多了，他累了。如果你们还要问其他问题，我们需要请律师到场。"

在此次问询过程中，妮塔的丈夫一直站在门边，他点点头，对妮塔的话表示认同。一开始他就想打电话叫律师来，可妮塔对此表示反对，她坚持说当务之急是逮捕那个老师。妮塔把警探送到前门，和艾丽卡拥抱道别。她轻声在艾丽卡的耳边说了一句"谢谢"，在门口停下脚步，回头看看自己的儿子。她儿子还坐在原处。斯科特回望母亲一眼，然后迅速将目光移开。

妮塔心中的不安逐渐膨胀，她儿子对警方有所隐瞒。

他隐瞒了什么？为什么要隐瞒？

# 第09章

"克拉斯特＆凯文律师事务所"和创新艺人经纪公司位于同一栋写字楼。这意味着罗伯特·凯文有机会在电梯里和某个明星擦肩而过——实际上，这样的情形每个星期至少出现一次。每当加布听到父亲的"奇遇"，他都觉得自己的老爸"很有本事"。不过那也是很久以前的事了。等到加布进入青春期，这些"奇遇"赋予罗伯特的魔力便烟消云散了。那时候的加布脸上总是透出一丝厌倦，只有在提到钱、他的车和女孩时，他才能稍稍提起兴致。

总有一天，罗伯特要把自己文件柜里的所有卷宗扔到火里烧掉，然后搬到海边，以一栋简陋的棚屋为家。到时候他要穿着沙滩短裤，戴着棒球帽，一年都不刮一次胡子。他可以接一些海边地产以及租赁纠纷的案子，可以为海滩鸡尾酒吧打官司，让他们用美酒和椰汁炖虾来抵律师费。富丽堂皇的大楼，身上经过浆洗熨烫的西服……迟早，他要抛下所有这一切。

电梯里，律师事务所的前台接待员正站在他身边。"你又在做白日梦了，"老妇人露出会意的微笑，"让我猜猜，你已经神游到阿鲁巴岛①去了,是不是?"

"我心里想的是乌拉圭②。"罗伯特说。这时电梯门开了,他伸出手,示意老妇人先行。"乌拉圭那里的税率更低,想和我一起去吗?"罗伯特说。

这位气宇不凡的老妇人已经是三个孩子的祖母了。她走出电梯,咯咯笑道:"我连让我丈夫弗莱德开车四十五分钟去一趟好市多超市都做不到,还想让他坐飞机外出旅游?至少在21世纪内都不可能发生这样的事。"

他们转个弯,穿过高高的玻璃门,走进律师事务所的前厅。

"马丁在吗?"罗伯特取出一串钥匙,打开办公室的门。这个律所有三个合伙人,但只有罗伯特会锁门。这让他显得有些另类,可他根本不在乎。这就是他和格温的区别。格温会把自己的档案卷宗摆在明处,让所有人都看得到。在罗伯特眼里,那样的疏漏会导致败诉,会让秘密泄露出去并四处传播,最终毁了自己的职业生涯。

"他七点钟就到了。"

"真是难以置信。"罗伯特说。他打开办公室的灯,把钥匙扔在办公桌上,然后走进马丁的办公室。

罗伯特进来时,马丁正在打电话,他竖起一根手指,示意罗伯特"再等一分钟",眼神指向办公室尽头那张会议桌。罗伯特在一张皮质办公椅上坐下。那张巨大的会议桌边上放着一个一次

---

① 阿鲁巴岛:位于加勒比海地区的岛屿。
② 乌拉圭:位于南美洲的东南部,北邻巴西,西接阿根廷,东南濒大西洋。

性餐盘，盘子里是黏糊糊的炸面包圈。罗伯特拿起一个面包圈。

此时马丁已经挂了电话，提醒道："那面包圈里有椰子。我敢打赌，乔伊和我老婆合谋，想让我减肥。"

"我喜欢椰子。"罗伯特嘴里含着面包圈，嘟嘟囔囔地说。

"好吧。"马丁拎起自己领带的一角细细端详，用指甲刮去一个污点。他的目光再次回到罗伯特身上，顿了一下，然后说道："斯科特·海顿回家了——我猜你已经听说了这件事。"

"我听说了，"罗伯特擦擦嘴，"一个警探给我打了电话。"

"他们找到什么线索了吗？"

"事实上，那孩子说凶手是他的一个老师。他们把那家伙叫去问话了。今天早上格伦法官开出了调查许可令。"

"他们找到证据了吗？"马丁双手交叠，放在肚子上。他的全部注意力都放在罗伯特身上。他们两人曾经让几百个嫌疑人免遭牢狱之灾，深知在大多数时候，某样证物的缺失会成为控方的软肋，让有罪判决无法成形。

"他们在那家伙的家里找到一个鞋盒，"他直视马丁，"里面装着从每个孩子身上取下的'纪念品'，也包括加布的。"

一阵抽搐掠过马丁的脸庞："抱歉，罗伯特。"

"我还好。"罗伯特最后咬了一口面包圈，强迫自己咀嚼。他总是想起那个警探说的话。他们在那盒子里找到了一些头发，经过DNA（脱氧核糖核酸）比对确认是加布的。除此之外还有一样东西——一条钥匙链。"我们希望你能来一趟，指认一下这个物件。"罗伯特咳嗽起来，强咽了口唾沫，尽力让自己的嗓音保持平静："他们起诉了这名教师，罪名是犯下了六起谋杀罪。现在他已经被送进洛杉矶中央监狱了。"

"好吧。"马丁说。他那两道凌乱的白色眉毛往上一挑,在黝黑的前额中央形成一个小小的尖峰。"很好,这样一来你就可以安心了。"

罗伯特不说话。

"怎么了?"马丁倾身向前,"你在想什么?"

"有什么不对劲,"罗伯特摇摇头,"这也太容易了。斯科特·海顿逃出来,一路跑回自己家里,这家伙居然没有把他抓回去?而且斯科特还恰好认得这个杀手?之前血腥之心杀手的受害者都不是贝弗利高中的学生,这次他为什么要一反常态呢?为什么要对一个认得自己的孩子下手?这么做要冒很大的风险。"

"你还在分析凶手这么做的理由,可你忘了,凶手也是普通人,而且还是个精神状态不太稳定的人。不要用检察官的目光来审视这件事。"

"我必须这样做,既然我能找出这些疑点,他们也会发现。"

"罗伯特……"马丁想要警告他,可罗伯特打断了他的话。

"根本没有足够的证据继续这项调查。现在只有一个十几岁少年的说辞和那个盒子,而且那个盒子很可能是栽赃……"

"好了。"马丁的嗓音透出一股平静,令听者安心。身为加利福尼亚州最成功的律师,马丁自然有其过人之处,仅凭自己语音语调的变化,他就可以掌控整个陪审团的情绪。"现在有受害者作为人证,还有物证,他就是真凶。我们一定能让那家伙为自己做过的事付出代价。"

"我担心的是真凶另有其人。"罗伯特身体向后靠,双臂抱在胸前。他知道马丁会对自己接下来要说的话有何反应，但他必须坚持己见，不为所动。前一晚，他彻夜未眠，反复思索兰道尔·汤普森被拘捕的过程以及那些不利于他的证物。毫无疑问，汤普森需要一名律师为他辩护，而公设辩护律师①肯定把这一案件视为烫手山芋，唯恐避之不及。对于牵涉到加布的事情，马丁向来都对自己多加包容。可接下来他要说的这件事……马丁肯定觉得难以接受。"我想做他的辩护律师。"罗伯特说。

马丁看着他，沉默了很久。之后他大笑起来："你是在开玩笑吧？"

"我说了，我觉得他不是真凶。"

"不，你说的是'我担心的是真凶另有其人'。"

"好吧，"罗伯特叹口气，修正自己之前的说法，"我的意思是，我觉得他不是真凶。"

马丁凑近办公桌，将胳膊肘支在桌上，死死地盯着罗伯特，那目光如同激光射线。"我们谈论的可是杀死加布的凶手，"他说，"我把你的儿子视如己出。如果你想去监狱打他一顿出气，我会支持你。或者假如你想通过法律程序让他付出代价，也没问题。但是做他的辩护律师？"他上下打量罗伯特，"如果是其他人，我会认为这是蓄意破坏，想让凶手败诉。但我知道你是个很有道德感的人，不会这么做。"

"我没有什么不可告人的目的，如果他不是真凶，警方却把他当成真凶，那他们永远不会再寻找真正的凶手。"罗伯特耸耸

---

① 公设辩护律师：由政府资助，为贫穷的被追诉人提供刑事法律援助的辩护律师。

肩，希望自己刚才说的话能让马丁信服，"我已经考虑过了，马丁。今天下午我就向法庭提出申请，并安排一次会面。"

马丁叹口气："罗伯特，你是个成年人，要为自己的行为负责。你比其他人更了解这个案子。这种感觉糟糕透了，我无话可说。"

"我不是在征求你的许可。"罗伯特将纸巾团成一团，扔进办公桌旁的圆形废纸篓。他要尽快结束和马丁的谈话，避免马丁刨根问底。马丁总能提出精妙的问题，直击要害，让他无法回避。罗伯特可不想回答他的问题，因为这件事本来就不合常理。在所有人的印象中，作为第六个受害者的父亲的他，应该尽量和兰道尔·汤普森案件保持距离，如若不然，那也只能作为控方律师，在法庭上和兰道尔对质。

"好吧，我最后提醒你，你的做法会引发巨大的利益冲突。"马丁站起来，绕过办公桌，双臂抱在宽阔的胸前。他把红色的领带夹好，然后说道："如果你输了官司，兰道尔会起诉我们律所。他会说你是有意让他败诉，会说你销毁了证据，误导了证人，根本没有尽到辩护律师的职责。"

"我不会输的。"

马丁无奈地笑了："还有什么我不知道的事吗？你真的认为这家伙是清白的？如果是真的，就让警方和公设辩护律师忙活去吧。你卷进这件事没有任何好处。"

"我必须和他见面，听听他怎么说。如果我成为他的辩护律师，我就能见到他。除此之外别无他法。"罗伯特按按马丁那厚实的肩膀，然后说道，"如果他对我说谎，我会退出。你知道我是什么样的人。"

马丁摇摇头："他不会让你为他辩护的。和死于自己之手的某个受害者的父亲讨论自己曾经做过的事——这实在是无法想象。"

罗伯特保持沉默。前一天晚上他搜寻了有关兰道尔·汤普森的所有信息。兰道尔在一所高中教授自然科学，开一辆五年车龄的本田雅阁汽车，住在一栋有两个卧室的待拆危房里。他的日子并不宽裕，如果一个洛杉矶顶级罪案辩护律师提出要免费为他辩护，他必定无法拒绝——即便考虑到那个律师是其中一个受害者的父亲，他也不会拒绝。罗伯特松开手，放开马丁的肩膀，朝门口走去。

"新闻媒体会为这事把你批得体无完肤。我知道你认为那家伙是清白的，可如果事实正好相反呢？如果就是他杀害了加布和其他几个孩子呢？"当马丁再次开口时，罗伯特停下了脚步。

他回头看向马丁，同时把门打开。他希望能把所有一切告诉马丁，可最后他只是说："相信我。"

但是身材魁梧的马丁只是皱皱眉："问题就是，我并不相信你。"

# 第10章

我站在餐桌旁,研究一块拼图碎片和盒子上的图案,想要找到两片拼图之间缺失的那一块。克莱门汀在我两腿间穿行,它的尾巴触碰到我的腘窝,瘙痒的感觉让我把腿一缩:"克莱门汀,别闹了。"

它跳上最近的一张椅子,喵喵直叫,想引起我的注意。我把盒子放在桌上,拍拍它的脑袋,然后低头盯着拼图。

今天真是糟糕的一天。我在两点钟时接诊了一位病人,在诊疗过程中我几乎没能说一个字。本来少说话或不说话对我来说应该是一种很好的调剂,可最近我已经对自己作为心理医生的能力产生了怀疑,这样的情形只会让我疑虑更重。

以前我从来都不担心自己作为心理医生能力不足,甚至有点自负,我以为只要我挥动手里的笔,吐出连珠妙语,就能让病人的心智如我所愿发生改变。可自从约翰和布鲁克去世,我开始认为自己对他人心理的感知功能已经暂时失灵——也可能是永久失灵了。我在这种想法中越陷越深,无法自拔。

就拿我和约翰的最后一次会面来说吧。他为了布鲁克的事而暴跳如雷。记得当时我坐在他的对面，听他对某个男人破口大骂——他认为布鲁克在和这个男人幽会。他的唾沫甚至飞溅到了我的脸上。

我并不相信他的话，然而我的工作并不是判定他妻子是否清白，而是对他的想法进行过滤和分析。绝大部分的信任缺失问题都源于真实的人生经历，而这可以一直追溯到童年时代。可每当我提及他青春期的往事，约翰总是避而不谈——这也进一步说明了他对其他人的不信任是一种本能的心理防御机制。假如我的心理感知功能没有失灵，我就不会花费那么大的力气去追溯他的不安全感究竟源自何处，而是关注更明显的可能性：他的怒气可能失控，造成实质性的伤害。

我的电视机摆放在客厅里，此时正播放综艺比赛节目。我朝电视看了一眼，看到主持人一边蹦蹦跳跳地朝舞台冲去，一边和周围的观众击掌。

关于婚姻，我秉持一种非常消极的看法——在某个时刻，婚姻中的一方会暗暗希望另一方死去。

当然，这只是一种假说，而且是一种非常不受欢迎的假说。每当我在心理学年会和论坛上提起，总会引发热烈的争论。一些心理学博士跳起来反驳我。他们气急败坏，坚持说他们的婚姻持续了四十年之久，可从没想过要让自己的另一半去死。可是在他们内心深处，在他们拼命压抑的某个内心角落里，在那个他们假装不存在的阴暗角落里……事实又是如何呢？我知道，人总有脆弱的时候，总会袒露自己内心的时候。而在这种时候，那个想法或者说是希望就会蹦出来。对于大多数人而言，那种想法一闪而过，稍纵即逝。可是对于像约翰那样的人来说，这个想法就如同深埋在身体里的玻璃碴子，迟早会刺破皮肤，冒出头来，如果他想移除，就必须将一大片皮肤剥开。然而没有人愿意这么做。于是那玻璃碴子就会引发脓肿溃烂，造成感染，它会杀死并吞噬周围的健康细胞，让他感受到阵阵疼痛，无法摆脱，他的一举一动和所有思绪都受到它的影响，被它控制，直到最后它控制了他的整个人生。

约翰对我说了许多他想要伤害布鲁克的想法，直到后来他说的这些对我来说已经变成了毫无意义的白噪声。因为我对他的这些说法已经麻木了。我理所当然地认为约翰是在幻想自己杀了布鲁克，而这种想法也不会让我大惊失色，因为我认为这是不可能发生的事。他们的婚姻持续了十五年，如果约翰真的想杀死自己的妻子，他早就动手了。而他口中的布鲁克出轨又有什么大不了的呢？我记得他提起过一年前发生的一件事——布鲁克把车停在坡道上却忘了拉手刹，结果车子沿着坡道下滑，撞上了停放在路边的一辆轿车。他谈起这事时的语气和他说妻子出轨时的语气别无二致，所以我有什么好担心的？

这不是我的错。我将一块五边形的拼图碎片放在合适的位置上，心里默念着这句话，试图让自己信以为真。

这不是我的错。我曾经为了维护布鲁克而和约翰争论。想想看，我曾经为那个女人说话，我提起了他们过往的经历，指出约翰的不安全感源于他的妄想。

这不是我的错。或许布鲁克当真死于心脏病发作。

我端起酒杯，喝了一大口，让醇厚的墨尔乐红葡萄酒在我的舌头上荡漾，过了好一会儿才让这口酒沿着我的喉咙滑入胃中。

门铃响了，意味着有人闯入这里。我转过头，克莱门汀飞速掠过我身边，躲到了沙发底下。

罗伯特·凯文站在我家的门前阶梯上，手里拿着一束花。我在玄关停下脚步，迟疑不决。

现在将近晚上九点，在这个时候，没和主人打招呼就贸然登门的确不合适。话又说回来，无论是什么时候，我都不欢迎不速之客。我只要悄悄地绕过墙角，躲进黑暗的客厅里，避开那些窗户——这样或许他就会失去耐心，最终离开。

"格温，"他把手放在门上，"我看见你了，我透过玻璃门板看到你了。"

他当然能看见我。我还希望屋内的暗淡灯光能让我隐形，可看来最近好运女神并没有站在我这一边。我暗骂一句，拉开门闩锁。

"嗨，罗伯特。"我简短地说了一句，尽力装出一副冷若冰霜的样子。可当我看到他手里捧着一束粉色的郁金香，脸上流露出悔恨和歉意，我的态度就不由得缓和下来。我有好多年没收到鲜花了。我从他手中接过花，突然很想把自己的脸埋进花束里，深吸一口花的香气，不过我最终还是克制住了自己。

"我知道现在很晚了，可我必须向你道歉。"

我手里捧着花，实在腾不出手来关门。于是我用最冰冷的语调说："说吧。"

"我不应该翻看你的病人档案,也不应该进你的工作室。老实说,或许我也不应该独自一人准备早餐,我应该和你一起做这件事。对不起。"

我反复品味他道歉的话语,感觉其中透出一股真诚。如果换成一个更加强势的女人,或许她会直击要害,对他的行为大加指责,然后撕碎他的花,砸到他的脸上。可现在屋外很冷,我穿着的短睡裤也不够暖和,不足以抵抗门外的严寒。再说了,对一个失去孩子的父亲,你很难硬起心肠。"好吧,"我欣然接受他的道歉,"谢谢你送花给我。"

看到我如此轻易就接受了他的道歉,他脸上流露出惊讶的神色,然后缓缓点点头,后退一步,离开门边:"说真的,我真的感到很抱歉。"

"好吧。"我借着门廊的灯光打量他:他穿着西服套装,没穿马甲;他的领带没系好,只是挂在脖子上;衬衫最上方的纽扣也没扣好。看起来他需要睡眠和食物,而我能为他提供其中一样。

我后退一步,把门开得大大的:"你想进来吗?如果你肚子饿了的话,我这儿有意大利千层面,我可以帮你加热一下。"

他露出腼腆的微笑。那神情配上他那英俊的五官,简直帅到不合常理的地步。"当然,"他缓缓说道,"不过你要陪着我。"

罗伯特吃了三大份千层面,然后开始对那堆拼图碎片发起进攻。餐桌旁摆放着几张配着软垫的椅子,我盘腿坐在其中一张椅子上,看着他的双手在拼图板上快速移动,就如同一个高智商神童正在把玩一个魔方。

"还有,如果你要出门旅行,那问题又来了,"他把一块黑色的拼图碎片嵌入拼图板边缘,"还得把它们装进宠物箱里,送去宠物托管中心。我可不想为这些事情操心。"

他正在列举不养宠物的种种理由。当然了,如果你把宠物视为呆板无趣的死物,完全不考虑它们为你的生活带来的欢乐,那他说得的确是有理有据,难以辩驳。

"你经常去旅游吗?"我转动酒杯,看着深色的液体沿着杯沿晃荡。

"不常去,"他承认,"去年夏天我去了塔霍湖。不过总有一天我会到各地去旅游。"

"好吧,"我啜饮一口红酒,"一个和工作结婚的工作狂,想用另一种瘾来戒掉工作这种瘾。你自己也明白,你不会四处旅游的,对吧?"

他做了个鬼脸。

我捡起一块拼图碎片,端详碎片上的图案:"我为你儿子感到难过,我很抱歉。"

罗伯特离开我家之后,我在网上搜索了有关他的信息。他在法庭上取得了骄人战绩,还在业界获得了许多荣誉,的确令人印象深刻。然而这些信息都被挤到了后面,你要翻六个网页才看得到。排在前面的搜索结果都是与加布·凯文有关的全国性新闻报道、新闻稿以及视频和帖子,其目的都是寻找与加布·凯文遇害有关的线索,并为他讨回公道。半数新闻的发布时间是在加布失踪期间,其余的新闻是在发现他的尸体后发布的。加布的尸体在伯班克一家垃圾处理厂后头被人发现,在他的胸膛上,有人用颇为粗糙的手法刻了一颗心,他的生殖器被切下来扔到垃圾堆里——这是血腥之心杀手典型的行凶手法,警方也认定加布是被血腥之心杀手杀害的第六名受害者。

他原本低头看着拼图,现在他抬起眼睛,与我目光相接。他的哀伤深沉如海,借着家居吧台上方那昏暗的灯光,我无法完全看透。挥之不去的哀伤存在于他的眼中,将他的脸庞拉长。哀伤如同重担,沉沉地压在他身上,让他不堪重负。

我曾经给一些失去孩子的病人治疗过。对他们来说,哀伤不会消逝。虽然随着时间的推移,人们眼中的哀伤会渐渐变淡,人们也能更好地掩饰自己的哀伤,将它隐藏起来,然而那哀伤永远都在。失去一个孩子就如同被截肢,每当你有所动作,你总会想起自己失去了什么。你必须不停地调整自我,向生活做出妥协,直到最后这种调整妥协已经成为你人生中固有的一部分。

他紧紧抿着嘴唇,嘴唇变成一条平直的线条。"你用不着抱歉,抱歉也不能让他起死回生。"他说。

不,当然不能。我转换话题:"我猜你已经知道嫌犯被逮捕这事了。"

"没错,"他从散乱的拼图碎片中捡起一块,"你对血腥之心杀手也有所了解吧?"

杀手令我着迷,而血腥之心杀手是洛杉矶史上最臭名昭著的连环杀手,从一开始我就对他进行了巨细无遗的研究和分析。我拿起酒瓶,没有征得他的同意就给他倒满一杯,也顺便给自己添酒。"这恰好属于我的职业范畴,"我说,"我当然对他有所了解。对于杀人案件,我怀有一种职业兴趣。"

"我们初次见面的那天晚上,你说你经常被叫到法庭上,提供专家证词。"

"没错。"

"那心理侧写①呢?"

"有时也会做。"我心想,他到底想问什么?

"之前你有没有为连环杀手做过心理侧写?"

"只在医学院读书时做过。"

他不出声,我等着他梳理好自己的思绪。与此同时,我发现了拼图游戏的一点线索,把一块拼图碎片放进合适的位置。

"我想雇你为我工作。"

"做什么?"

"首先,为血腥之心杀手做心理侧写。"

我已经搜集了关于血腥之心杀手系列谋杀案的一些信息。根据这些信息,我可以在一天之内完成一份像模像样的心理侧写。不过罗伯特·凯文想要的或许不仅仅是"像模像样的心理侧写"。

"为什么?"我问道。

"他是杀死我儿子的凶手,"他瞪我一眼,目光中饱含挑衅,仿佛因我提出这个问题而不满,"我还需要别的理由吗?"

"不需要,"我缓缓说道,"不过你儿子的尸体是在九个月前被发现的,为什么等到现在才让人对凶手进行心理侧写?再说,

---

① 心理侧写:本书中的心理侧写特指犯罪心理侧写,指根据对犯罪现场相关证据的分析,了解更多该案罪犯的行为与动机。

警察已经抓到他了。"

"九个月前我又不认识你。"

我缓缓地啜饮一口葡萄酒，为自己争取一点思考的时间。我并不是不想做这份工作。事实上，我恨不得马上把他赶出去，然后立即着手做这项工作。可这其中有点蹊跷，我必须弄清楚。

"你手上有你儿子遇害一案的档案卷宗？"我问道。不可能的，想想看，自己儿子遇害一案的档案卷宗——他怎么可能一直留着呢？然而，他那自信的神态已经给出了肯定的答案。

他点点头。

哦，老天！每一张验尸照片，每一条警察无意中记下的笔记，会对他造成多大的心理创伤啊！我极力克制自己，不让痛苦显露出来。

"我不仅有加布遇害一案的档案卷宗，在接下来几天我还能为你弄到其他几起案件的档案卷宗。"

其他几起案件？想到自己有机会翻阅六起连环谋杀案的卷宗，仔细阅读其中细节，我不由得兴奋地深吸一口气。

"你怎么拿到的？"我问道。

"别问那么多，你只要知道我能拿到就行。"

我皱皱眉，将信将疑："好吧。"如果他说的是真的，如果我能对死于血腥之心杀手的六个受害者以及他们各自的情况进行详细研究……这简直是心理医生梦寐以求的大好事。更妙的是杀手已经被逮捕了，我可以见见杀手，和他谈话，对他的心理进行详尽的分析——当然了，我必须先征得杀手的辩护律师的同意。

我意识到自己正在盯着他，随即坐直身子："好吧，我接受这份工作。"我试图让自己的嗓音保持平静,然而我说的每一个字都透着兴奋。

他的嘴角上翘,可他并不是在微笑。我从他的脸上看到了失望。然而我还没来得及琢磨这一点,他已经开口说话了:"明天我给你一份加布遇害案的卷宗复印件。"

"好。"我说。他拿着一块拼图碎片,但并没找到嵌入碎片的合适位置。我看着他把那块拼图碎片扔进碎片堆里。

"我要回家了,"他说,"谢谢你的招待。"

我站起来:"不客气,谢谢你送来的花,那些花很美。"我们是两个彬彬有礼的成年人,一个死去的少年夹在我们之间。

"你没有对我关上大门,谢谢你。"他在玄关处停下脚步,然后凑过来,在我的脸颊印上温柔的一吻。他脸上的胡须茬儿刮擦着我的肌肤,身上散发着熟悉的味道,和我们初次见面时一样,只是少了酒吧里的烟味。很好,非常好。

"晚安。"他向前几步,走出门,在下第一级阶梯时差点绊了一跤,然后马上站稳。

"小心点,晚安。"我开着门,看着他走下门前阶梯,走向自己的车。他的车是一辆闪亮的黑色奔驰,正停放在我家的车道上。没等他走到车边我就关上门,锁上房门锁,然后把门闩插上。

我走回餐厅,收拾酒杯和空酒瓶,然后熄了餐厅的灯。进行到一半的拼图留在原处,等以后再说吧,我想。我站在洗碗槽前,往一块没用过的洗碗海绵上倒了一些薰衣草香味的洗洁精,开始清洗餐盘。

他真是个有意思的人,情商非常高,和我一样,不用说话也能读懂别人的心思。老实说,在这方面他甚至比我更强。他很好地将自己的情绪隐藏在富有魅力的外表之下。我父亲将这类人称为"坐在牌桌前不动声色的家伙"——或许这是很贴切的描述。他的经历颇为复杂,现在还沉浸在哀伤之中,不过……他身上还有一些更深层的东西,一些我无法触及的东西,这个想法令我抓狂。

或许那只是赤裸裸的吸引力。当他出现在我身边,我的身体就会对此产生某种反应,令我感到不安。在我们道别的时候,我很想凑上前去亲吻他,只是我极力克制住了自己。

我拿起一条白色的长绒洗碗布,擦洗红色瓷餐盘的表面。我必须考虑到另一种可能:当我得知罗伯特·凯文和血腥之心杀手之间存在某种联系,他对我的吸引力便大大增加了。而现在他想雇我对罪犯进行心理侧写——一想到这我更加激动,甚至起了鸡皮疙瘩。

这可是在职业生涯中有所建树的好机会。假如兰道尔·汤普森就是真凶——所有新闻报道貌似都在暗示这一点,那么在接下来的几十年里,这一系列凶杀案将会成为心理学家研究的对象。他们会研究他的动机和个人经历,推断他如何将想象转化为现实,而这一过程又是如何循环往复的。他们会把兰道尔·汤普森和朗尼·富兰克林[1]以及约瑟夫·詹姆斯·迪安杰洛[2]摆在一起进行比较。但现在我可以对他进行详细研究,而且可以看到其中

---

[1] 朗尼·富兰克林:原为美国洛杉矶市的一名机修工和垃圾回收人员,被控于1985年至2007年谋杀了十人,但本人拒不认罪。
[2] 约瑟夫·詹姆斯·迪安杰洛:原为警员,后被辞退,被认为是活跃于1976年至1986年的"金州杀手"。

每一个细节。罗伯特给了我这样的机会……这简直是太妙了！和这件事相比，他送来的鲜花和他在床上给我带来的愉悦又算得了什么呢？这真是太棒了，简直让人不敢相信。六起凶案的案件卷宗？他说他能弄到其他卷宗时颇为自信，我相信他说到做到。

他身上透着高傲，还为我提供了这么好的研究机会——所有这一切让罗伯特在我心中留下了深刻的印象。这种近似痴迷的情绪可不是健康的心理反应。

这个人正沉浸在哀伤之中，他的人生已经支离破碎。他的儿子加布·凯文和另外五个纯真的男孩一样，被人杀害了。那个杀人恶魔要付出应有的代价，而我也不应该因有机会研究这个恶魔而雀跃。我打开壁橱，把盘子摞在最上方。

六个孩子惨遭杀害。很快我就能找到其中关键，弄清他们遇害的原因。

# 第11章

　　第二天下午四点半,有病人来赴诊,诊疗结束后我把病人送到候诊室,一眼就看到罗伯特·凯文的身影,我不由得停下了脚步。这个高个子律师正站在雅各的桌旁,手里拿着一个厚厚的文件夹。我的注意力一下子被那个文件夹吸引了。我回头看看那位病人——杰夫·马文,他有偷窥的癖好,他那解不开的心结与自己母亲有关。"下周见,杰夫。"我对他说。

　　杰夫点点头,径直朝楼梯走去。

　　"莫尔医生。"罗伯特说着,缓步朝我走来。瞧他那自信的姿态,仿佛他是个大权在握的大人物。"你有时间吗?"他问道。

　　"当然有,"我推开自己办公室的门,对雅各点点头,"雅各,如果有电话找我,让他们先等一等。"

　　罗伯特经过我身边,走进办公室。我闻到一缕若有若无的气味——那是古龙水的气味,而且还是价格不菲的古龙水。

　　他环顾四周,"这地方不错。"他说。

　　"我们运气不错,现在想要租下这个地方得多花两倍的租金。"双人沙发旁摆放着几张低矮的皮椅,我在其中一张皮椅上坐下。

他注意到办公室一角有一张摆放着小零食的吧台。"我能喝杯咖啡吗？"他把文件夹放在我的桌子上。

"当然可以，还有……"我凑过去，把已经见底的咖啡杯推到桌边，"你能不能也帮我倒一杯咖啡？"

"当然。"他伸手去拿杯子，我们的手指相互触碰。我们对视一眼，然后我松开手。

他转过身，走到咖啡壶旁边。"你是个医生，因此我假定我们的谈话是受医患保密协议保护的，对吧？"

有意思。"当然，现在是你雇用我为你工作。不过我敢肯定，你也知道医患保密协议的效力不是无限的。"

"我当然知道，"他转过身，面对我，一手拿一杯咖啡，"如果一个病人即将对自己或他人造成伤害，你有义务向有关部门报告，对吧？"

他问问题的方式真有意思，好像所有人都是被告。或许这就是作为辩护律师长时间在法庭上进行舌战所形成的习惯，或许这缘于某种根深蒂固的偏见，认为人性本恶，老是把别人往最坏处想。我本想指出他把所有人视为被告的心理缘由，不过我还是克制住了自己，只是点点头："说得没错，如果一个病人可能对自己或他人造成伤害，我们就必须上报。"

"不过就你接触的这些病人而言，我猜你以前也曾经违反过这条规定。"他在我面前的椅子上落座，拿起咖啡杯，送到唇边。

他想说什么？我跷起二郎腿，可他的目光一直停留在我的脸上。他的专注力可真是非同一般。尤其是我现在穿着这条短裙,他居然还能一直盯着我的脸,而不是看向我的腿——这样的专注力的确令人惊叹。这条裙子几乎算不上是职业正装,我也很少穿,不过在测试男人的人品时这条裙子可是一块试金石。罗伯特·凯文通过了测试。

对于他刚才说的话,我并没有接茬儿,只是看向他放在我桌上的文件夹——一个厚厚的红色文件夹,一条橡皮筋横在文件夹中央,把文件夹箍得紧紧的。

"关于保密方面还有什么问题吗?"我把笔记本放在两人之间的桌面上。他的肩膀紧绷。我有意放松自己,懒洋洋地坐在椅子里,只希望这种新的肢体语言能缓解他的紧张情绪。

然而事与愿违。他的眉毛皱得更紧了:"我还拿不准你是不是值得信任。"

我拿起刚才他放在我面前的咖啡杯:"做我这份工作,信任是必不可少的。如果一个病人不信任我,他就不会向我倾诉他的问题。"

"他们为自己做过的事向你忏悔?"

我对他做个鬼脸。我经常听到这个问题,这个问题让我感到恼火。"当他们说起自己心中的罪恶感时,有时他们会谈及自己做过的事。"我双手握着咖啡杯,瓷杯透出的暖意让我感到心安,"每个病人都是不同的。对于有的病人而言,光是谈话就能起到治愈的效果。"

他咬紧牙关。我仔细打量他,想要弄清他问这些问题的言外之意。他是个律师,做这份工作的人表现出躲闪回避也是在情理之中的。可他的话音中除了好奇和不信任，还有别的什么……那是一种锋芒毕露的情绪，那是愤怒。啊，真有意思。

我进一步试探："你为什么要问这些问题？"

作为回应，他只是朝文件夹一挥手："这是加布遇害一案的卷宗，如果有任何问题，请及时告诉我。"他扯扯领带，回避我的目光。如果换成其他人，我就要认为这一动作是撒谎时的习惯性动作了。可于他而言，我认为这是痛苦情绪的表达。

这件事对他来说很重要，非常重要，以至于他要在交通高峰期间亲自开车跑一趟，把一份刚复印好的加布遇害案卷宗送过来。我站起来，朝那个文件夹走去，解开箍着文件夹的橡皮筋，打开文件夹。一些彩色的小标签从纸张边缘伸出来，上面写着每一部分的内容。我的手指掠过这些标签："你曾经把这份卷宗复印件交给过其他心理医生吗？给过多少人？"

"你是说精神病大夫吗？没有。"

"说实话，我们不太喜欢'精神病大夫'这个词。"我温和地回了一句。我翻开标记着"证据"的那一部分。当我看到一项项证据整齐地罗列出来，我感觉到兴奋之情在我体内涌动。

"抱歉。"

"如果你想疗愈心理创伤，就不应该整天都想着杀手，这会变成执念的。"我很想翻看那份卷宗，仔细阅读每一页列出的所有细节，找到隐含其中的线索。我喜欢线索。正因如此，我放下卷宗，把注意力重新放在罗伯特身上。他向我抛出了某种线索，可我未能领会。

"我的主要目的可不是疗愈心理创伤。"

"或许你应该把疗愈创伤当成自己的主要目的。无论你承认与否，这个星期当你得知杀死自己儿子的凶手被抓时，你肯定经历了剧烈的情绪波动。"

"不要分析我的心理。你要做的就是看看这卷宗，然后告诉我你的想法。"

我似笑非笑："分析他人心理正是我工作的一部分。"

他的目光变得生冷："我雇你做的这项工作并不包括这一部分。"

"如果真想要对凶手进行心理侧写，除了这一份凶杀案卷宗，我还需要别的东西。"我在沙发上坐下。那个文件夹正对我发出无声的召唤，可我置之不理。"你说你能弄到其他案件的卷宗？"

"没错，不过先看看这一份，看你能不能坚持下去。"

我看看表——再过十五分钟，我还要见一位病人。"我能坚持下去，这没问题。不过我的时间很紧，我需要几天时间对所有信息进行梳理。"

"我们初次见面的那个晚上，你告诉我你的专长是为有暴力倾向的病人提供心理治疗。"

"没错。"

他的腿抖了几下，脚轻击地面，发出一阵短促而不连贯的踢踏声。当我看向他的脚，他马上停止了动作，这是习惯性动作。他避免与我目光相接，话语中透着敌意——我把抖腿的动作和回避的目光归为一类，不过这是哪一种情绪的表达呢？是因挫败而感到沮丧，还是焦虑？

他倾身向前，前臂平放在大腿上，直视我的眼眸——这正是我想要的。这刺探的目光意味着心理对峙，意味着对对方内心的拷问，对此我非常欢迎。"你为什么要把自己的宝贵时间浪费在人渣身上？"他问道。

"我并没有把他们视为人渣，"我真心诚意地答道，"我把他们看作凡人。我们都要对抗自己心中的恶魔。他们之所以出现在我的办公室里，是因为他们想要解决自己的问题。我可以理解他们，你呢？"我扬扬眉毛，把问题抛给他。

他久久地直视我的眼眸。然后他站起来，扣好西装外套上的纽扣。他的姿态透着一股决绝——那是多年的律师执业经历赋予他的。"我不需要你对我的心理进行分析，你只要读一读加布遇害案的卷宗，然后把你最初的想法告诉我，格温。"

"老实说……我不想接这活儿了，"我待在原地不动，"你可以把这份卷宗拿走了。"

这的确是阴险的一招，与赌博无异。我非常渴望做这份工作。仔细回忆一下，近年来我还从未感受过如此强烈的渴望。然而，我还是不得不冒险试探。我想看看他有多需要我。这世上有很多心理医生，可他却选择了我——这是为什么？

他停下来，转过身面对我，他的失落显而易见。"我雇用你做这份工作，可你却拒绝了？"他问道。

"这其中可能存在利益冲突。"

"那么，"他清清喉咙，继续说道，"是什么利益冲突？"

"我们俩上过床，"我指明这一点，"所以我并不是毫无成见的第三方。或许你会过于看重我的观点，或许我也会因我们有过一段情而带有偏见。"

这条理由很站得住脚。当我为即将接到的这份工作感到兴奋时，我的良心就跳出来，指明这一点。

"那只是一夜情，"他耸耸肩，"算不上什么。"

他的话刺痛了我的自尊心，我不禁有些泄气。我微微一笑，掩饰自己心中的痛："而且你还沉浸在哀伤之中。"

"那又怎样？"

"亲人离世所带来的伤痛会吞噬你，"我低声说道，"看着那些罪案现场照片，你会整天都想着杀害他的凶手，深陷其中无法自拔。我只希望你没有陷入这样的负面情绪中。"

一抹讥讽的微笑出现在他唇边："太晚了。"他说着，大步走上前来，拿起那个文件夹，"不过如果你不愿意做这份工作就算了，我去找别人来做，在这个国家里，满大街都是心理医生。"

说完后他等着看我的反应。这一刻显得如此漫长，我们俩正在进行无声的心理较量，正在玩一场欲擒故纵的游戏。而最终我输了。

我伸出手："给我几天时间，再给我你能搜集到的所有卷宗。"

他把文件夹递过来，然后走出办公室。瞧他那模样，仿佛一头得胜而归的雄狮。

我低头看看文件夹，再看看手表。下一位病人将会在八分钟后开始进行心理治疗，我还有足够的时间翻看一下这些文件。

# 第12章

洛杉矶城张开双臂，欢迎斯科特归来。所有人都想从中捞点好处。斯科特在本地新闻报道中露脸，接受了《人物》杂志的采访。在此过程中，妮塔一直陪着他。造型师为斯科特做了头发，化了妆，技术人员调试音响，然后开始采访。妮塔全程陪着自己的儿子。随着斯科特出镜次数的增加，他述说自己经历时的话语也变得越来越流畅自然，他的自信也随之高涨。采访结束后，斯科特再次躲进自己的卧室里，与手机相伴，对现实生活里的一切不闻不问，毫无兴趣。

现在妮塔正坐在一个绿色的房间里，手里拿着一罐冰镇的无糖苏打水，看着自己的儿子出现在一排屏幕上。妮塔身边还有一个助理导演，她的鼻子上戴着一个镶钻鼻环，还戴着一副傻里傻气的头戴式耳机。她正在大声说话，不吝赞美之词地吹捧斯科特。

"你儿子真是个英雄，"她说，"他居然逃出来了。不仅如此，他还很勇敢，敢于讲出自己的故事。"

"没错。"妮塔看着屏幕上的儿子——他转头面对主持人时，一个酒窝出现在他的脸颊上。斯科特敢于说出自己的经历，这的确很勇敢。话又说回来，斯科特一直都是一个勇敢的孩子。斯科特六岁的时候，一条大蛇出现在他们家的前院里。那时候他想都没想，直接跑去揪扯蛇尾。

镜头转向主持人，主持人说："我明白，复述这段经历会让你感到痛苦，不过你能否向我们的观众讲述一下你是如何逃脱的？"

斯科特垂下眼眸——当他碰到难题时总是这副模样，接着镜头转向观众席，一群满脸关切的观众正全神贯注地盯着台上的人。妮塔想起自己头一次听他讲述这段经历时的情景。那是在家里，在那宽敞的餐厅里，刚被管家擦洗的银餐具还摆在外头的餐具架上。房间里很昏暗，窗帘被拉得严严实实，与窗外花园的美景隔绝。家一度承载了妮塔的所有梦想，现在成了她儿子失而复还的神奇之地。

"他把我捆起来，"斯科特擦擦手腕内侧，仿佛在回忆被捆缚的感觉，"他捆住我的手脚。"

对于斯科特的经历，妮塔已经听了十几遍了。她尽力克制自己，待在原处不动。斯科特经历了种种折磨，最终还是挺过来了。现在她只是听儿子讲述自己的经历，难道她还忍受不了吗？不，她能坚持听完。

那个恶魔将斯科特剥光，将他捆起来。这一点斯科特并没有向媒体透露。对此她感到庆幸，但又感到愧疚。血腥之心杀手的受害者都曾经受到过性侵，而警方并没有把这一信息公之于众。正是考虑到这一点，同时考虑到其他受害者家属的感受，海顿一家人决定不提及性侵这一信息，警方也对此表示赞同。

"他给我一把叉子吃饭，我把那叉子藏起来了。通常在我吃饭的时候他会盯着我，可那一次他没有。他跑去接电话……又或是去见什么人……诸如此类的。"

每当斯科特讲到这里，他总会支支吾吾。妮塔的姐姐是学校里的辅导员，她说有时候记忆会缺失，尤其是在承受着巨大压力或留下创伤时，这样的情况尤为常见。妮塔曾问过斯科特是否觉得自己的记忆有空白，可他只是摇摇头。她还问斯科特是否要和做辅导员的姨妈谈一谈，可他也只是摇头。

他唯一不会拒绝的就是接受电视采访。他接受的电视采访太多了，这么做于他的健康无益。他需要休息，需要抚平伤口，需要花时间和家人、朋友待在一起。可是他似乎愿意接受采访，而且乐在其中。每一次拍摄时在摄影现场外头等候的人群，纷至沓来的信件和电子邮件，社交媒体上新增加的关注者……所有这些都令他开心。在他逃出来后的两周内，斯科特沉迷于查看自己的粉丝量。他每小时查看一次，每当他发现粉丝量新增，他就会很高兴。随着斯科特的社交媒体粉丝数量不停增加，商家也不断给他寄来各种商品。现在斯科特是个有影响力的人物，姑且不论那到底是何种影响力。一箱箱的商品不停寄来，每天他都能收到十几箱。这些商品包括椰子油、蛋白质奶昔、洁牙器……而且现在斯科特也能挣钱了，有一次他在一家鞋厂里接受采访，挣到了一万美元。

簇拥在他身边的人和所有对他的关注都让他感到开心。如果换成妮塔，如果她被捆起来关在一个房间里，关上七个星期，或许她也会和斯科特一样，渴望有一大群人和尖叫着的粉丝簇拥在自己周围，或许她在面对母亲的拥抱时也会躲闪畏缩。

"我折弯叉子的尖齿，插进手铐的锁眼里，把手铐打开。如果你们愿意，我可以做一次给你们看看。"

这是斯科特的表演时间，所有主持人都一样，每到这个时候他们都会迫不及待地怂恿斯科特演示一番。一名工作人员拿来一副廉价的手铐。即便不用叉子，一个人也可以凭借自己的力量将那副手铐硬生生扯开。不过斯科特还是认真地演示了自己当时是怎么做的。当他成功打开手铐，他脸上的笑容变得更加灿烂。现场观众也爆发出一阵欢呼和掌声。

"这么说来是一把叉子的功劳，正是一把叉子让血腥之心杀手栽了个跟头。"主持人大声说道，"那后来呢？"

据斯科特所说，打开手铐之后他躲在门后。等到血腥之心杀手再次走进来给他送饭的时候，斯科特就猛地冲出来，把他撞倒在地。之后他穿过房间，冲出前门，跑了五英里，回到自己的家里。当他跌跌撞撞地跨过自己家的大门，他已经筋疲力尽，整个人处于脱水状态。

现在的斯科特和以前不同了。妮塔并没有把这事告诉外人，可事实就是如此。不过话说回来，任何人在经历了那样的磨难后都会有所改变，不是吗？斯科特身上的新衣服遮住了他的伤口。那些创伤——肉体上的创伤、精神上的创伤，还有性侵留下的创伤，会一直留在他身上和心上。

"哇！真是了不起！"妮塔身边的助理导演说，"真是难以置信。"

妮塔端详斯科特那灿烂的笑脸，看着他站起来，在离开舞台前和观众们挥挥手。

旁边这个素不相识的助理导演说得没错，这的确很了不起，但同时也是……难以置信。斯科特在撒谎，而妮塔却不知道他撒了什么谎。或许这并不重要。或许斯科特之所以要坚持那套说辞，是因为他不愿想起某些事实。他要通过撒谎来屏蔽这些事实。妮塔感到自己胃部的抽痛变得更剧烈了。她捂住肚子，希望那疼痛消失。

"海顿太太？"接待他们的工作人员出现在门口，"现在我可以带你去找斯科特了。"

妮塔顺从地站起来，和助理导演道别。她在一排排椅子之间穿行，强压下心中不断膨胀的恐惧：她害怕这个噩梦并没有结束。

## 第13章

我坐在书桌旁,慢条斯理地翻看加布遇害案卷宗的前几页,查看那些照片以及他社交媒体账号的页面截屏。从表面上看,他看似一个好孩子,不会在网上对人恶言相向,也不会发一些充斥着恶毒语言的帖子。根据这份卷宗提供的信息,我还没有发现加布与他人结下仇怨。不过我觉得一旦警方认定加布失踪遇害与血腥之心杀手有关,他们就不会费心去探究作案动机了。受害者加布是一个颇具魅力的高中生,是一名身材瘦削的足球健将,来自一个富裕的家庭。他的人生一帆风顺,直到某一天……

加布——罗伯特的儿子,失踪了。

他是在某个周三失踪的。他在下午四点左右离开学校。他就读的是一所价格不菲的私立学校,学校大门的监控拍到他开着那辆1969年产的经典款福特野马汽车离开,驶出大门,没打转向灯就左转,然后就从监控画面里消失了。接下来他出现在一家快餐店的免下车取餐通道中,他在这家店要了一份加糖加奶的混合快餐和一瓶大瓶的七喜汽水。

直到这个时候,还不知道他究竟要去哪儿。后来人们发现他的福特野马汽车出现在贝弗利中心购物广场后方的停车场里，正处于监控摄像头的盲区。警方在车子内部找不到任何线索，车内布满了几百个人留下的指纹。其中一位警探如是写道："想要完整列举出曾进过他车子的人非常困难，找出没触摸过车子内部的人还相对容易。"车里没有血迹，而车钥匙则藏在前排座椅下方。

手机定位数据显示，加布的手机曾在多个地点停留。最后警方在一辆小货车后备厢里发现了它，而车主与加布素不相识，他根本不知道自己车子的后备厢里有一部手机。

加布和之前的五个男孩一样，在这个大都市里失踪了。

我往后一靠，拉开书桌中间的抽屉，拿出藏在那里的小熊软糖，然后取出一块红色的。

关于加布失踪一事，我知之甚少。虽然与此相关的每一篇新闻我都读过，但等到加布失踪的时候，媒体开始对这一系列死亡事件感到厌倦，每一起案子都大同小异——受害人都是英俊聪明的孩子，都是运动健将，家境富裕，到最后他们都死了。当加布失踪时，洛杉矶人对此已经感到麻木，他们知道接下来必定会发生的事——发现受害者赤裸残缺的尸体。

总而言之，这个城市的市民不再关心这些案件，不停地为受害者哀悼已经耗尽了他们的感情。他们开始将目光转向别处，对寻人启事视而不见，对高额赏金和失踪者家人的含泪控诉也开始感到厌倦。

我吮吸着一块红色的小熊软糖。这个城市和那些媒体已经厌倦了这一系列案件，可我对这些案件的兴趣从来都没有消减。我如饥似渴地汲取任何与这些谋杀案相关的信息。

我靠坐在椅子里，翻过一页。我惊奇地发现接下来的内容把关注重点放在了加布的家庭状况上。他母亲已于七年前去世。我倾身向前，趴在桌上。咖啡壶发出嗡鸣声，可我听而不闻。我翻开那些新闻报道，发现自己居然忽略了他母亲已经离世这一事实。我想起罗伯特，想起他没戴婚戒的手指，想起他提起自己已故的妻子时总是匆匆带过，不会提及任何细节。这个发现颇具分量，可不能随便忽略。尤其是考虑到她的死因，就更不能放过这一点了——遭到枪击，伤重不治——我看着卷宗上的这行字，拼命眨眨眼，生怕自己看错了。

呵，真有意思。

# 第14章

我坐在圆形的餐桌前,看着克莱门汀在桌子上伸懒腰。它的尾巴蜷成一个圆圈,尾巴下方是摊开的几张照片。我从一大罐花生酱里舀出一勺黏糊糊的物质,再次翻看娜塔莎·凯文的死亡报告。

有些家庭仿佛遭到了诅咒,而另一些家庭的经历则如同被安排好的戏剧。罗伯特·凯文在失去妻子之后又失去了儿子,这也引发了警方的怀疑,从这些报告中我可以明确感受到。警探们做了详尽的记录,写了一页又一页;他们对罗伯特进行了一次又一次的询问。罗伯特妻子的死亡事件原本是一桩悬案,此时也再度被翻了出来。

娜塔莎·凯文是个漂亮的女人。事实上,应该说是性感尤物才对——男人们肯定会这么形容她的。

我将勺子插在花生酱罐子里,将罐子推到一边。

克莱门汀打了个哈欠,伸出爪子,把一张纸扫到地板上。我捡起那张纸,继续翻看卷宗。娜塔莎·凯文在自己的家中遭到枪击,当时罗伯特不在本地,而加布则在楼上房间里睡觉。这是一次近距离枪击,子弹击中她的胸膛。第二天早上,一位女佣发现了她的尸体。而此时十岁的加布还待在自己的房间里,他房间的门被人从外面锁上了。

门从外面锁上——这句话下方有两道下划线,旁边还有几个字:就此事询问罗伯特·凯文。

干得不错,我心想,谁会从外面锁上孩子的房门呢?

我往后靠在墙上,仔细思考。从档案卷宗来看,罗伯特是一个鳏夫,一个沉浸在悲痛中的父亲。这个人和那天晚上我碰到的那个人,当真是同一个人吗?很难将这两者联系起来。那天晚上我坐在酒吧的卡座里,他在我对面坐下来,脸上带着腼腆的微笑,和我开玩笑。在出租车里他亲吻我的颈脖,当他爬到我的身上,他按压着我的手腕,在我耳边呻吟。第二天早上他为我煮早餐,偷看我病人的档案;后来他送花给我并且向我道歉,最后如同一个绅士般翩然离去。这个罗伯特和档案里的罗伯特,真的是同一个人吗?

可以肯定,这个人具有两副面孔。其中一面是浪漫性感的单身汉,而另一面则是强势的律师——那个进到我工作室里的律师,要求我为他保密;他翻看约翰·艾伯特的心理治疗档案,没有表现出些许犹疑;他手上还有儿子遇害一案的档案卷宗,随时都可以翻阅儿子死亡的详细信息。

具有两副面孔并不意味着他就是个疯子。我也有两副面孔——我在家里是一副模样,工作时又是另一副模样。大多数人都是这样子的。

克莱门汀喵喵直叫,想要引起我的注意。我挠挠它露出的肚皮，抚摸那深黑色的皮毛。

档案里还列出了可能杀害娜塔莎的嫌疑人名单。名单很长，律师并不是很受欢迎的人，而罪案辩护律师很容易和黑白两道结仇。这些嫌疑人包括一些罪犯，其中一些曾经是罗伯特的委托人，他没能为他们打赢官司；另一些则是罗伯特在法庭上的对手。我翻翻那长达两页的嫌疑人名单——其中大部分经过仔细审查后已经排除了作案的可能，但还有一些……我的手指沿着那一个个名字移动，其中一个名字让我停了下来。

詹姆斯·维特尔。这个属于过去的名字如同一道闪电，掠过我的脑海。詹姆斯是我早期的病人，当时我还是个实习医生，提供免费的心理治疗服务。他是个乡下小子，他老家是……我闭上双眼，在十五年前的记忆里翻找。是南达科他州吗？我记不清了。那时他犯了事，根据法庭裁决，必须控制自己的愤怒情绪，正是由我来提供心理治疗。当时我资历尚浅，也没有自己专攻的方向。面对这个难对付的病人，我还是怯生生的，缺乏自信。这样的"医生—病人"组合实在是糟糕透顶，最后，詹姆斯还是由一个更有经验的心理医生接手治疗了。

詹姆斯把双手放在自己的秃脑门上，对我露出假笑。他蓄着乱蓬蓬的红胡子，胡子下方的嘴角微微上翘——即使到了现在，每当我想起这一幕，我的脸颊还是会变得火辣辣的。我问他一些问题，可他对半数问题不予理睬，只是靠坐在塑料座椅上，他那淫邪的目光在我身上游走。就算我没学过心理学，我也明白其中含义。

我查看这个名字后面的说明：无不在场证明，目前无法确定其下落。

　　这说明不了任何问题。名单上半数的名字后头都写着类似的情况说明。我继续看下去，尽力把有关詹姆斯的记忆挤出自己的脑海。我继续查看剩下的名单，但再也找不到第二个我认识的人。

　　在他妻子遇害当晚，罗伯特在旧金山。有一张写着他名字的酒店账单，还有一张信用卡收据。信用卡支付的是某家牛排餐馆的餐费，消费的餐品包括一份带骨菲力牛排、一瓶红酒和一份巧克力慕斯。这顿饭可花了不少钱，罗伯特还给了小费。小费数额是账单总额的 20%，一分不多，一分不少。

　　除此之外，还有一些电话通话记录和询问记录，这些记录都引用了一些未被纳入卷宗的文件和一些未在本卷宗中出现的人名。我翻到卷宗的最后一页，叹口气，然后把卷宗放到一旁，再次拿起那罐花生酱。

　　如此看来，罗伯特·凯文与娜塔莎遇见彼此时，两人都是法学院的毕业生，当时罗伯特已经作为罪案辩护律师执业三年。她怀孕了，生下加布。加布十岁的时候，娜塔莎被谋杀了——此案未破，成为悬案。又过了七年，加布遭到绑架并被杀害。加布遇害九个月后，罗伯特和我上床，然后再次来到我家中，请我为杀害他儿子的凶手做心理侧写。

　　我又舀了一勺花生酱。我在心里整理这些事件的先后顺序。与娜塔莎遇害有关的档案只是这份卷宗的一部分，剩余部分资料还摆在我面前，那一摞厚厚的资料是关于加布遭绑架谋杀的档案。今晚我没有精力和心力继续下去了。我要看垃圾电视剧，还要花不少时间泡个澡。浴缸里要放满滚烫的水,还要多加一勺浴盐。

我站起来,盖好花生酱罐子的盖子,把它放回壁橱里。克莱门汀围着那黏糊糊的勺子打转,我把它赶走。"别这样,克莱门汀,下去。"我拿勺子去清洗,这时我听到手机传来微弱的短信提示声。我回到桌边,看到雅各给我发来了一条短信。这个前台接待很少在非上班时间和我联系,因此我猜测他明天早上不能来上班,给我发来一条请假短信。

我打开短信,看到一行字:你看了吗?

后头还跟着一个链接。我点击链接,一篇新闻报道出现在我的手机屏幕上。

### 血腥之心杀手嫌疑人的辩护律师终于现身

兰道尔·汤普森曾在聘请律师为其辩护时遇上了困难,现在这个难题已经解决,然而其解决方式或许会令你大吃一惊。汤普森因在洛杉矶地区犯下的六起谋杀案而被逮捕,现在罪案律师罗伯特·凯文将成为他的辩护律师,而此人的儿子正是被血腥之心杀手杀害的第六个受害者——加布·凯文。

罗伯特·凯文曾经在法庭辩论中取得骄人战绩,他收取的律师费也高得令人咋舌。那么兰道尔·汤普森——这位曾经的高中教师如何支付得起每小时400美元的律师费呢?他当然支付不起,因此,罗伯特·凯文将免费为他提供法律服务。

如果你对此事百思不得其解，别担心，还有许多人像你一样。我们就这个问题对这位强势的律师进行了采访，希望能得到答案。对此他说："我之所以要为兰道尔辩护，是因为我相信他是无辜的。请相信我，我真心想要为儿子的死讨回公道。然而，假如一个无辜的人成了替罪羊，因这一罪行而被判刑，那又如何能讨回公道呢？"

哦，这也太扯了吧……我滚动屏幕，从头再读一遍这篇文章，然后重新打开浏览器，搜索"兰道尔·汤普森的律师"。我真心希望自己刚才看到的这篇文章只是假新闻。

然而，那篇文章并不是假新闻。我找到几十篇文章，发布时间都是最近几个小时，内容都是罗伯特将作为汤普森的律师为其辩护。那么，我要做的这个心理侧写……将会被用作为汤普森辩护的证据，而不是指控他的证据。

我仔细掂量这一信息，从各个方面对其进行推敲。罗伯特要为杀死自己儿子的凶手辩护——这根本不合理。再说了，这么做会引发大量法律纠纷，会导致判决无效，还会引发更多的诉讼。

我看看那份卷宗。那摊开的文件夹正摆在桌上，看似于人无害，实则正对我发出嘲讽。我只需伸出手，就可以翻看加布·凯文那令人毛骨悚然的遇害细节。

加布的父亲到底在玩什么样的游戏？他为什么要把我也牵扯进来呢？

# 第15章

罗伯特和兰道尔·汤普森的第一次会面是在四个狱警的监视下进行的，会面时长不到十分钟。罗伯特拿出一份延长代理期限的申请，让兰道尔签署了一些文件，然后就离开了，他钻进自己那辆奔驰，朝贝弗利山方向驶去。而兰道尔则迈着拖沓的脚步，朝自己的单人囚室走去，他沿着那宽阔的走廊行进，他脚上的镣铐叮当作响。

现在罗伯特的请求已经获得了批准，他还拿到了所需的通行证。于是他再次来到洛杉矶中央监狱。经过安检之后他进到监狱内，来到一间私人会面室，等着和兰道尔·汤普森会面。会面室里有两张相对的椅子，椅子中间隔着一张小桌子和两英寸厚的玻璃板。罗伯特在小桌子前坐下，还抓住这点宝贵的时间调校自己的手表。

兰道尔被视为一个"危险性极高的囚犯"，因此在进行庭审之前，他将会被关在单人囚室里。这对他来说倒是一件好事。监狱里的其他罪犯或犯罪嫌疑人通常会怀着非同一般的"热情"，对有暴力倾向的恋童癖表示欢迎。

门开了,两个穿着制服的狱警把兰道尔带进来。兰道尔在另一张椅子上坐下,重重地叹了口气。

"完事后就拍拍门。"狱警说。

"这个房间没有受到监控吧?"罗伯特想要确认这一点。

"我们可以隔着玻璃盯着你们,不过这里没有摄像头,也没有录音设备。"

罗伯特点点头:"好吧,谢谢。"

"你有一个小时的时间。"说完,狱警走了出去。只听"咔嗒"一声,门牢牢地关上了。

兰道尔·汤普森——这位曾经的自然科学教师可能面临的刑罚至少是终身监禁。这时候,他用将信将疑的目光打量着罗伯特:"你又来了?"

"没错,我又来了。"罗伯特打开自己的平板电脑,"我们必须重温一下你这个案子的主要细节。"

兰道尔倾身向前,抚摸了一下自己那花白的胡须,说:"我想离开这里回家。我养了一条狗,得找人照料它。"

"当地的宠物救助机构已经带走了你的狗。那条狗会一直待在他们那里,直到你被判刑或释放。如果你被判刑的话,他们会找人来领养你的狗。如果你有什么熟人愿意养,我可以为你安排。"

兰道尔用食指捋捋嘴唇上方那蓬乱的花白胡子:"你这是免费的吧?之前你是这么说的。"

"是的,完全免费。"

"这感觉不对劲。"兰道尔嘟哝道。他开始咳嗽,仿佛有一团湿漉漉的东西正沿着他的喉管上下滑动。

"我的律所经常提供公益性法律服务，接过不少这样的案子……"

"好吧，"兰道尔打断他的话，"不过我说的是你的儿子。他是被那个家伙杀的，对吧？"

罗伯特从平板电脑的笔槽中取出电子笔："没错，第一次会面时我就告诉你了。"

"好吧，当时我有点心不在焉。不过在那之后，我花了点时间思考这件事。"兰道尔挪挪椅子，靠近阻隔两人的玻璃板。他压低嗓音："你怎么知道不是我干的？"

"你用不着低声说话，没人能听到我们的话。"

兰道尔的腿抵着小桌子，抖了两下。"你儿子……他叫什么名字？"他问道。

"加布。"

兰道尔用粗粗的手指敲击桌面："我没有孩子，不过我有一个侄子，和我很亲近。呃……假如他被……我实在无法想象你的感受。"

当然，他当然无法想象。对于罗伯特所经历的这一切，任何人都不可能感同身受，他也不希望其他人经受这样的折磨。唯一值得庆幸的是，娜塔莎已经不在了，因此她也无须和罗伯特一起承受这一切。

"他被……呃……"兰道尔停下来，不再用手指敲击桌面，他再次抬起眼睛，与罗伯特对视，"……他被那家伙抓走……是什么时候的事？"

这个人对血腥之心杀手的杀戮史几乎一无所知——这的确令人尴尬。不过话说回来,如果兰道尔是这方面的"专家",罗伯特也不会作为律师为他辩护。

"他的死亡时间是九个月前。"

兰道尔点点头:"所以……呃……"

"我们必须梳理一下对你不利的证据。"

"老实说,我想不通他们是怎么找到证据的。"

这个人很迟钝——这实在令人恼火。他极可能面临终身监禁的刑罚,然而对于这一点,他或是不愿接受,或是根本就不明白。如果是在一年前旧法规尚未被废除的时候,那他面临的可不是终身监禁,而是注射死刑。

"好吧,我们必须推翻对你不利的两点证据。第一,斯科特·海顿指认你是绑架他的人,并且囚禁他长达七周之久。"

"他在撒谎。"兰道尔直白地说。他双臂交叠,抱在胸膛前:"我已经告诉那些警察了,他就是在撒谎。"

"那他有什么理由要撒谎呢?你曾经教过他吗?你曾经让他挂过科吗?你是不是曾经在课堂上和他有过冲突?"

兰道尔的鼻子抽动了一下。他用囚服的袖子抹抹鼻子:"我没教过他。如果你问我有没有注意到这个学生?那答案是肯定的。他就是那种孩子……你知道吧?"隔着那布满刮痕的玻璃板,兰道尔直视罗伯特的眼睛,"他以为没人动得了他,上学总是迟到。学校里的漂亮女生都围着他打转。这类学生很容易吸引别人的眼球。"

虽然兰道尔说的是斯科特,可这描述同样适用于加布。他们的脸上总是挂着孩子气的微笑，不会显露出丝毫歉意。这样的笑容使他们的所作所为更易于为人所接受。他们浑身上下都散发着自信，咯咯傻笑的女生环绕在他们周围，每个小时都给他们打电话，吃饭时还在给他们发短信。每当他们在社交平台上发帖，那些女生就会立刻在下面评论、点赞。

"不过嘛……"兰道尔挠挠后脑勺，"虽然我认得那孩子，可我从来没有……好吧，我觉得我和他之间没什么过节……不过我也说不准……或许我曾经对他大喊大叫，让他赶紧去上课，或许我叫他不要在走廊里奔跑……诸如此类的，大概就这样吧。"

或许？大概？陪审团可不喜欢这两个词。不过这次罗伯特并没有追问下去。

"警方曾经让你提供在每个受害人被绑架以及被抛尸时的不在场证明，而你是这么说的：'我不知道，当时我很可能在自己家里。'这是讯问笔录上的原话。"罗伯特抬眼看着他，"我们必须找到更好的说辞。"

兰道尔在塑料椅子里挪动了一下，他的脚镣相互碰撞，叮当作响。"我自己一个人住，"他说，"晚上我或是读书，或是改试卷。我不知道该怎么和你说。除非你能让我的狗说人话为我做证，否则也只能这样了。他们只能相信我说的话。"

"很难做到这一点。再说了，他们还找到了那个盒子。"罗伯特说。他在平板电脑上打开那盒子的照片。每当他看到那张照片，他的怒气都会不断膨胀，几乎到了难以控制的地步。那是一张对一个小木盒内部的特写照片。盒子里装着一些以残忍手法获取的"纪念品"：第一个受害者的驾照；某个受害者的耳垂；一片从肱二头肌上剥下的皮肤，上面有文身；一块手表，表壳的内侧刻着毕业日期；还有一张快照，照片上的男孩满脸瘀青，嘴唇开裂，双眼肿得睁不开——那是加布。

"好吧，"兰道尔几乎没有仔细看那张照片，"他们说是在我的屋里找到这玩意儿的。"

"在你的床底下找到的。这个盒子怎么会出现在那里？"

兰道尔抬抬手："谁知道呢？除非我的眼镜掉到床底下而我想把它捡起来，否则我干吗要钻床底呢？我可没有整天钻床底的习惯，可能是有人放在那里的。"

"那这个人怎么进得了你家呢？"

兰道尔恼怒地摇摇头："你到底站哪一边啊？"

"我正站在控方的角度来问问题。在法庭上他们肯定会问你这些问题的。"

"告诉你，我没有绑架任何人，也没有伤害任何人。"兰道尔咆哮道。假如他在法庭上如此表现，某些陪审员很有可能会相信他，只要有一个陪审员相信他就够了。

"还是那个问题：那个人怎么进得了你家呢？"

"有人打开门走进来的呗，"他气鼓鼓地说，"我家里也没什么值钱的东西，没人会来打劫我。有时候我会锁门，不过很多时候我不锁门。如果天气不错，我还会打开一扇窗，你去告我啊。"

这倒用不着。现在兰道尔因六起谋杀而遭到指控，并被逮捕归案。确切地说，他被指控的罪行包括实施了六起谋杀和七起绑架，再加上有预谋的严重伤害。

无论罗伯特能否让兰道尔脱罪,他这辈子都算是玩儿完了。无论兰道尔是否意识到这一点,现实都不会发生改变——他这辈子真的完了。

# 第16章

妮塔·海顿站在斯科特的房门前,她的耳朵紧紧贴在木门上,想听清房间里的儿子究竟在说什么。

她听不清,声音太小了,几乎和耳语无异。斯科特从来不会这么说话。他声音洪亮,总是得意扬扬地大喊大叫,在比赛中追平或反超对手时还会欢呼呐喊。可他从来不会窃窃私语。

妮塔轻轻地敲敲门,斯科特不作声了。

"斯科特?"妮塔叫道。

接着传来挪动物品时发出的窸窣声,脚板落在木质地板上的脚步声。门开了,不过只开了一条窄窄的缝。斯科特透过这条缝看着她:"怎么了?"

"你还好吧?我听到有人在说话。"

"我只是在手机上看一段视频,"斯科特对她露出腼腆的微笑,"时间不早了,妈妈,去睡觉吧。"

他说得没错,时间不早了。现在已经将近凌晨两点。几个星期以前,每天的这个时候她已经吞下安眠药,紧紧挨着自己的丈夫,倒在枕头上沉沉睡去。可是当她儿子回来之后,情况发生了变化。她总要等到儿子熄灯之后，等到轻柔的鼾声从他房间里传来，她才能入睡。而这时通常已经是凌晨三四点了。

"好吧。"妮塔不情不愿地说，她只希望儿子能开门让她进去。现在他把她挡在门外，只开一条窄窄的缝——以前可不是这样的。他在房间里藏了什么？一般情况下，如果发生这样的事，她会以为儿子在房间里藏了一个女孩。可是自从斯科特回到家里，并没有女孩上门。现在回想起来，他的朋友们也没来过，一个都没有。他以前有那么多的朋友啊。

或许正是这个原因，妮塔依然感觉这栋房子空空荡荡的。她还在等着这栋房子恢复以前的生机。以前这房子里总是充斥着喧闹和骚动。在厨房里，她会被斯科特无意中扔在那里的棒球背包绊倒；打开的薯条扔在储藏室里，引来一群群蚂蚁；斯科特的书本随意地扔在台面上；多媒体娱乐室里，空汽水罐随处可见。以前这样的情景总会让她连连抱怨。哦，看看这些孩子！她经常在周日早晨醒来时发现六七个孩子在自家的客厅里进进出出。那个叫拉尔夫的男孩在他们家的客房里住了两个月。学校橄榄球队和棒球队的所有成员似乎都有他们家的门禁密码，他们毫无顾忌地从冰箱里取出各种食品和饮品，连啤酒都不放过。

他们都到哪儿去了？斯科特回来后的头几天，他们都打过电话，还来看过他。然而，斯科特让他们不要再来，他不想见任何人。他说他很忙很累，对此妮塔也听之任之。在经历了这一切之后，短时间内他不想见人也是在情理之中。可现在呢？两个星期过去了，斯科特感觉好多了。他能面对电视摄像头，还能和社交媒体上的新粉丝聊天。然而对于现实中的朋友发过来的短信，他从来没有回复过任何一条。

乔治一直告诉她别管斯科特的事，或许他说得没错。可是……如果斯科特就此疏远其他人呢？不管怎么说，现在他已经回到家中，他很安全。妮塔觉得自己是没事找事——她本应觉得庆幸，可现在她却要给自己找不自在。

她和斯科特道声晚安，然后下了楼，回到她和乔治的卧室。她下决心不再想这事。然而，她知道斯科特刚才是在和什么人说话。即便隔着厚厚的木门，即便斯科特将嗓门压得很低，但她还是听到了。她敢肯定，刚才斯科特是在恳求什么人给他回电话。

# 第17章

在过去的十年里,我作为心理医生发出了上千张名片,然而没有哪张像眼前这张一样,给我带来这么大的麻烦。我盯着这张名片——从约翰·艾伯特的钱包里发现的名片。现在它依然被存放在证物袋里,再次出现在我的办公桌上。证物袋下方是我最不愿见到的东西——一份已经拆封的调查许可令。

"这咖啡里加了什么,薄荷吗?"萨克斯警探瞄了瞄浅蓝色咖啡杯里的液体——这杯咖啡一定是雅各倒的。

"如果这是候诊室里的咖啡,那答案就是肯定的。如果不合你的口味,只管倒掉好了。"我翻开许可令,盼着能在这简短精确的文字里有所发现,奇迹般地逆转形势。这份许可令要求我回答任何有关艾伯特心理状态的问题,告知警方我所发现的任何犯罪行为,不过并没有要求我上交他的心理诊疗档案——谢天谢地,这真是太好了!

"用不着,味道还不错。"萨克斯警探拉出一把正对我办公桌的椅子,"那份调查许可令你留着吧,原本就是给你的复印件。"

"那可得谢谢你了。"我机敏地回了他一句。

他坐下来，翻开记事本："我们已经对约翰·艾伯特进行了更加深入的调查，"他扫了我一眼，"这家伙真有意思。"

"怎么说？"

他咧嘴一笑："行了，医生，别和我耍花招。你问我要调查许可令，我也弄来了。现在就开诚布公地聊一聊，好吗？还有很多坏人正等着我去抓呢。"

好吧，但我也要维护自己的业界声誉。想想看，假如布鲁克的家人对我发起诉讼，原因是我的疏忽间接造成了布鲁克被杀害，那我就完了。这不仅会影响我的经济收入，还会毁了我的职业生涯。

"我没有耍什么花招，"我说，"可你不能就这样泛泛讲两句，然后就要求我源源不断地给你提供信息。你问我问题，我来回答。"

萨克斯的脸色变得阴沉："我们发现了三起报警记录。报警人说有人跟踪偷窥，而这个偷窥狂正是约翰·艾伯特。那么你能不能谈一谈他的性变态心理？"

"什么？"我大吃一惊，下巴都差点掉到地上。约翰作为我的病人足有一年之久，可我从来没有发现……这的确让我惊讶不已。"他偷窥谁？"我问道。

"几个富婆，每次的偷窥对象都不同。大多数时候他被监控摄像头拍到了。你不会想说你对此一无所知吧？"

我抬抬手，以示自己的确是一无所知："我可以在法庭上发誓，我的确不知道。老实说，这事让我很震惊……"我停了下来。除非迫不得已，我可不想过多地泄露约翰的隐私。

"你想说什么?"

"你们肯定那真的是约翰·艾伯特?"

"三份不同的报警记录,三个不同的报警人——均为女性,时间跨度为七年。对此还能有什么疑问?"他点点头,"就是约翰·艾伯特,有什么问题吗?"

我皱皱眉头:"这和约翰的性格不符。他是那种做事很有条理的人,中规中矩,拘泥古板。他总是思虑过度,有时候甚至会形成执念。至于与性有关的方面嘛……首先,这份许可令关注的是约翰·艾伯特和布鲁克·艾伯特的死亡事件调查,我实在看不出任何有外在表现的强迫性性行为或性癖好与这个调查有什么关联。不过我可以回答这个问题,因为答案很简单:约翰·艾伯特没有表现出任何性变态心理。我猜你想问的大概就是这个吧?至少可以这么说,他从没对我提及这方面的事。"

"那你从来没发现什么苗头吗?他有没有对你说一些出格的话?有没有让你感到不舒服?"

我摇摇头:"听说他曾经跟踪偷窥女人,我也很震惊。真要说有什么不对劲……他只盯着自己的妻子,全部心思都放在她身上。他对我完全没有那方面的兴趣。"

"他在场时你会感到不安全吗?比如说,你有没有发现他对你的私人生活过分感兴趣?"

"绝对没有。"

"这么说来他不是性变态啰?"他看着我,仿佛在暗示他根本不相信我的话。

我摊摊手,以示自己对此一无所知:"我的确没有发现,也没发现任何苗头。"我尽力让自己的嗓音保持平和,不泄露自己心中所想。我并没有和盘托出自己对此事的看法。约翰一直怀疑自己的妻子和别的男人有一腿——我经常因此疑心他有同性恋或双性恋倾向。不过这纯粹是我的猜测,可不能作为法庭证词。或许你可以轻而易举地得出这样的结论:一个人之所以想要杀死自己的妻子,是因为他无法对妻子形成性吸引力,无法和妻子享受鱼水之欢,是因为他自己的性无能而大受打击。然而,这样的结论也太过草率了。如果现在我说出这种想法,那不仅是辜负了约翰,也会对萨克斯警探的调查工作造成妨害。目前看来,这位警探的调查依然毫无头绪,不知该从何处下手。

我在危险的边缘试探:"你究竟在调查什么呢?"

他打量着我:"我也不是很确定,感觉有什么不对劲。夫妇俩倒在厨房里,而做丈夫的又在接受心理治疗……而且还有其他疑点。"

"什么其他疑点?"我皱皱眉。

他耸耸肩——这回轮到他避而不答了。"我还有最后一个问题——至少就这一次来说,这是最后一个问题。"他说。

终于来了。终于到了无法蒙混过关的时候,所有一切将分崩离析。这是踏上末路的第一步。我打起精神,不让自己的身体变得僵硬,也不让自己流露出畏缩的神色。

"上回我来找你时,我曾经说过我认为艾伯特的死亡是一起自杀事件,还问你能否想出任何可以让我改变这种看法的理由。"他扫了我一眼,"而当时你是这么说的:'我想不出任何理由。'这可是你的原话。"

我点点头："没错。"

"你现在仍然坚持这种说法吗？"

"当然。"难道他还在纠结这一点吗？他问话时关注的依然是约翰·艾伯特之死，而对布鲁克所谓的"突发心脏病致死"却毫不在意。他还是没有改变调查方向吗？

"那让我稍微修改一下说辞吧。如果我告诉你约翰·艾伯特死于利器捅刺伤，你会觉得那是自杀吗？"

这真是个有意思的问题。我对他微微一笑，很乐于进行这场心智上的较量。"他妻子就倒在他身边，对吧？"我说。

"先不要管这个。"

我嗤之以鼻："怎么可能完全忽略这一点？"

"绝大多数丈夫发现自己的妻子死于突发心脏病时是不会自杀的。"

说得好。不过我还是纠正他："确切地说，是绝大多数精神状态稳定的丈夫发现自己的妻子死于突发心脏病时是不会自杀的。"其实还有半句话我没说出口：除非这个丈夫正是杀妻凶手。

"不过约翰·艾伯特的精神状态不太稳定……当然了，我不是说他是个'性捕猎者'，"我赶紧补充一句，"不过他的精神状态……"我顿了一下，接着说道，"……或许'不稳定'这个词也不太确切。还是说回刚才你那个问题吧。如果你告诉我约翰·艾伯特死于利器捅刺伤，我第一反应和大多数人一样——有人捅了他。"

我凑上前去："可是如果你告诉我布鲁克死于约翰之前，我就会马上想到约翰的死是自杀。我绝对会认为那是自杀，不会有半点怀疑。"

我倾身向前，将前臂搁在桌上。这个推理游戏让我乐在其中。"首先要考虑到一点：那样的情景为什么会出现？会不会是布鲁克死后一个随便什么人闯进来杀了约翰？"我做了个鬼脸，表示自己根本不相信会发生这样的事，"不太可能吧。不过话说回来，你真正应该关注的是……"我小心翼翼地斟词酌句，"……约翰对布鲁克的感情——那种不太正常的感情。他对妻子之死的反应可不同于正常丈夫在这种情况下的反应。我承认，如果我们说的是一个正常人，他对妻子之死的反应不太可能会是自杀。可现在我们讨论的是约翰，那这种情况就……"我往椅背上一靠，"……绝对有可能了。"

"好吧。"

我和萨克斯警探的对话如同一盘繁难复杂的棋局。我小心翼翼地斟酌词句，用言语和他交锋。我还提出了如此精妙绝伦的见解，可他的反应只是"好吧"——这比"哼"一声强不了多少。当然了，我并不指望他站起来为我鼓掌喝彩，可这样的反应还是太打击人了。

"那么你再听听我这个假设吧，这只是一个荒唐的想法。"他把咖啡杯放下。

我等着，我的脉搏加速。

"是布鲁克杀死了约翰，然后心脏病发作。"

我发出一阵不自然的笑声："不可能。"

"不可能吗？"他扬扬一侧眉毛。

"不可能。"我摇摇头,之后顿了一下,不再说话。刚才我不假思索就否定了这种推论,如同本能反应一般。现在我必须好好想想自己这种反应是否合理。假设约翰把自己内心的阴暗想法告诉了布鲁克,而布鲁克被激怒后杀了他;又或是约翰想要杀死布鲁克,结果她在进行正当防卫时杀死了约翰——可能吗?

还是有可能的,不过可能性不高。最接近事实的可能是约翰下毒杀了布鲁克,然后自杀。和这种可能性相比,布鲁克杀死约翰然后心脏病发作死亡的可能性就微乎其微了。而且布鲁克已经死了,我不能任由其他人随意败坏她的名誉,如有必要我甚至可以违背与约翰达成的保密协议,哪怕会危及自己的职业声誉也在所不惜。

我摇摇头:"绝无可能。"

"好吧,"萨克斯警探站起来,"我也说了,那只是我自己突发奇想而已。谢谢你的配合,如果还有问题,我会和你联系的。"

我拿起那个装着名片的证物袋递给他:"别忘了这个。"

他接过证物袋,向我伸出手:"谢谢你为此付出的宝贵时间,莫尔医生。"

"不客气。"

我看着他走出办公室门,心里默默祈祷他再也不要来找我。

# 第18章

隔着一份泰国餐厅的菜单，梅莉迪丝打量着我："你好像变了。"

"我剪了头发。"我把那份硕大的压塑菜单翻转过来，"这上面一半的餐品我都不知道是什么东西。"

"那你就点虾炒饭好了。"梅莉迪丝说。这时候，一碗猪肉馅蒸饺端了上来，梅莉迪丝往后一靠，让女服务员把饺子放在桌上。之后她拉住女服务员，快言快语地下单点餐。

我也下单点餐。等到女服务员离开后，我说："我本来想剪一片刘海，可还是不敢尝试。最后我只是让美发师给我修剪了一下，改变一下头发的层次。"

"让你变样的不是你的发型，是你的气场。"

梅莉迪丝推崇所谓的"新纪元运动[①]"，总是把"冥想""气场"这些字眼挂在嘴边。我本想说她这套东西就是胡说八道，也就只能用来糊弄那些家庭主妇，不过我还是忍住了。如果我对自

---

[①] 新纪元运动：也被称为新时代运动，是盛行于20世纪70年代北美基督教社会中的反叛现代性的神秘主义思潮。

己的病人说要心怀正念、积极向上，那我肯定会成为业界笑柄，不出一个星期就只能关门走人。

"我是认真的，出了什么事？"梅莉迪丝问道。

"我感觉压力有点大。"我硬挤出一句。

"还在纠结你那个杀妻病人的事？就是死掉的那个？"她一手拿起一包三人份的甜味调料，拍打自己的掌心。

此时我们正坐在餐厅户外的用餐场地。我环顾四周，确认没人偷听，然后说道："好了，梅莉迪丝，别在这儿说这事。"

"不会有人听见的，"对于我的担忧，她只是不屑地摆摆手，"和我说说吧，你还在因为那家伙自杀了而感到愧疚吗？"

"没错，不过那并不是压力的主要来源，"我看着一对男女站起来离开，"我正在为一位新客户做心理侧写。"

梅莉迪丝夹起一个饺子，在蘸料碟里蘸了蘸："什么客户？是控方还是辩方？"

"辩方。"我把罗伯特雇我干活的事，把他对我的初始要求都告诉了她。不过我没有告诉她我们俩酒后一夜情的事。

听了我的话，梅莉迪丝的眼睛睁得大大的。"等等，"她此时含着满口食物，她赶紧把食物咽下去，然后说，"他雇你为他干活，还把有关案件的完整卷宗给了你，可在那之后你都没有和他说过话？"

"没有。"

"为什么？"

"我打电话到他的办公室，给他留了一条语音留言，可他没有回复。"

"我好像看见过关于那家伙的一则新闻……"她缓缓说道,"他儿子是被血腥之心杀手杀死的受害者之一,是第几个?第五个吗?"

"第六个。"我纠正道。

当她理清楚其中的联系,她的眼睛睁得更大了:"他很棒,对吧?"

"他很英俊。"我不得不承认。

"不是啦,"梅莉迪丝反驳道,"我是说他是不是很性感?你应该把那些负面情绪抛到一边,把他当成一匹冠军级种马牢牢套住。"

我尽力保持自如的神态:"不管怎么说,我还是……"

"啊,这事变得越来越有趣了。"她把那碗饺子推到一旁,倾身向前。她那双绿色的眼睛闪闪发亮,洋溢着勃勃兴致。"你已经和他上过床了,对吧?"她问道。

"我可没有把他当成一匹冠军级种马牢牢套住,"我苦笑道,"我倒感觉自己像是个患风湿性关节炎的老奶奶,骑着电动木马颠来颠去。"

她发出咯咯笑声,双掌合十:"啊哈!你这个坏女孩!"

我不由得红了脸。不管怎么说,和罗伯特上床可算是我近十年来的最佳性体验。我不敢相信自己能忍那么久才把这事告诉别人。一般情况下,每当梅莉迪丝听说别人随意上床,她总是会对这种不谨慎的行为嗤之以鼻。

"这么说来,让你发生改变的就不是压力了,"她说着又拿起了筷子,"你因性欲得到满足而容光焕发,我说得没错吧?不然就是这次性经历让你觉得失望?"她扫了我一眼,希望我能附和她。

我脸红了,试图不去想那天晚上的经历。"没错,我感到很满意,"我对她说,"不过我还是感受到压力。几个星期以来,我每个晚上都睡不好。"

她正要说话,这时她的手机响了。在她接电话的时候,我拿起茶壶给自己倒了一小杯茶。

罗伯特还是没有回复我,这让我有点恼火。就算不考虑我曾经和他上过床这件事,现在可是他雇我来做心理侧写,我还等着他给我送来其他卷宗呢,就为这个他也应该给我回电话。再说,之前他答应得好好的,说他一定能弄到其他案件的档案卷宗。不过话说回来,过去五天他肯定忙得够呛。他要作为律师,为加利福尼亚州史上最臭名昭著的杀手辩护。他的办公室肯定接到了无数媒体打来的电话,要求进行采访;举证请求书纷至沓来,他们还要为听证会做准备……或许我的语音留言已经淹没在如海如山的信息之中。

"那档案卷宗里都有什么内容?"此时梅莉迪丝已经接完了电话。她对待那碗饺子就如同对待我最近的艳遇经历一样,将它漫不经心地推到一边,不再过问。"那你有没有着手做这个心理侧写?"

"我还没有拿到足够的材料,现在还无法进行下去。我必须看完所有受害者的档案卷宗。按理说,我应该能拿到那些卷宗的。"难怪当时罗伯特那么自信,觉得自己一定能弄到其他几起案件的档案卷宗。只要他成为兰道尔·汤普森的辩护律师,他就能接触到大量信息。

"我说丫头,这对你来说就像是挖到了宝。想想看,血腥之心杀手系列案件的档案卷宗啊!"

"我知道,那可是六起谋杀案的档案卷宗。"我面露微笑。

"你矜持一点,别笑成那样。"

我耸耸肩。这件事的确让我感到兴奋,尤其是嫌犯已经被逮捕归案,那样就更妙了。我把能说的都对她说了。她缓缓点头,好像又想明白了什么事。

"你觉得他是出于什么原因要为那家伙辩护?我看了新闻,他说他认为兰道尔是清白的,你相信他的话吗?"

这正是亟待回答的关键问题。我叹了口气:"我不知道。假设有人杀了我的孩子,然后我和那家伙同处一室,我肯定无法忍受,必定会做些过火的事,比如把那家伙的眼珠子抠出来什么的。所以说,罗伯特说他相信兰道尔是清白的,我内心的某一部分相信他说的是真话,不过问题又来了:他怎么知道兰道尔是清白的?"

"假如罗伯特就是真凶,他肯定知道兰道尔是被冤枉的。"她指明了这一点。

"他杀死自己的儿子?"我摇摇头。这十年来我一直在对杀戮成性的杀手进行研究。想想看,一个杀手把自己的儿子当成第六个受害者,杀死他后又继续寻找下一个猎物——经验告诉我这是不可能的。

"别那样看着我。"梅莉迪丝说,"首先,有的父母会杀死自己的孩子。退一步来说,罗伯特可能正是血腥之心杀手,他并没有杀死自己的儿子。或许那个加文……"

"他儿子叫加布。"我纠正她。

"……加布死了，但不是被血腥之心杀手杀害的。但是这孩子和之前的受害者相似，是个性感的小伙子，然后他老爸模仿血腥之心杀手的手法弃尸，因此大家都以为是那家伙干的。"

我看着一对男女走进餐厅，那男的搂着自己女友的肩膀。未来这两人的关系肯定会出现问题，或许他们俩之间已经出现裂痕了。我把目光从这两人身上挪开，在心里掂量梅莉迪丝的假设。有点道理。"但这也太扯了。"我说。

她耸耸肩："怎么就不可能呢？难道就因为他在床上表现不错，他就没可能做这样的事吗？听我一句：表面越善良，内心越阴暗。"

我哈哈大笑。

"好吧。"我思索片刻，循着她的思绪继续假设，"所以你认为加布·凯文由于其他原因而死亡，罗伯特·凯文才是真正的血腥之心杀手，而斯科特·海顿不知出于什么原因，指认兰道尔·汤普森才是真正的血腥之心杀手。尽管罗伯特喜欢杀害十几岁的少年，可他还有一丁点良心，不愿看到一个无辜的人成为自己的替罪羊，所以他要为兰道尔辩护。"

"也可能是他杀害了自己的儿子，模仿血腥之心杀手的手法处理了尸体……不过这么一来，罗伯特就得在那孩子死前将他囚禁一个多月……"她皱皱眉，承认道，"好吧，从逻辑上看，这种假说有漏洞。"

"有很多漏洞，简直是毫无逻辑可言。"这时候，我们点的主菜端上来了,我把茶杯推到一边。

在接下来的半个小时里,我们吃东西,谈论糟糕的电视节目和行业内的明争暗斗,不再提起那些被杀害的少年。

这顿饭是很不错的调剂,能让我暂时休息一下。不过当我走出餐厅,看了一眼手机,这短暂的休息便宣告结束。

手机显示有一通未接电话,还有一条语音留言——罗伯特·凯文终于给我回复了。

# 第19章

语音留言是罗伯特的秘书留的,她要求我明天早上和罗伯特会面,会面时间是早上七点——那么早,真是不近人情。我给她回了电话,态度坚决地回绝了她。然而,这个秘书的话音透着一股慈母般的威严,最后我还是妥协了,答应在上午七点半和罗伯特碰面。

那一夜我辗转反侧,根本没睡好。第二天,我特意挑选了一条保守的高领套衫裙,配上最高的高跟鞋,又多花了十分钟把浓密的头发盘成法式发髻。之后我赶到贝弗利山,来到罗伯特的律所所在的那栋写字楼,走进那富丽堂皇又让人望而生畏的大楼入口。此时距离我们约定好的时间还有十五分钟。我乘电梯上行。当我走出电梯时,我看到一个老太太如雕像一般站在克拉斯特&凯文律师事务所入口处等着我。

"是莫尔医生吗?"她亲切地说,"罗伯特正在律所会议室等你。"

会议室里摆着一张长桌,罗伯特坐在距离门最远的一端。他正在打电话,当我走进去时,他的目光马上落在我的身上。他没有对我微笑，没有任何反应。我把手提包放在最近的座位上，在旁边的座位上坐下来。我跷起二郎腿，这次他的目光落在我的腿上，沿着我的腿挪移睃巡，流连忘返。

我能感受到他那炽热的目光正在我的小腿肚和脚踝之间来回移动。我把双臂抱在胸前，故意摆出一副高傲矜持的姿态。尽管我俩上过床，可现在我们是合作伙伴。无论是对于身为心理医生的我，还是对于身为律师的他，这种合作关系无异于在我们之间画了一条明确的界限。

他打完电话，对我说："我想你已经知道了，现在我是兰道尔·汤普森的辩护律师。我能拿到其余六起案件的档案卷宗，交给你进行研究。这其中包括斯科特·海顿被绑架的案件卷宗。你看完加布遇害案的卷宗了吗？"

啊，就是这样。对于自己为什么会成为兰道尔的辩护律师这件事，他避而不答。我在心里掂量他这种逃避的行为，最后决定暂时搁置。

"我看完了，"我从手提包中取出那份卷宗，"这里面也提到了你的妻子。"

"那又怎样？"他不动声色地说。看着他那张没有一丝表情的脸，我想他在牌桌上肯定是个难缠的对手。

"我仔细查看了与你妻子有关的内容。"

"我知道你肯定会这么做。"他站起来，沿着长长的会议桌前行，来到我的身边，他倚着桌子，"你看上去很疲倦。"

我皱皱眉头——想到今天早上我还精心打扮了一番，我就感到恼火。真是不值得！"谢谢你的关心。"我硬挤出一句。

"我可不是在对你评头论足。"他的嗓音变得深沉。我想起那天晚上在出租车上,他靠在我的身上,想起他那温暖的胸膛,淡淡的古龙香水味,还有他那嘶哑的嗓音。当他亲吻我的颈脖,我马上就缴械投降了。

我尽力把这段记忆挤出自己的脑海。"好吧,我的确感到疲倦。一大清早就要和人见面的确很累。"

他的嘴角微微抽动,可那并不是微笑。他拿起加布遇害案的档案卷宗,慢慢翻了几页,查看其中内容。他的目光掠过文件夹顶端,看向我:"有什么想法吗?"

我老老实实地对他说:"你失去了亲人,如果换成我,我或许无法继续正常的生活。"

他低头看看卷宗,然后缓缓地把卷宗放下,放在身旁的桌面上。"莫尔医生,答案是工作——正是工作让我继续正常地生活。"他的目光再次落到我的身上,"除了工作,还有一些难得一遇的消遣。"他的目光已经明白无误地表明心中所想。

我不敢开口,生怕一不小心就吐露心声。之前我从来没有被任何一位病人吸引,这是一次全新的经历,其中蕴含着危险。我们知道彼此的肉体如同榫卯般完美契合,听见过彼此宽衣解带时的窸窣响声,听见过彼此那温柔而狂野的心跳声。

如果是在别的时候,他就会走过来,而我也会凑过去。我会屈从于他,向他表示臣服。可现在不行。我清清喉咙,再次提起那个关键问题:"你为什么要为兰道尔·汤普森辩护?"

他紧紧抓住锋利的桌缘:"我认为他是无辜的。"

"为什么?"

"这就需要你去证实了,"他朝那份卷宗点点头,"除了关心我的心理健康之外,对于杀害加布的凶手,你有没有什么想法?"

"你还没有回答我的问题,我不是在问你如何向陪审团证明汤普森是无辜的,我问的是你为什么相信他是无辜的。"

"我的职业要求我解读人心,莫尔医生,你的职业也一样。"他微微一笑,可他的目光中没有笑意。

"不对,"我摇摇头,"你的职业是操纵人心。你操纵他们,让他们符合你的说辞,相信你的说辞。你玩弄他人的情绪,有时还会曲解事实。"

他咯咯一笑:"你对律师的印象也太糟糕了吧。好吧,我也习惯了。老实说,我也不太喜欢心理医生。我做好我的工作,你尽你的职责,可以吗?现在是你对我的问题避而不答:对于杀害我儿子的凶手,你有什么看法?"

他的嗓音如同钢铁一般坚硬。或许他说得没错,我来到这里已经十分钟了,可我什么也没告诉他。对于这个杀手,我有自己的想法。可我现在才看到一起案件的卷宗,其余案件的卷宗还没弄到手。因此我的想法也未必经得起推敲。

"我必须看过其他案件的卷宗才能得出结论。我想明确他的作案模式。现在我能说的不多,只能说这个杀手是一个聪明而有耐心的人。他并非因一时冲动而作案,他预先策划了自己的行动。"又一个念头冒出来——在得知他要为兰道尔辩护时我就应该想到的,"你是不是想让我在法庭上做证?"

"这取决于你看过卷宗后的想法。如果你的结论和我的想法吻合，那你就要上庭做证。"他的目光如同迷药，久久地停留在我身上，让我无法自拔。他就这样死死地盯着我，实在是唐突无礼。

"如果我认为兰道尔·汤普森有罪呢？"我问道。

他似笑非笑，仿佛这是一个笑话，只是我没发现其中笑点。"如果你认为他有罪，我是不会让你上庭做证的。"他把加布遇害案的档案卷宗朝我这个方向一推，"这个你拿着吧。我会把其余案件的卷宗复印件给你送去。当你看完了所有卷宗，我就会安排你和兰道尔见面。"

他站起来，经过我身边时，他的裤子擦到了我裸露在外的膝盖。

我站起来，直面他开口问道："为什么要让我来做这项工作呢？"

他顿了一下，然后说道："这是你第二次问这个问题了。"

"上回我问你这个问题的时候，我只知道你想让人为杀死你儿子的凶手做心理侧写。可现在不一样了，问题变得更加严重。你正努力给杀手脱罪，而其他人的生命也会因此受到威胁。"

"是我儿子的生命受到了威胁，而且他死了。只要我活着，我就要向所有和这事有关系的人——无论是造成他死亡的人，还是本可以做什么让他免于一死却又无所作为的人——讨回公道。"他朝我瞪了一眼，他的脸上满是愤怒之色。我不由得后退一步。

"我们两个上过床，"我提醒他，"在法庭的交叉质询中，控方会利用这一点推翻我的证词。你可以请其他心理医生来做这事，这样你就不用冒这种风险了。"

"没人会发现我们上床这事的，我没有告诉任何人。"他打量着我，"你呢？你告诉别人了吗？"

"呃……我告诉了一个同事。"我红着脸，颇为尴尬地承认道。

"那是一个你信赖的人吗？"

"当然。"

他耸耸肩："那就没问题了。"

不，有问题，不对劲。他的儿子加布刚在九个月前被人杀害，可现在他要为兰道尔辩护；我必须奋力抵抗他的魅力，同时还要发掘他人生中最隐秘的细节——所有这些都不合常理。

我们就如同坐在一辆严重损毁的汽车里，没有打开车灯，沿着高速公路狂奔。车子的方向盘已经锁死了。我可以系上安全带，可以伸手打开车灯，可我无法操纵车子让它改变方向，看似我也不能打开车门跳车。

前方，可怕的危险正等着我们——只是我不知道那是什么样的危险。

# 第20章

斯科特正要走进侧门廊。妮塔看到他将手插入门板和门框之间的缝隙里,小心翼翼地把门关上。

"斯科特!"妮塔叫道。

一抹愧疚的神色掠过斯科特的脸庞,转瞬即逝。现在斯科特看着自己的母亲,目光中透着厌倦——这可是十几岁少年特有的表情。

"嗨,妈妈。"斯科特说。

"你要去哪儿?"

"只是开车兜兜风,我想去学校一下。"

他要去贝弗利高中——也就是他遭到绑架的地方。那是一所私立学校,现在斯科特已经不去上课了。老师们每周会把要完成的作业和任务发给他,还提出要辅导斯科特的学习,为他补课。他们做出这些提议时会流露出一丝饱含歉意的愧疚。不管怎么说,正是他们中的一员绑架了斯科特。真凶曾经和他们一样,是学校的教职员工,还曾经在教师休息室里喝茶、吃点心。然而,也正是他用烟头在斯科特的胸前留下了点点烫痕。不仅如此,那家伙还性侵了斯科特,剥光他的衣服,把他捆在自己的床上,一捆就是好几天。

"我开车送你去。"妮塔说着将手提包挎在肩上。她拉拉门,想从门缝中挤出去。

"哦,那可不行,妈妈,你说待会儿苏珊要来的。"斯科特挡住了她的去路。

"我用不着在这里等她,她知道该做什么。"对于儿子提出的这个问题,妮塔不屑地挥挥手。这十年来,苏珊一直是他们家的家政清洁工。即使没有妮塔在一旁指挥,她也知道该怎么做,知道哪里应该重点打扫。不过妮塔还是暗暗提醒自己:记得给苏珊发一条短信,提醒她给阁楼里的风扇除尘。

"妈妈,我会开车。"斯科特举起车钥匙。然而妮塔敢肯定那把车钥匙原本是锁在保险柜里的。

"汽车电池没有充电,"她又想出一个理由,"你有几个月没开那辆车了。"

"昨天爸爸给那辆车换了一个新电池。"

乔治这个浑蛋!他明白妮塔不愿让斯科特开车出门。她还没有做好准备。想想看,站在这里看着斯科特开着车渐行渐远,有可能再也不回来了——她怎么受得了呢?

"不管怎么说,我得去一趟杂货店。"妮塔用胳膊肘抵着门板,想挤出去。"今晚我要做水果比萨,那可是你喜欢吃的呀。配上草莓和桲果的比萨……等我们去过学校后,可以顺道去一趟杂货店。"

"别这样,妈妈。"

她看着斯科特的眼眸，心里默默恳求他让她一起去吧。他用不着去学校，他可以下周再去……或者下下周再去。恐惧依然萦绕不散，如同一只爪子紧紧攥着她的心。她需要多点时间来克服恐惧。

"我爱你，妈妈，可是我得离开家一会儿，做一个正常人。就几个小时，可以吗？我不需要一个监护人陪着我。"

妮塔无计可施，只得说："那你得答应我，绝不离开你的车子，只是开车转转。如果车胎瘪了，或者车子抛锚了……"

"我绝不会离开车子的，"斯科特小心翼翼地把她推回门内，"几个小时后我就回来了。"

"一个小时，"妮塔说，"从我们家出发，开车只要十分钟就能到学校了。一个小时的时间绰绰有余。"

"好吧。"他嘟哝一声。

"我爱你，儿子。"

斯科特咧嘴一笑——感觉就像回到了从前。

"我也爱你，妈妈。"

她看着儿子转过身，迈着大步朝车库走去。车库门升起，露出停放在里面的车子。应该给斯科特买一辆沃尔沃——每项安全评分都是五星的沃尔沃。现在还为时未晚，昨天她还上网浏览了那个牌子的车，现在斯科特的这辆车很容易出事故。车子的轮胎太大太厚，车子重心过高，容易造成危险。驾驶座的视野也不够开阔，而且斯科特开车时总是把车载收音机的音量调得很大。一边开车一边听那么嘈杂的音乐——这样很不安全，那音乐或许会盖过其他车辆的喇叭声。假如有人大声向他发出警告，他也很可能听不到。

车子的引擎发出轰鸣,恢复了生机。她心想不知道乔治有没有给他的车子加油。这一片的加油站还是安全的,不过如果斯科特回家的时候贪看沿途风景,选择另一条路,如果他在某个治安不好的街区停车……

"别担心了,"乔治来到她身后,搂着她的腰,"我看到你的脸就知道你心里在想什么。"

她一动不动,看着斯科特倒车出库。"我真不敢相信,你竟然给他的车子换了新电池。他不能自己一个人开车出去……"妮塔叫道。

"难道你想让他偷偷溜出去吗?难道你想让他的车子因为电池没电而半路抛锚吗?"乔治没好气地说,"妮塔,他不会有事的——你必须坚信这一点。"

她挣脱丈夫的怀抱,朝自己的书房走去。斯科特的车子发出隆隆声,沿着他们家的车道越开越远。她不由得加快了脚步。

"妮塔?"乔治叫道。

她走进书房,来到书桌前,打开笔记本电脑。她将头发梳到脑后,紧紧地扎成一束马尾。她很不耐烦地盯着笔记本电脑屏幕,之后她打开网页浏览器,输入一个追踪定位网站的网址。屏幕上显现一张地图,蓝色、红色和绿色的圆点出现在地图上。妮塔如释重负地长舒一口气。

斯科特的车子里安装了追踪定位器,他的手机上还安装了一个定位软件。那是一部新手机,是他回家后才买的。在他被绑架当晚,他的旧手机一直放在他的背包里,根本毫无用处。除此之外，她还购买了多个微型追踪器，安装在他最喜欢穿的鞋子的鞋跟上，藏在他自行车的座椅底下，放在他的背包和钱包里。她在购买新手机和这些追踪器时根本就不在乎要花多少钱。

她不能再失去他。为了缓解紧张情绪，她慢慢地从一数到十，深吸一口气。她看向笔记本电脑屏幕，看着那些圆点簇拥成团，沿着他们家所在的这条街道，朝贝弗利高中方向挪移。

斯科特只离开一个小时——她勉强还能忍受。她可以坐在家里盯着他，如果发生了什么意外她就报警。等他回到家后，她要吞下一把药片，借助抗焦虑药物的力量来消解此事给她带来的压力。

"妮塔。"乔治出现在书房门口。斯科特回来的那天早上，乔治不在书房，而是在情妇的家中。儿子的失踪让妮塔整个人都崩溃了，而乔治却用另一种方式来应对这场厄运——他找了一个情妇。对此妮塔并不责怪他。总得有人维系他们的生活，总得有人挣钱养家，总得有人支付账单，给用人们发放薪水。而这些乔治都做到了。之前他的衣服上时常散发着其他女人的气味，不时有什么莫名其妙的"事务"需要他处理，让他不得不在午夜时分离开家。不过自从斯科特回家之后，乔治一直陪伴在她身边，而这些异状也不再出现。

"我们到花园里坐会儿吧，外面的景色很美。"乔治说。

"我不去。"妮塔赶紧按下一个键，关上卫星地图，换成屏保界面。

"他没事的，他只是……"

"为什么他会没事呢？为什么，乔治？"她抬头看着丈夫，

"为什么他一定会没事呢？就因为他已经快成年了吗？知道吗？尽管如此，他还是被绑架了！你是不是想说我们这里很安全？好吧，学校里也很安全呀，不过……"

"兰道尔·汤普森已经被捕了，"他柔声说道，"那家伙正在牢里，斯科特不会有危险的。"

这是什么蠢话！斯科特有危险，而最令人抓狂的是她什么都做不了，根本无法保护他。他在家里不安全，在外头也不安全。以前她对斯科特可能碰到的危险一无所知——那种无知无觉的生活真美好啊！

乔治嘟哝几句之后就离开了。书房里一片寂静，妮塔重新打开卫星地图，看着地图填满整个屏幕。那些圆点正在移动，妮塔放大圆点所在的区域。当她看清圆点移动的方向时，她不解地眯起了双眼。他的车正在向南行驶，朝圣莫尼卡驶去——他为什么要朝与学校相反的方向行驶？她想拨打斯科特的手机，可还是忍住了。如果斯科特知道她的妄想和恐惧，如果斯科特发现她正在跟踪自己，他肯定会大发脾气的。

她通过软件查看斯科特手机的状态。手机电池电量满格，定位功能也打开了。她告诉自己：他不会有事的，他只是随意开车兜兜风。再说了，他为什么要到学校去呢？或许他正朝着某家汉堡店的免下车购物通道驶去……对了，威斯特伍德大道路口旁正好有一家汉堡快餐店。她踢掉脚上的高跟鞋，把脚放在桌子下方的小脚凳上，强迫自己松开正紧紧抓住鼠标的手。

她的焦虑是病态的心理表现——乔治和她的心理医生都是这么说的。她满脑子想的都是"万一发生这样的事该怎么办"和那些潜在的危险。她沉溺于这些负面情绪之中无法自拔，最终将自己的情感消耗殆尽。妮塔认识一个名叫南·兴格尔泰利的人。南在看了一部网飞的纪录片后就变成了一位开天眼的通灵大师。她说如果一个人不停地想象某些倒霉事或预料它们将会发生，那么这些事就有可能变为现实。现在妮塔总是忍不住想象斯科特可能遇到的危险。想想看，假如她的想法当真改变了未来，假如她害怕的事成为现实，那她必定会感到无比愧疚。她可不愿再背上这样的情感包袱，于是她马上和南一刀两断，不再有任何联系。

地图上的圆点继续移动，进入一条偏僻的小路，朝南行进，之后又转而向东。妮塔看着那些圆点沿着赛普尔韦达大道前行，之后经过威尼斯海滩，转入一片住宅区里的某条小巷。最后那些圆点转个弯，停了下来，停在两个路口之间。她看着那些闪烁的圆点，心想或许斯科特要下车了。如此一来，代表手机的圆点就会和代表汽车的圆点分开。然而那些圆点却待在原地不动。一分钟过去了，两分钟过去了，依然没有任何变化。

她看看钟表，心里计算着时间。或许斯科特停车是为了回复一条短信，或许是想给她打电话，或许是想查看 GPS（全球定位系统），好弄清自己的位置，找到回家的路。

她克制住自己，缓缓吐出一口气。她提醒自己：现在还无须惊慌。如果他在那个地方逗留太久，她还可以拨打他的电话。

代表手机的绿色圆点变成了紫色。妮塔皱皱眉，凑上前去查看。

屏幕上出现一行字：手机通话中，定位功能暂时关闭。

他在打电话。如释重负的感觉如潮水一般袭来，将妮塔湮没。他想打电话，出于安全考虑，他靠边停车。许多年来她一直告诫儿子开车时不要接听电话，可她一直以为儿子并没有把她的话当回事。再说了，她和乔治也经常边开车边打电话，她又怎能指望儿子乖乖听她的话呢？

紫色的圆点变回绿色，然后开始移动，和其他圆点分离。看来斯科特已经下了车，朝远离车子的方向走去。绿色圆点飘忽不定，先是向左，然后向右，在街道上游移。或许他只是拿着手机漫无目的地闲逛吧。然后绿色圆点停了下来，久久不动，最后朝车子挪移。

她皱皱眉，然后关上卫星地图，点开斯科特手机的通话记录。

今天他的手机通话记录几乎是一片空白——看上去真是令人心酸。上面只有一条记录，就是斯科特刚才拨打的电话。那是一个陌生的号码，通话时长不到一分钟。

妮塔本想拨打这个号码。可她想了想，还是先在搜索引擎上查一下这个号码。当搜索结果出现在屏幕上时，代表车子的圆点终于开始移动了。簇拥成团的多个圆点在住宅区的区内道路上掉头转弯。

真奇怪，搜索到的结果显示那个号码属于圣地亚哥的一家房地产公司。她突然灵光乍现，一个想法浮现在脑海中。她赶紧搜索刚才斯科特停留的那个地区周边的地址。果不其然，就在他停车地点的街对面，有一栋地址为"特雷斯车道22号"的房子，而这栋房子正是这家房地产公司名下的房产。斯科特必定是看到了房子前院里的房地产广告牌，于是拨打了这个电话。

她点点头。当她想到自己整合了那么多支离破碎的信息而得出这个合理的结论,她不禁扬扬自得。

只是……他为什么要打这个电话呢?难道他只是漫无目的地开车兜风,然后一时兴起拨打了这个电话?又或是他真的打算买一栋房子?

斯科特打算买一栋房子——这种想法实在是太可笑了。他才十七岁,如果由她说了算,斯科特还要和他们一起住上三四年。至少三四年,或许更久。而且他还没有工作,如果他为了买房而提出抵押贷款申请,那还需要乔治或妮塔为他签字背书,否则根本不会得到批准。

好吧,那就只有一种解释了——就是他漫无目的地开车兜风,然后一时兴起拨打了这个电话。不过这种推论也有说不通的地方。除非有个辣妹正站在那栋房子的前院里,否则斯科特根本不会留心这类住宅建筑,更不会拨打房地产公司广告牌上的电话。她查看了一下追踪定位软件,发现儿子的车正在回家的路上。

"嗨!"乔治走进书房,手里拿着一杯冰镇红酒。他绕过书桌,来到妮塔身边。在他看到笔记本电脑屏幕之前,妮塔赶紧关闭网页。她接过他递来的红酒,脸上露出感激的微笑。

"谢谢。"她喝了一口红酒。

"抱歉,我不应该背着你给斯科特的车子换电池的。"

"你也给他的车子加油了,对吧?"

"当然,"他捏捏妮塔的肩膀,想让她安心,"他没事的,妮塔。"

她点点头,任由他的手在自己的肩膀上停留。用不着把斯科特给房地产公司打电话这事告诉他,至少现在还不能对他说。等到她弄清自己的儿子究竟在做什么,再把这件事告诉他。

# 第21章

整整两天时间,我一直沉浸在这些档案卷宗之中,任由死亡环绕在我周围。

假如兰道尔·汤普森正是血腥之心杀手,那这个人就杀害了六个男孩。六个男孩死亡,一个男孩逃脱。而我的工作就是根据手头上有关血腥之心杀手的信息,对这个人进行独立评价。这意味着我要将所有关于这个人的已知信息暂时抛诸脑后,在为他做心理侧写时不带任何成见。

既然我手头已经有那么多的信息,要完成这项工作并不难。我拿到了七起案件的完整卷宗。从我读博士时算起,我还没有机会接触到如此海量的罪案信息。

我站在自己的办公室里,看着那面墙。墙后头就是梅莉迪丝的办公室。原本挂在墙上的两幅镶框印刷画已经被我取下来了,正靠放在双人沙发旁。如此一来,我就可以把一整面墙作为黑板,在上面写写画画,粘贴各种材料。我用粉笔将深绿色的墙面从左到右分成三等份,每块区域宽六英尺。其中一块写着"犯罪现场",中间那块写着"受害人",还有一块写着"可能作案的嫌疑人"。我站在那里，目光在墙上那三个长方区域中挪移睃巡。

每个连环杀手都有其作恶的理由。

有的杀手无法控制因愤怒引发的暴力冲动。对他们而言，每回和他人交流都是在冒险。在愤怒情绪爆发之前，他们一直在控制自己，冒着伤害他人的风险和人交流交往。在这种情绪爆发之后，他们会产生一种焕然一新的感觉，仿佛人生按下了重启键，他们又可以继续生活下去。对这个类型的杀手来说，杀戮如同吃饭。他们需要通过杀戮来满足自我，而这种满足可以持续一段时间。等到他们再次感觉"饿了"，他们又会再次杀戮。一般情况下，这类杀手行事草率，会实施随机犯罪，会根据当时的条件是否合适而决定作案与否。因此，很难预测他们的受害者人选。

有的杀手是反社会综合征患者，这类杀手把他人视为可有可无之物。于他们而言，杀戮只是一种解决问题的方式，而非给他们带来快感的行为。如果某个人正好妨碍到他们，又或是给他们的生活造成困扰，他们就会杀死那人，如同拍死一只蚊子。然后他们继续自己的生活。他们不会感到悲伤或愧疚，杀戮本身也不会引发他们的兴趣。对于杀戮行为他们不会思来想去。只有当杀戮行为引发的后果对他们造成影响，又或是需要掩藏踪迹清扫战场，他们才会想起。

还有一类杀手，他们的目的是博取公众的关注。杀戮行为本身、人们的恐惧、媒体的关注以及受害者家属的悲伤都会让他们感觉自己大权在握，由此引发的快感让他们乐在其中。他们很高兴看到自己恶名远扬，乐于和警方玩猫捉老鼠的游戏。他们认为自己很聪明，足以击败任何人。在日常生活中，这种杀手经常以人人都喜欢的老好人面目出现,如某个好心又乐于助人的邻居。其他人都不相信这样的"老好人"会伤人、杀人。这类杀手会向公众展示他们的杀戮成果,他们在做出决定时会考虑媒体对此的关注度,以及此举能否让自己成为一名传奇杀手。

我最先要做的几件事很简单。第一,搜集所有资料——这项任务已经完成。然后寻找几起杀戮的共同点和共同细节。

这几起案件存在大量相似之处,几个受害者所具有的共同点尤其多。我一边翻看每起案件的卷宗,一边记下其中的细节信息,把相关照片贴在墙上。不久之后墙上就布满了文字资料和图片。从本质上来看,这些受害者简直就是从一个模子里刻出来的——七个高中生,都是运动健将,身形瘦削,拥有适度肌肉。他们都是英俊帅气的白人少年,人缘好,家境宽裕,讨人喜欢;他们都是各自学校的大众情人。就犯罪心理侧写而言,杀手挑选的受害者在生活中受到伤害的可能性很低,他们住在治安良好的街区,并没有卷入危险性活动中。他们的学校里也没有校园恶霸,他们不沾毒品,没有参与黑道帮派活动,几乎没有仇敌。

所有受害者都来自不同的学校——这意味着杀手的杀戮行动是精心策划的。在实施绑架之前,杀手极有可能跟踪过受害者,在挑选受害者时杀手也颇为用心。

我浏览所有信息。这些档案卷宗看似颇有条理,然而当你翻阅时你就会发现其中的信息支离破碎,根本无法整合,不过我还是取得了些许进展。我粗略地看了一遍所有案件的卷宗,之后我打算按照时间顺序,对每一起案件进行深挖。现在我已经看到第三起案件,而杀手的作案模式开始浮现。我喝了一大口茶,盯着第二个受害者——特拉维斯·派特森的照片。

所有受害者都是在公共区域遭到绑架的。绑架地点都是户外，通常是在停车场。然而，他们都不是在绑架地点遭人杀害的。血腥之心杀手将他们带到别处，囚禁六到八周，然后将他们杀害，最后将他们的尸体扔到第三处——这才是最令人不安的。

绑架地、杀戮地和抛尸地分别为三个不同的地方——这意味着杀手要冒很大的风险。在这三个地方都有可能找到相关的DNA证据，而杀手要在这三处现身，他也可能在其中某一处被逮个正着。他必须进行两次运送——第一次是运送活人，第二次是运送尸体。在此期间他可能被摄像头拍到，他的车子可能抛锚，而他的受害者也有机会逃跑。

这些受害者都属于同一类型，他们身上的共同特质触动了杀手，让他动了杀心——这或许和杀手的个人经历密切相关。我的推测是杀手在读高中时经受了巨大的心理创伤，而这一创伤影响了他的心智发展。根据现有信息，很容易做出这样的推论：杀手曾经被一个男孩虐待过，同时这个男孩和所有受害者属于同一类型。这一推论或许和真相最为相近。血腥之心杀手折磨受害者，这种折磨中带着性虐待的意味。如此看来，他或许曾被那个男孩骚扰甚至强奸，或是他迷恋那个男孩，又或是那个男孩对他具有一种性吸引力。对于他的感情，那男孩或是有意误导，或是拒绝——无论是哪种情况，都会让他产生恨意，进而可能引发某种生理障碍。之后情况不断恶化，最终引发了这一系列的杀戮。

办公室的门被轻轻推开了，梅莉迪丝探头进来："很忙吗？"

"只是在思考问题。"我在沙发上盘腿坐下。

"好吧，我带了点零食过来。"

"那样的话就赶紧坐下吧，"我拍拍身边的坐垫，"记得关上门。"

"是要和我说什么悄悄话吧？"她走进来。当她看到满墙的纸张和图片，她不由得怔住了。"哇！如果你的病人看到这个，他们会是什么反应啊？"她朝整面墙一挥手，然后把一包巧克力豆递给我。我接过来，倒出一把五颜六色的巧克力豆。

"这个星期我在会议室里接诊。"我说。

"好主意。这个有点吓人。"她对着墙上的笔记点点头。

"那就说说你的看法吧。"我伸了个懒腰，歪歪脑袋，让僵硬的脖子活动一下，"老是盯着这些东西，我都快成斗鸡眼了。"

"哦，得了吧，"梅莉迪丝嗤之以鼻，"你肯定是乐在其中，对吧？想想看，完整的案件卷宗啊！"她扫了一眼摞成小山的绿色文件夹，"你肯定很爽，对吧？就像是享受性高潮一样。真奇怪，我在隔壁居然没听到你乐得嗷嗷直叫。"

对于她这个粗俗的比喻，我哈哈大笑："我可不会为了这些东西如痴如狂，不过话说回来……好吧，我得承认，这对我来说的确是前所未有的经历。我可以参与其中，查看这些案件……"我摇摇头，"我都想在警局里找份罪案心理专家的工作算了，我不想再做独立执业的心理医生了。"

"真的？"她将信将疑地斜我一眼，"要不要我提醒你现在每年挣多少钱？"

我呻吟一声："钱不是万能的……不过……好吧，你说得没错。我只是说这种想法对我来说很有吸引力，并不是真的要这么做。"

"你现在这样就挺好，"她说，"作为独立执业的心理医生为雇主就某起案件提供专业意见，两种工作的好处你全占了。"她仔细看着墙上的文字和图片，"'犯罪现场'？这一块是什么？"

"现有的已知证据和验尸报告。一般情况下，这方面的信息不会太多，可这一系列案件不同。验尸报告将这些男孩在囚禁期间的遭遇按照时间顺序展现了出来。"

"什么意思？"

我倾身向前，抽出诺亚·沃特金斯遇害案的卷宗。"看看这个，"我顿了一下，然后问道，"你没吃午餐吧？"

"我只吃了一根士力架，"她拍拍自己的肚皮，"别担心，我的胃很结实，不会被吓到呕吐的。"

我打开卷宗："根据对受害者头发进行的毒物检测报告，可以得知在被囚禁的八周里，他几乎是连续不断地被迫摄入麻醉剂。这个受害者被囚禁的时间是最长的。在那之后杀手缩短了囚禁时长——或许是因为他想杀死受害者的意愿更为迫切，或许是因为他可以在更短时间内获取自己想要的东西，姑且不论那是什么。"

"老天爷！"她伸出手，从诺亚卷宗中取出一张犯罪现场照片，"他被发现时就是这个样子的？"

"没错。"我把目光移向别处，我还是不忍看诺亚的照片——他的尸体被摆成极具侮辱性的姿势，显然凶手是有意为之，其目的是获得最大的视觉冲击效果。

"每起案件都是这样吗？"

"差不多。"受害人尸体的双臂被展开，性器官被切除，胸前刻一个心形。我将一缕头发拨到耳后："还有，每具尸体都缺失一个小指。有时候其他手指或脚趾也会被切除，不过肯定有一个小指找不到。"

"那应该叫他'小指杀手'才对啊？"梅莉迪丝问道。

"警方有意向媒体隐瞒了这一细节。"

她仔细思索片刻，然后说道："这么说来，那家伙拿走了受害者的一根手指和性器官？"

我摇摇头："性器官就扔在弃尸现场，看样子是杀手随意扔在那里的，并不是有意为之。"

"哇！"她把照片递给我，"这说明什么？"

"你可是专攻性心理学的心理医生，你说说看。"

"受害人是在活着的时候被切除性器官和手指的吗？"

"是在死后被切除的，而胸前的那颗心是他们还活着的时候刻上去的。"

"他们的死因是什么？"

"勒杀。这一杀人手法透出些许'仁慈'，不过考虑到受害者在死前经受的折磨，这点'仁慈'来得也太晚了。"我让她看看尸体的验伤报告——烟头烫伤、瘀伤、手铐和其他捆绑方式留下的伤痕，还有肛门撕裂。其中肛门撕裂意味着受害人曾遭受性侵。

她皱皱眉："受害者被绑架前曾经有过怎样的性经历？"

我顿了一下："不知道，到目前为止我还没有在卷宗里看到这方面的信息，为什么这么问？"

她摇摇头："我也说不清楚，我只是在想杀手是不是根据他们的性经历来决定受害者人选，这会不会是他作案模式的一部分？"

"这倒值得查一查。"我的目光再次落到那面墙上，"还有什么看法吗？"

梅莉迪丝长舒一口气："性器官在受害者死后被切除，在长时间的囚禁中，他们遭受到折磨和性侵……我也摸不着头脑。我真想听听那个逃出来的孩子怎么说……他叫什么名字来着？赛斯？斯科特？"

"斯科特，斯科特·海顿。"

她点点头："你得听听他怎么说。绑架他的人有没有对他进行'训练'？有没有给他充足的食物？在折磨他之后有没有采取什么'补救措施'？等等……"她遗憾地摇摇头。

"怎么了？"

"我忘了你是在为辩方做事，你也不能选择性地引用斯科特的证词。他指认兰道尔·汤普森就是杀手，而你们却坚持汤普森是清白无辜的，那么斯科特说的话对你们来说又有什么用呢？如果他说的是真话，那汤普森就是有罪的；如果他说的不是真话，那么听取他的证言就是浪费时间。"

她说得没错，看来我应该把所有已知的斯科特的信息都抛诸脑后。"看来无论他有没有说真话，去听听他怎么说都是在浪费时间。"我说。

"没错。不过话说回来，你做这些事可挣到一大笔钱，而且每一分每一秒你都乐在其中，"她耸耸肩，"验尸照片，心理侧写……得了吧,你肯定高兴坏了。"

我咧嘴一笑:"好吧,你说得没错,我的确乐在其中。这样是不是很过分?"

"的确很过分。不过嘛……昨晚我也幻想跟一个新来的病人在一起,所以说我们俩都活该下地狱。"她的目光再次落到那面墙上,"好吧,你有什么看法?"

"我不知道……"我缓缓说道,"无论凶手是谁,现在这个人已经搜集到一大堆人体组织。我还在想他为什么要把尸体摆成那个姿势,还有,他故意扔出一些错误的线索,或是想引起公众注意,或是想把我们引入歧途。"

听了这话她思索片刻,然后说道:"你认为杀手切除被害者的性器官,还在他们胸口刻一颗心,是为了吸引眼球吗?"她在沙发上转过身,面对着我。

"在受害人胸口刻一颗心极有可能是杀手的'签名',以便和其他案件区分开来,"我强调说,"他想出名,他希望公众把他犯下的每一起谋杀案都记在自己名下。至于其他的……"我叹口气,"他的作案手法也表现出一些前后不一致的特点。"

我试图梳理自己的思绪,使其符合逻辑:"一般来说,犯罪行为都蕴含着心理强化过程和内在动机。"我指指巧克力豆,"就像这巧克力豆。你为什么要吃巧克力豆?"

"因为它好吃啊。"梅莉迪丝配合我,把这一问一答的游戏玩下去。

"那只是你认为自己要吃巧克力豆的原因,所有人面对这个问题都会这么回答。不过……"

"我知道什么叫作'隐形刺激'。"她打断我的话,"我之所以要吃巧克力豆,是因为我的身体需要糖分;你之所以要吃巧克力豆,是因为你喜欢巧克力豆的滋味;雅各之所以要吃巧克力豆,是因为他习惯找一样东西放在嘴里嚼巴嚼巴;我老妈之所以要吃巧克力豆,是因为她需要摄入多巴胺来缓解自己的焦虑。"

"说得没错,"我对此表示肯定,"同理,杀手之所以杀戮是出于不同的原因。他们大多是为了获取快感,可是这些快感却各不相同。血腥之心杀手长时间囚禁受害者——这显示他主要是想满足自己的控制欲。当他制服了受害者,牢牢地将他们控制住,他会从中获得快感。捆绑、强奸、一丝不挂的尸体……所有这些仿佛都与性有关,但实际上更可能是为了让受害者感到无助,同时让杀手进一步感受到自己掌控一切。"

"那这和巧克力豆有什么关系?"

"我就要说到这一点了。血腥之心杀手杀死受害者的手法几乎可以说是透着一点'仁慈'——杀戮过程很短,勒住他们的脖子,让他们昏死过去,然后死亡。这意味着杀人只是给某一阶段画上句号,而不是给他带来快感的行为。这么说吧,我之所以吃巧克力豆,是因为我饿了,而和第二选择相比,我更喜欢巧克力豆的滋味。"小桌上放着半根吃剩的谷物棒,我朝谷物棒点点头,继续说道,"杀手之所以要杀人,是因为和第二选择相比,他们更喜欢杀人这一选项。可是如果按照凶手各种行为的时长来看……"我朝如山如海的卷宗、笔记和照片一挥手,"杀死受害人的过程是迅速而短暂的,对杀手来说那并不是什么了不得的大事。如此看来杀手从杀戮行为中并没有获得什么快感。我据此推测，杀手杀戮的原因或许是他对受害人已经感到厌倦，正准备进入下一阶段——弃尸以及获取媒体关注。"

"或许他之所以那么做，不过就是因为他是个黑心肝的浑蛋。"梅莉迪丝微笑着说。

我没有接她的话茬儿，继续说道："然而，对目前为止被杀害的最后一个受害者而言，杀手的杀戮手法发生了改变。其他受害者的死亡过程很短，杀人手法也透着些许'仁慈'，然而加布·凯文的情况却不同。"

她脸上的笑容消失了："什么意思？"

我凑上前去："前面五起案件的受害者都是被勒杀的。尽管加布·凯文的死因也是窒息，可他却不是被勒杀的。"

"那会是什么？溺毙吗？"

"水刑[1]。"

她不由得瑟缩一下："你是说水刑？就是美国中央情报局用来拷问犯人的那种水刑？"

"没错，这是一种特别痛苦的死法。时间很长，过程很缓慢。现在问题来了：为什么会这样呢？"我看向房间的另一头，目光落在那面墙上——加布的照片正贴在诺亚·沃特金斯的照片旁边。"为什么要区别对待加布·凯文呢？"我说。

一阵响亮的敲门声传来，把我们俩都吓了一跳。门被轻轻地推开，雅各把头探进来："梅莉迪丝，约在四点接受心理治疗的病

---

[1] 水刑：一种用刑方式，受害者被绑成脚高头低的姿势，脸部用毛巾覆盖，然后将水倒在受害者脸上。这种酷刑会让受害者产生窒息和溺毙感。

人已经到了。"

"我马上就来。"她站起来,看了一眼那一摞文件夹,"至少我知道你这两天都在干些什么了,你什么时候和那个律师再见面?"

"今天下午,"我看看表,"约好五点见面。他的律所在市中心,我现在就得走了,不然就会赶上交通高峰。"

她应了一声,用露骨的眼光上下打量我:"香奈儿套装,没穿裤袜——我老妈肯定很欣赏你这身打扮。"

梅莉迪丝的母亲是洛杉矶社交圈出了名的媒婆,整天只想着撮合红男绿女。我当然能听出她的言外之意。"这可不是你想的那种约会。"我说。

她把一颗红色的巧克力豆扔进嘴里:"不管怎么说,要撩起裙子很容易啦,还没有裤袜碍手碍脚——你的胸罩是从前面解开的吗?"

她是在影射那种事,不过我懒得搭理她,只是拿起见底的茶杯。"以后我绝不会和你谈论自己的性生活。"我说。

"哈哈!"她笑了起来,"宝贝,你那可算不上什么性生活,充其量只是偶尔释放一下自我,做些出格的事,就好像在一个静悄悄的房间里放个响屁,结果还要弄得臭气熏天。说实在的,如果你拥有我这样的性生活,你就不会一直想着那个家伙,而是把他抛在脑后,去找下一个猛男了。"

"行了,别把一夜情比作放屁。再说了,我也没有一直想着他……至少不是那种情人间的思念。"

她对我露出心照不宣的笑容:"行了,宝贝,你对杀手知之甚多，而我对在性爱方面受挫的病人了解更深。你肯定是在想他，这也没什么不对。"她竖起一根手指，用力地指指我，"只是你千万不要饥不择食啊。"

或许我在性方面的确是如饥似渴，不过罗伯特·凯文也绝对算得上是"美食"。他可算是个中高手，能让人感受到美妙的快感。我本想反驳她，可我还是忍住了。我绕过办公桌，对她说："你能不能和雅各说一声，就说我就要出去了？我怕他还有什么事要找我。"

"当然，"她将原本装着巧克力豆的空袋子揉成一团，看看那摞成小山的文件夹，"祝你好运。"

等她走出门后我才打开旁边的抽屉，找出藏在里面的一条裤袜。为了防止出现意想不到的情况，我总是在抽屉里藏一条裤袜。我盯着那条装在压缩塑胶袋中的裤袜，盯了很久，之后我关上抽屉，离开了办公室。

我和罗伯特之间的情事绝不像放屁——这个比喻也太可笑了。

#  第22章

　　我的办公室就像精神病院的病房一样凌乱不堪,而罗伯特的办公室却井井有条。我走进他的私人办公室,里面有一张会议桌。我把手提包放在桌上,环顾四周,打量整个房间。这间办公室透着浓浓的男人味:以深色木料为主,以色彩鲜明的装饰为辅,形成强有力的对比。如果这里再加上一个兽头那就更妙了。我本想依据他办公室的装潢摆设,对他进行一番心理分析,不过我还是忍住了。这种室内装潢就如同一条狗在墙边撒的尿,标示出自己的势力范围,处处彰显自己是此房间主人的身份。

　　他正在打电话。他坐在办公椅上,正对着窗户,声音低沉。我借此机会在这个办公室里踱步。这个办公室很大,大得足以放下一张会议桌、全套座椅,还有他那张巨大的办公桌。办公室的大小也是主人身份地位的体现。墙边还有一个书架。我在书架前停下脚步,惊讶地发现摆在书架上的不是法学书籍而是小说。书架的第二层还有一个小小的金鱼缸,鱼缸里的加氧泵正在咕嘟咕嘟地吐着气泡,一条金鱼漠然地注视着我。

　　金鱼?有意思。

"莫尔医生。"听到他叫我,我转过身。罗伯特已经打完电话,正面对着我。

"今天我们的心理医生过得怎样啊?"

"还行。"我再次看向金鱼缸,"你养了一条金鱼。"

"没错,有一位美女说我应该养宠物,所以……就是这么回事。"

不得不承认,他的确是一个油嘴滑舌的家伙。他对多少个女人说过类似的话?几十个?几百个?

我转身面对他:"你总是按照'美女'说的去做吗?"

"那取决于她是什么样的女人。"他故作轻松地回了一句,然而我却从他脸上看到了疲倦。他站起来,从办公桌后面走出来。"请坐,"他说,"穿着那样的高跟鞋肯定够受的吧?"他在一张大大的皮质扶手椅中坐下,我也坐下来。"你的心理侧写进行得怎么样了?"他问道。

"还不好说,"我答道,"我先浏览了一遍所有案件的卷宗,现在正按照时间顺序挖掘每一起案件的细节。我已经看完一半了,现在我正在研究第三位受害者遇害案。"

"你是说诺亚?"

"没错。"我观察他的体态,发现他的体态因紧张而变得僵硬。他需要的不是什么心理侧写,而是能帮他缓解哀伤之情的心理医生。或许他还应该去度假,远离这些血腥的案件,远离那些遇害少年的照片。"你是不是看完了所有案件的卷宗?"我问道。

"是的。"

"告诉你吧,如果你想通过这种方式来让自己的心变得麻木，缓解自己的哀伤，是不会奏效的。看其他遇害少年的照片不会让你觉得好受一些，加布之死给你带来的伤痛也不会得到缓解。"

"还是有用的，"他叹了口气，"这样我就会知道自己不是唯一一个失败的父亲。"

"所有受害者的父母都不是失败的父母——你自己也明白这一点。"

"好吧，随你怎么说。可是想想看，在事情发生前我们可以做出许许多多的决定——那些看似微不足道的决定。假如我们做出了不一样的决定，或许那样的事情就不会发生。比如说，如果那家伙从来没见过加布，他就不可能绑架我儿子。"

我摇摇头："你不能这样钻牛角尖，你不应该为之前自己的所有行为和决定而自责，你应该想想你当时的本意是什么。你一直在尽你所能地保护加布——以前是这样，即便现在也是如此。"

他硬挤出一抹微笑："我不需要你为我做心理治疗，格温，我只想知道你对这些案件有什么看法。"

他根本不知道自己需要什么，可我也不能强迫他接受心理治疗。于是我摆出一副公事公办的模样："好吧，那些案件卷宗我已经浏览过一遍了，对于杀手我也已经有了粗略的印象。不过等我再仔细地看过第二遍，我的想法或许会发生改变。"

听到我转变话题，他稍稍放松了些："继续。"

"你了解扎根理论研究法吗？"

"不了解。"

"这种研究法旨在从数据中发现行为模式，并根据数据得出结论。对于每一个受害者，我都列出了一张表，其内容是与案件相关的各个因素：受害者本人的情况，案发环境，杀戮行为，从受害者被控制到被杀害期间他们的遭遇……当然，还包括弃尸方式。"我仔细观察他，心想是不是应该选择更委婉的语言来谈论这些案件。

他点点头，他的眉毛拧成一团，不过看样子他很感兴趣。我继续说下去。

"针对每一起案件，我列出了一张详尽的表格。我发现这些案件的共同点，并总结出杀手的作案模式。杀手作案时表现出一些自始至终重复出现的特点，但同样也有前后不一的地方。他对受害者的选择有没有发生变化？后来的受害者是更老还是更年轻？受害者在个人经历方面是更天真还是更世故？……"我耸耸肩，"到目前为止，受害者的特征都离奇地相似。这就是他作案模式的一部分。很明显，对杀手而言，受害者是某种影射，是某个人的化身——或是年轻时的杀手，或是杀手过去认识的某个人。"

"你觉得更可能是哪种情况？"

"杀手过去认识的某个人，"我马上答道，"极有可能是伤害过他的人，并给他留下了严重的心理创伤。就受害者被囚禁的时长来看，或许杀手曾受到过长时间的折磨，这种折磨或许持续了好几年。"

"好吧，还有什么？"他问道。

"弃尸现场是经过精心布置的，没有留下任何证据。没有指纹，没有DNA，没有轮胎印，没有任何物证。显然杀手经过精心策划，在实施自己的计划时也非常小心。根据这一点以及对尸体的布置，我们可以看出这个杀手是一个一丝不苟且做事很有条理的人。他很有耐心，喜欢在智力上和别人一决高下。杀手采用那种方式来摆放尸体是为了博取公众眼球，或许他从一开始就计划要犯下一系列谋杀案。他对自己的杀戮行为颇为自豪，因自己智商高而扬扬自得。他很有信心，认为凭借自己的能力可以逃脱警方的追捕。"

我顿一下，继续说道："虽然现在我还没有做完研究，不过我很肯定杀手具有我所说的这些特征。"

对此他只是漠然地点点头——看来他对我说的话不以为然。"好吧，那又怎样？"他说，"一个自负的人，一个做事很有条理的人，一个喜欢在智力上碾压他人的人。这层写字楼一半的人都符合这样的描述，也包括我。还有什么吗？"

接下来我要说的话涉及罪案的细节。虽然那只是对案件进行蜻蜓点水般的探讨，可我清楚地意识到对方是一个沉浸在失子之痛中的父亲。"我推测杀手可能有同性恋或双性恋的倾向，不过在现实生活中他依然以异性恋面目示人，而且他对自己的性取向感到非常羞愧，并为此痛恨自己。"

听了我的话，罗伯特并没有畏缩逃避："这是因为他曾经和受害者发生过性行为，所以你才做出这样的推论吗？"他并没有用"强奸"一词，而是用"性行为"——这样的措辞本身就体现了他的情绪。

"没错。"我稍稍犹豫，然后说道，"加布的性取向是什么？"

他皱紧眉头："异性恋。"

"你确定？"

他在椅子里挪动了一下身子,我的话让他恼火。看得出来,此时他正在有意克制自己不要发火。这种自制力的确令人惊叹,就如同把自己的情绪关进一个密室里,将其完全封闭。如果我能把他控制情绪的全套方法记下来并且教会我的病人,那我肯定能成为心理学界的天才人物。话说回来,这种情绪控制无益于心理健康。就如同一壶烧开的水,要不时释放出一些蒸汽,否则整个水壶就会爆炸。

他双手交叠:"为什么要问这个?"

"如果所有受害者都是同性恋,或者有同性恋倾向,那么我们就会对血腥之心杀手有更多了解,知道他为什么会对这几个男孩下手。"我顿一下,继续说道,"还有,我正在研究为什么他要以不同于其他受害者的方式杀死加布。"

他用食指抹抹嘴唇,然后坐直身子:"你是说水刑?"

"没错。"我想要道歉——我不该和他谈论这件让他如此痛苦的事。我不想谈论这个话题,可他却接过话茬儿,继续说了下去。假如他要为汤普森辩护,以后他还要经常谈起这个话题。"很明显,杀手的攻击性在不断累积,出现了一个质的飞跃。"我说,"这种杀人方法更残忍,受害者也更痛苦,其行为本身也蕴含了更多的情绪,这意味着杀手已经失控。但问题是为什么选择加布?为什么只有加布有此遭遇?"

"好吧,那并不是因为加布是个同性恋,"罗伯特干巴巴地说,"他总是和女孩子们厮混,我想让他收敛点,可是没用。就在他被绑架的前两周,他的女朋友以为自己怀孕了,把所有人吓了一跳,结果不过是虚惊一场。现在……"他叹了口气,"我一直在想，如果那女孩真的怀孕了，那个婴儿现在也该出生了。或许那娃娃的眼睛像加布一样，笑起来也和他一样……"他的话音变得断断续续，他清清喉咙。

我赶紧问道："加布酗酒吗？吸毒吗？"

"他喝酒，不过喝得不多，也就是在诸如参加高中生聚会时喝喝酒。至于毒品……"他皱皱眉头，"我敢肯定他曾经抽过大麻，至于比大麻还厉害的毒品……我一直盯着他，他肯定没有吸毒成瘾。"

"好吧，这条信息也是有用的。"我说。我想起自己在研究这些案件时做了无数笔记，全都堆在自己的办公室里。然而我对于其中大部分还有疑问，我暗自斟酌该告诉他多少。"还有……还有什么地方不对劲，可我也说不清……"我说。

我这话激起了他的兴致。在我了解更多信息前，我不应该把尚未确定的想法告诉他。"什么不对劲？"他问道。

"我也说了，现在我还说不清，那只是一种感觉。我不知道这是杀手有意布置的局，还是因为缺失了某些证据，总之就是有些地方我想不通。"我耸耸肩，"或许没什么，或许我的感觉错了。"

"或许你的感觉没错。"

的确，我的感觉或许没错。或许事实的确如此，有什么地方不对劲。每当我想厘清思绪时，我总会发现有什么地方不对。我肯定有所遗漏，最好赶紧找到那缺失的碎片，不然我就会不停地绞尽脑汁，直到自己头发掉光为止。

半小时后，我和罗伯特在会议桌旁相对而坐。我正在用纸质吸管喝一罐无糖可乐："还有斯科特·海顿被绑架案，你想让我在做心理侧写时运用这起案件的有关信息吗？该如何运用？"

"完全不予考虑。"罗伯特说着，用餐巾纸抹抹嘴。他手里拿着一份意大利式三明治，是就近在写字楼大厅里买来的。"他在撒谎。"他说。

"撒什么谎？"我反问道，"你认为他根本没被人绑架？"

"不是，我认为他曾经被人绑架。他是在有关兰道尔·汤普森的事情上撒了谎。"

"他为什么要撒谎？"

"他为什么不能撒谎呢？"他反问道，"加利福尼亚州近代史上最臭名昭著的连环杀手还在逍遥法外，谁知道他是怎么威胁那孩子的？所有人都认为那孩子逃脱了，可如果他不是逃脱的呢？如果是杀手放他走的呢？"

"杀手放他走？"我做个鬼脸，"为什么要放他走？"

"你可是个心理医生，"他放下意大利式三明治，拿起汽水，"假设你已经知道是杀手有意让他离开的，他为什么这样做？对于杀手的潜藏动机，你会进行什么样的心理解读？"

我叹了口气，咬了一口三明治，仔细琢磨这个说法。我慢慢地咀嚼，然后就着一大口汽水咽下嘴里的食物。"他不会这么做的，"我说，"到第六起案件的时候，他的作案手法变得更为暴力，他怎么会放走第七名受害人呢？他不会……"我突然想到了一种可能性，不由得停下来。尽管这种可能性不大，不过……

"等等，如果他有意放走斯科特……"我不得不承认，"注意，我只是在假设——如果他真那么做，那他就是有预谋的。这么做的目的或许是……我猜是……杀手为了让自己脱罪，这是他逃脱策略的一部分。他放走斯科特·海顿，这样就可以……"我闭上双眼，想弄清楚血腥之心杀手为什么会有意留出这么一个漏洞。是和警方玩猫捉老鼠的游戏吗？

"这样就可以让斯科特指认其他人。"罗伯特那斩钉截铁的话音让我不由得睁开眼。他点点头："找一个替罪羊。"看得出，他对这个假说颇感兴趣。

"够了！"我举起手，"这也太牵强了。别忘了，警方在兰道尔·汤普森家里找到了那盒'纪念品'。"

"有可能是有人栽赃陷害他。再说了，警察还没找到那些手指。"

我皱皱眉："受害者的小指？"

"没错。他们把兰道尔的房子翻了个底朝天，可是他们没有找到任何一个受害者的DNA，也没有找到那些小指。你刚才也说血腥之心杀手是一个做事很有条理的人，罪案的所有环节都经过他的精心设计，所以这也是在他的计划之中——放了斯科特·海顿，让他指认其他人。"他打开一包薯条，朝我扬扬眉毛，向我发出挑战，看我如何驳倒他的观点。

尽管我不愿承认，但他的假说不无道理。我犹豫一下，承认道："的确，目击证人的证词很有说服力。"

"有说服力?"他摇摇头,"得了吧,目击证人说的话可以一锤定音。实话告诉你,我每天都要面对陪审团,这种事我见得多了。如果斯科特·海顿指证说就是兰道尔·汤普森剥光他的衣服,把他捆在床上,这时候所有的物证都见鬼去吧!物证在他的证词面前根本一文不值。在这种时候,警察也不再进行调查,就算缺少物证也无所谓了。"

"你就打算这样为他辩护?"我收集自己的垃圾,塞进一个袋子里,然后伸手到桌子另一侧,清理罗伯特留下的垃圾。我们的膝盖相互触碰。"你打算咬定斯科特·海顿是在撒谎?"我问道。

"你有没有试过用一把叉子撬开手铐?"

"没试过,"我答道,"你呢?"

"没人能做到,这是不可能的。"他举起手,以示妥协,"好吧,并不是完全不可能,只是你不可能仅用一只手就把手铐撬开。你再看看验伤照片。斯科特手上的伤痕是用绳索捆绑造成的,不是手铐留下的。那孩子可不是被铐在暖气管上,那样的话双手可以相互触碰,还有可能解开手铐。他是被两臂摊开绑在床上的,双手距离很远。"

"这也太牵强了,"我反驳道,"你的很多假设都很牵强。"

"格温。"听见他叫我的名字,我不由得看向他。他与我对视良久。"如果我的假设是正确的,那会怎么样呢?"他问道。

如果他的假设是正确的,那真正的杀手还没有被逮捕归案,或许他正在嘲笑我们。杀手逍遥法外,而斯科特·海顿在新闻媒体上大出风头,兰道尔·汤普森被关在一间单人囚室里。想到这我不由得毛骨悚然,我的脑子马上清醒过来。罗伯特至少说对了一件事——警察已经停止调查，他们正退居幕后，为圆满地破获了这起案件而庆祝。

"如果你的假设是错误的，那么你就会帮助兰道尔·汤普森脱罪，那又会怎样呢？"

"我的推断不会出错。"他直视我的眼眸。那一刻，我看到了他的悲痛。那是毫不掩饰的悲痛，是沉甸甸的悲痛。悲痛压在他的身上，渗入他那微微弓着的身躯中，渗入他那僵硬的脖子中。

或许他的想法是错误的，可我必须记住他是一个正在承受失子之痛的父亲。

# 第23章

三天之后，我坐在心理诊所休息室里的柜台上看电视。电视上，斯科特·海顿正对着一个有杂音的话筒说话，画面的一角还有27频道的标志。

"这是第二次生命，"这个十七岁的少年说，"我希望自己能成为一个更好的人，绝不虚度自己重新获得的人生。"他对镜头露出微笑——不可否认，这孩子的确挺帅的。他集令十几岁女孩神魂颠倒的所有特质于一身，而且现在他还是个"名人"，女孩们更是趋之若鹜。昨天晚上，我查看了一下他的社交账号，结果发现他的粉丝量已经接近一百万——这的确令我感到震惊。

雅各发出一声怪叫，将手里的汽水一饮而尽。"他就是个天生的戏精。我敢说，他每天晚上都对着镜子念这几行台词。"他说。

我也有同感。然而这个男孩刚刚逃过一劫，没有像之前那六个男孩一样惨遭杀害，这时候说他的坏话似乎不太合适。"先别管这是不是排演好的，他说的话并没有错，"我指明这一点，我将手探进一袋微波炉爆米花中，"他的确是逃过一劫，而这种情况会改变亲历者对人生的态度。"

梅莉迪丝正坐在桌边玩手机。她抬起头:"你发现了吗?在这些采访中,他基本等于什么也没说。"

我也发现了。在过去的这几天里,我一直在看有关斯科特的报道。无论是电视采访还是电台采访,凡是能找到的我都看了听了。梅莉迪丝说得没错。当提及自己被囚禁的经过,他总是匆匆带过;而对于那个囚禁他的人,他几乎什么都没说。

电视上,采访记者继续问道:"在你遭到绑架之前,你和兰道尔·汤普森有过什么交流吗?"

"海顿先生不会回答这个问题的。"这时候,斯科特的律师——胡安·梅兰德兹插话了。只见律师上前一步,而电视前的雅各又发出一声怪叫,让我不由得咧嘴一笑。我一整天都泡在成堆的谋杀案卷宗里埋头苦读,能享受这短暂的轻松时光让我感到开心。

我已经看到第四个受害者的卷宗了,我必须停下来稍作休息。卷宗里记录的一切当真令人难过,令人难过得无以复加。六个聪明而富有才华的生命就此逝去,六个家庭——父母、兄弟姐妹、祖父母——所有人的生活都发生了无法逆转的改变,被彻底摧毁。而这都是因为什么?只不过是一个心理变态的人为了满足自己那扭曲的快感。这个人是不是兰道尔·汤普森?到目前为止我的心理侧写已经成形,我很想对兰道尔进行一番调查,看他是否符合。不过我还是克制住了自己。我不能任由与兰道尔有关的现实信息扰乱自己的判断,我要将有关这个人的所有已知信息暂时封存,藏在脑海中某个角落里。

"我实在不知道他为什么不停地接受媒体采访，"梅莉迪丝说，"每回我打开电视都会看到他，他不应该待在家里，和自己的父母在一起吗？"

"他只是个十几岁的孩子，现在成名的机会就摆在他面前，他还能怎样呢？"我掏出一把爆米花，放进嘴里咀嚼，"再说了，他或许是想摆脱抑郁情绪。抑郁情绪造成的情感低谷迟早会出现，到时候他就会崩溃。现在他正通过接受采访这种方式让自己分心，不让自己陷入低谷中。"

我们继续看电视。镜头切换，受害者的照片出现在屏幕上。我看着那一张张脸——十几岁少年的脸，现在每一张脸都深深地刻在我心里。加布·凯文的照片出现了。当我看到他和罗伯特是何其相似，我的心猛然一沉。父子俩都长着一头黑发，还有那相似的眼神——仿佛对一切了然于心。如果他有机会长大，他必定和自己的父亲一样，能让无数女人芳心暗许。

我赶在镜头再次切换前从柜台上跳下来。现在出现在屏幕上的是关于兰道尔·汤普森的一段新闻报道。"我得回去工作了，雅各，卢克·阿坦斯约好一点钟来赴诊。"

雅各做个鬼脸，将空汽水罐捏瘪，弄出"铿铿"响声。"好吧，"他说，"谁知道他来不来呢？那家伙就是个浑蛋。"

对于他的话我无可反驳——卢克就是个浑蛋。在我接诊的病人中，卢克是最喜怒无常的一个。之前两次约诊他都放我鸽子，对此我也见怪不怪了。某段时间他会按时来赴诊，然后在接下来的一个月里他或许跑到外地去了，总之根本不来赴诊。然后他又再次出现，好像什么事都没有发生过。

对此我并不在意，对他进行心理治疗令我精疲力竭。再说，即使他没有按时赴诊，他依然毫无怨言地支付诊疗费。如果他根本不出现，那这笔费用就当成他的违约金好了。这么算来，我从他那儿收取的"违约金"和正儿八经的心理诊疗费一样多。

"好吧，卢克今早给我打过电话，我认为他会来的。"一大早就打电话骚扰人可算是典型的卢克做派。他的电话简短生硬。在三十秒左右的通话时间里，他对我颐指气使，大声嚷嚷，问我这次约诊是什么时候，之后他就突然挂断了电话。

"你要在会议室和他见面，对吧？"

"没错。"我一边说着，一边把那包爆米花扔进垃圾箱，然后喝完剩下的汽水。梅莉迪丝嘟囔着说了声"再见"，她的目光依然停留在电视上。

卢克·阿坦斯坐在我面前。他上身穿着印有羽毛状图案的丝绸衬衫，下身穿着鲜红色的长裤。他整个人就是矛盾和悖论的集合体。如果我要给他做心理侧写，最后结果肯定包含了无数表示不确定的问号和多行空白。

卢克一直感到不安和被遗弃，这让他十分困扰。此外他还无法控制自己的愤怒。两年前，他妹妹订婚了，卢克因此受到了刺激，居然放火烧了她的车。最要命的是当时他和妹妹两人都在车里。卢克不能很好地应对压力和强烈的情绪。正因如此，他现在因情绪波动而喘着粗气。

"呼吸，"我用坚定的语调指导他，"双手交叠呈杯状，放在口鼻前，用腹部呼吸，不要用胸腔呼吸。"

他张大嘴深吸一口气。

"现在屏住呼吸十秒钟。"我说。他摇摇头，双手还捂着口鼻。我对他扬扬眉毛："相信我，卢克，屏住呼吸十秒钟，你会感觉焕然一新，就如同按下了重启键。我和你一起屏住呼吸。"我颇为夸张地深吸一口气，屏住呼吸。他犹豫一下，最终还是照我说的做了。

我竖起一根指头、两根指头……为他计时。我和他一起屏住呼吸，数到十，然后我缓缓吐气。我想到雅各就在门的另一侧，如果卢克要越过桌子攻击我，他至少需要花一分钟才能把我勒死。而在那之前雅各肯定能冲进来阻止他。

卢克想在"老地方"——也就是我的办公室进行心理治疗，被我拒绝之后他就发飙了。他无端指责我，说我在会议室里安装了窃听器。我提议把这次心理治疗推迟到下一周，到那时我的办公室就能恢复原样了。可他拒绝了我的提议，他说他有事要和我谈谈，然后我问他什么事……总之一来二去，情况就变成了现在这个样子。

他的呼吸开始恢复正常。我坐在座位上不动，看着他把脑袋靠在办公椅的椅背上，张大嘴呼吸。他就是个戏精，行为举止过于夸张。我第一次为他进行心理治疗时，他攥起拳头，狠命地捶打我的办公桌，把桌上的笔筒都震翻了。我感觉他的愤怒值已经超出了我所能理解的范围。不过回头想想，这家伙还挺有意思的。考虑到他的身家财富，他的愤怒情绪的确令人感到惊讶。卢克·阿坦斯是阿坦斯家族的长子，而阿坦斯家族是某个著名比萨饼品牌的创始者。他们家在全世界拥有四万两千家连锁外卖店。原本我也不知道具体数字，只是每当卢克认为自己的男子汉身份或权威遭到质疑时，他就会随口囔囔，吹嘘自己家拥有多少家连锁店。这样的事时有发生，而我对此也耳熟能详了。

幸好卢克是阿坦斯家族的人。如果他只是个普通人，他在烧了妹妹的车之后肯定会被抓进牢里。他家请了一大群律师，费尽口舌让法官相信那只是一场"意外"。之后他家又请了一大群整形医生，为被大火毁容的卢克和他妹妹修复容颜。即便过了两年，我还是能看出那场人为纵火留给他的"纪念"——他的下颌一侧有皮肤移植的痕迹，左眼周围还留有疤痕。他妹妹的情况则更为糟糕。在他点火之前，他往妹妹身上浇了汽油。我从来没有和他妹妹劳拉说过话。劳拉和自己的未婚夫搬去了佛罗里达，还向法院申请了一张针对卢克的行为限制令。迄今为止，卢克已经两次违反限制令了。

他的呼吸变得更加平静，我还在等待。

这次心理治疗已经进行了二十五分钟，可我还是没弄明白到底发生了什么事让卢克受到了刺激。希望他能快言快语地告诉我，这样我就可以赶在此次心理治疗结束前解决他的问题了。

又过去了三分钟。卢克根本不擅长组织语言，不能言简意赅地把问题说清楚，而且他随时可能会……

"你知道吗？那个连环杀手被抓住了。"

我十指相扣，答道："我听说了。"

"你怎么看？"

我小心翼翼地斟酌自己的措辞："我没什么看法，现在他被关起来了。"

"他是不是你的病人？"他的呼吸又开始变得急促而沉重，眼睛睁得大大的，正处于失控的边缘。不妙，很不妙。尤其对于卢克这样一个人来说，有这样的情绪表现可是大大不妙。

"不，他不是我的病人。"我心想：兰道尔的确不是我的病人，雇我干活的是罗伯特，不是兰道尔。

"你知道吗，"卢克说，"他曾经是我的……老师。"他颇为不屑地吐出"老师"这个词。

我眨眨眼："真的？是在贝弗利高中吗？"

这也没什么奇怪的。有钱人家的孩子大多是去贝弗利高中或蒙贝利亚尔中学。卢克比斯科特大十岁左右，可兰道尔·汤普森已经在贝弗利高中教了近二十年的自然科学，因此卢克认识他也不奇怪。

卢克站起来，朝我走来。透过会议室的玻璃墙，我看到坐在外间的雅各正看着我们。我和他对视一眼，之后又把目光放在卢克身上。

卢克在我面前停下脚步。当他凑近时，他的皮带扣刮擦着会议桌的边缘。他凑得很近，我都能闻到他的口臭了。

"候诊室的前台接待提到了汤普森的名字，他是不是你的病人？"卢克厉声问道。他的口水飞溅到我的下巴上。

刚才我就不该管卢克这家伙，让他因情绪激动喘不过气死掉算了。

"卢克，你稍微站开一点。"我用镇定的语气说道。

"那个变态，"他冷冷地说，"他……"

会议室的门被推开了，雅各闯了进来。"一切还好吧？"他问道。卢克转过身，我马上抓住这个机会把椅子往后一推，站了起来。

我用眼角余光看到卢克已经攥紧了拳头。他的怒气逐渐累积，即将爆发。虽然我认为卢克还不至于伤害我，但是他会不会伤害雅各可就不好说了。

"卢克，我们改天再继续这次心理治疗吧。"我绕到会议桌的另一端，现在会议桌横亘在我和卢克之间。我推推雅各，让他回到候诊室里。

我回头看着卢克，用尽毕生功力，挤出最镇定最能抚慰人心的微笑。"如果你想继续进行今天的心理治疗，请打电话给我，你有我的手机号码吧，卢克？"我说。

他生气地吸气，发出"咝咝"的声音，让我想起了有关他那次纵火的新闻报道。当时他妹妹也出现在电视上，她躺在一张担架床上，不停尖叫。我转过身，走出门，快步穿过候诊室，径直朝梅莉迪丝的办公室走去。我做了个手势，示意雅各也跟过来。我和雅各走进梅莉迪丝的办公室时她正在讲电话。我关上门，锁上门锁。

她马上挂掉电话："怎么了？"

"或许没什么，不过还是给保安部打个电话，让他们上来。"

她拨打写字楼大厅的前台电话，叫他们派人上来。我把耳朵贴在门上，想听清候诊室里的响动。我听到一声叫喊，然后是捶打门板的声音。我站直身子。接着传来更响亮的撞击声——有什么东西被砸碎了。这声响让我越发惶恐。那声音不是从候诊室里传来的,而是来自墙壁的另一侧。

卢克去了我的办公室。

# 第24章

我首先想到的是马修。马修·里克是我们心理诊所排名第三的合伙人。他是一个身材矮小的心理医生,他那模样总是让人联想起田鼠。我压低嗓音,叫梅莉迪丝拨打马修的手机,把这里紧急的情况告诉他。我只盼着马修躲在自己的办公室里,把门锁得牢牢的,让卢克没有可能攻击他。当卢克看到我办公室的那面墙,看到墙上贴满了有关血腥之心杀手的笔记、图片,他肯定会误解,然后立马跑来找我。

"怎么回事?"梅莉迪丝来到我身边,"你的脸色白得跟死人一样,到底发生了什么事?"

"他在我办公室里。"

"那又怎样?"

"他和兰道尔·汤普森有什么过节,刚才他还问我兰道尔是不是我的病人。"

"可他不是你的病人啊。"

"说得没错,不过……"我朝自己办公室的方向指了指,"现在他看到了我办公室里的'研究成果',他肯定认为我和兰道尔有什么关系。"那面墙上有什么？用粉笔写在墙上的受害人姓名；写着"犯罪现场""受害人"和"可能作案的嫌疑人"的三块长条区域；我写的笔记，粘贴得整整齐齐的犯罪现场照片……卢克对此不可能视而不见。我抬起头，侧耳聆听。卢克没有弄出任何响动——或许他正站在原地，死死地盯着那面墙。

保安怎么这么久还没到啊？

"能不能告诉我那家伙到底有什么毛病？"梅莉迪丝轻声问道。

"我真希望能三言两语就和你解释清楚。"用外行人的话来说，卢克就如同一个失控的火车头，一座随时可能喷发的火山。用内行人的话来说，卢克"重复出现的行为显现出协变①式特征，难以将其归入单一的心理问题诊断类别"。

"他有暴力倾向，对吧？"

"他性格暴躁，经常发脾气。"不过对于卢克来说，这可不是发发脾气那么简单。在他的怒气爆发前他都会进行一番精心策划。就拿烧车那件事来说，在纵火之前卢克买了两个金属罐，往里面装满汽油，然后他带着汽油来到妹妹上班的地方，在门外等了两个小时，等她下班。在这两个小时里他不停积攒自己的怒气，最终下定决心，要置她于死地。"你说得没错，"我改口道，"他的确有暴力倾向。"

一阵敲门声传来，把我们俩吓了一跳。"别出声。"梅莉迪丝轻声道。

---

① 协变：原为计算机科学术语，原意为"与变化方向相同"，此处指某个影响心理的因素会随着其他因素的变化而变化。

"莫尔医生？布兰克纳医生？我是前台保安部的巴特。"

我马上打开门锁，拉开窄窄的一条缝，让保安进来。"你们逮住他了吗？"我问道。

"那家伙刚出电梯就被我们的人截住，他被带到前台去了。"巴特抚摸了一下光溜溜的脑袋，挠挠后脑勺，"他说他没做什么，只是打烂了一盏灯，还说他会赔的。"

"好吧。"我扯扯衣服。想到我们几个刚才就像被吓坏的娃娃似的龟缩在办公室里，我不禁感到有点羞愧。"里克医生也是我们诊所的心理医生，他还好吧？"我问道。

"我没事。"马修怯生生地从墙角钻出来，走进办公室，"刚才我还在想万一阿坦斯先生要闯进我的办公室我该怎么办，还好他没有闯进来。"

"我倒希望他能闯进去呢，"巴特说着取下腰间的对讲机，"如果他真这么干了，我们就能报警，以人身伤害罪指控他。现在……我们只好放他走了。"他把对讲机放到嘴边，告诉对方该怎么做。

"这样也好，"我打起精神，"我只是想把他赶出去。有没有什么办法让他别再回来了？"

"我们已经把他加进了黑名单。别担心，医生，我们会保护你们的。"

"我们会保护你们的"——这根本不可能。没错，巴特的保安团队的确很优秀，正是考虑到这一点我才选择这栋写字楼作为我们心理诊所的所在地。可保安也不是无所不能的，他们的保护范围只是这栋写字楼内，出了写字楼就不归他们管了。

巴特朝电梯走去。梅莉迪丝问道:"你还好吧?"

"还行,"我沮丧地抓抓头发,"我不想让你们陷入危险之中。"

"好了,"她对此不以为意,"我接诊的一些变态病人还在候诊室里打听你的事呢,我们俩还得忍受马修那些抑郁症患者。你有没有在电梯里碰到过那些抑郁症病人?老实说,他们那种抑郁情绪真的具有传染性。"

变态——当我听到这个词的时候,卢克那张阴沉的脸在我脑海中闪现。"那个变态,"他那模样活像吐着芯子的蛇,"他……"

兰道尔对卢克做了什么?卢克那种一点就着的暴脾气可不是近年来才形成的,他向来如此。如果他在十几岁的时候曾被兰道尔骚扰,他肯定会狠狠回击的。

梅莉迪丝戳戳我。我尽力把思绪拉回来,回到我们刚才谈论的话题上。"你们的病人顶多就是强迫症发作时用光诊所洗手间里的洗手液,"我说,"而我的病人发起狂来可是会杀人的。你还认为你们的病人更危险吗?"

她露出微笑,眼角显现出鱼尾纹。"就是嘛,刚才我说的是反话啊,你终于听懂了?"她说。

"我得去看看自己的办公室成什么样了。"我对他们露出感激的微笑,走出梅莉迪丝的办公室。我回到自己的办公室,回到曾经的避难所。

办公室里几乎没有变化,所有一切还是整整齐齐。只有一盏玫瑰形状的鎏金玻璃台灯被打碎了,碎片就落在我的书桌旁。玻璃碎屑以落地点为圆心,向外飞溅——看样子它是垂直落到地上的。或许卢克把这盏灯举过头顶，然后用力摔在了深色木地板上。

我喜欢这盏灯，它是我刚搬进这间办公室时妈妈送给我的礼物，现在也不可能找到一模一样的台灯了。我来到破碎的台灯旁，蹲下来，拢起地上的碎片，把它们捡起来。

"给你这个，"雅各把一个金属材质的小垃圾桶递过来，这个垃圾桶原本放在我办公室里的咖啡壶旁，"让我来好了。"

"不，不用。"我说着掬起一把碎片，放进垃圾桶里。我从他手中接过垃圾桶："我来做就好了，你回到前台去吧。"

他犹豫一下，然后点点头。我继续尽我所能地清理地上的碎片，最后还剩一小撮粉末状的玻璃碎屑。就让那碎屑留在那里好了，让每两周来打扫一次的清洁工收拾吧。我站起来，缓缓地转过身。我把自己代入卢克的位置，透过他的眼睛来审视自己的办公室：那面墙上贴满了有关罪案的细节信息，案件照片和摊开的卷宗随处可见，一个忘了收拾的咖啡杯放在一张椅子旁边——之前我曾经在那里坐过……我走到桌旁，用挑剔的目光扫视桌上的物件：台历没有翻开，电脑锁上了，正处于休眠状态；一本便笺簿，上面有几处信手涂鸦，还写了几行笔记，除了我自己没人看得懂。在固定电话旁，罗伯特的名片靠放在镇纸上。我皱皱眉，拿起名片。卢克有没有看到这张名片？如果他看到了，他会怎么想呢？

我不假思索地拿起了电话，拨打了罗伯特办公室的号码。

"你好，这里是克拉斯特＆凯文律师事务所。"

"我找凯文先生。"

"方便透露是为了什么事找他吗？"

"我是格温·莫尔医生，事关兰道尔·汤普森一案。"

"请稍等。"

电话听筒里传来悠扬的乐声。我把一张椅子拉过来，在桌旁坐下。我闭上双眼，缓缓吐出一口气。我用深呼吸来稳定情绪，而刚才我还指导卢克做同样的事——用腹部呼吸，放松。卢克不是第一个对我发火的病人，也不会是最后一个。

"嗨。"

罗伯特那熟悉的声音引发我心头的一阵悸动——我感觉自己傻乎乎的。"抱歉打扰你，我知道你很忙。"我说。

"没事，怎么了？"

"或许没什么，不过以防万一，我还是和你说一声。我的一个病人刚刚闯进了我的办公室，他叫卢克·阿坦斯，对于兰道尔·汤普森被捕这件事他总是放不下，有点钻牛角尖的感觉。他问了我很多问题，还问兰道尔是不是我的病人。"说到这儿，我停了下来。

"当然不是，他是我的客户，而你是受雇于我的心理医生。"罗伯特说。

"我知道，但我没和他说。我只是说兰道尔不是我的病人，而他继续追问下去，他不信我的话，然后情况就变得紧张起来。"

"他有暴力倾向吗？"罗伯特那从容不迫的声音从听筒里传来。他的措辞经过斟酌，他的话音没有流露出一丝情感。

"他以前就有过暴力伤人的记录，"我用手指绞着电话线，

"他闯进我的办公室，看到了那些卷宗，还有我做的笔记。他在我的办公室里待的时间不长。不过既然他已经怀疑兰道尔是我的病人，我敢肯定现在他已经确信无疑了。"

"你担心他会再来找你吗？"

"我把你的名片放在了桌上，我担心他看到名片后会跑去你的律所找你。如果你能帮我联系一下你那栋写字楼的保安部门，我可以向他们大概描述一下卢克的外貌，好让他们提高警惕。"

"我刚才在网上搜索这个人，网页上有他的照片。就是把自己妹妹点着的那个家伙，对吧？"

"很不幸，就是他，"我清清喉咙，"他说兰道尔是他的老师……"

"这条线路不安全，"他打断我的话，"明天我们见面再说这事，明天下午两点见。"

我往地上扫了一眼。我就如同被施了定身法，站在那里一动不动。我看到自己的手提包像之前一样，靠着桌脚，放在地上。然而手提包被打开了。我伸出手，把手提包拎起来。

我不会在自己的包里放太多东西。我的包里没有创可贴，没有急救药物，没有支票本，甚至没有手机充电器。我的手提包和我的房子一样井井有条，只存放最基本的必需品。眼下我在这个香奈儿牌手提包里只找到了唇膏、粉饼、一包小包装的纸巾、一支笔和一小瓶薄荷糖。

而我的钱包和钥匙都不见了。

我无须回忆自己去过什么地方，也无须琢磨自己把钱包落在哪儿了。我并没有弄丢自己的钱包，今天早上我还用钥匙打开了自己办公室的门。如果钥匙和钱包都不见了，那就是被人拿走了。我想起钱包里还有我的驾照，那上面写着我的家庭住址。

"格温，怎么了？你还在听吗？"

"我得挂了。"我用微弱的声音说道。

"出什么事了？"

"他拿走了我的钥匙和钱包，我得走了。"我得赶紧换锁，现在卢克是不是正要去我家？如果真是这样，他又为什么要这样做呢？我想起他把一罐汽油浇到自己妹妹身上，想起他对火的痴迷，他经常说火焰让他着迷。我那漂亮的房子！里面每一件东西都是我费尽心思弄来的！还有，克莱门汀还在家里，门上的猫洞锁得死死的，它不可能跑出来。"我过后再和你说。"我站起来，抓起手提包。这时我才意识到车钥匙也和它的同伴一道不翼而飞了。

"你要上哪儿去？"他问道。

"我的猫咪还在家里，如果他闯进我家……"

"我的律所离你家更近，我现在就过去。打电话报警，然后在你家门口和我会合。"

我还没来得及应一声，他就挂上了电话。

# 第25章

雅各开着他那辆车身上布满凹痕的丰田车,送我回家。他在路边停车,好让我下车。我家的车道上停放着一辆警车,警车旁边就是罗伯特那辆光可鉴人的奔驰。当我看到这一幕,我心头的焦虑稍稍缓解了些。雅各朝车窗外张望,看着站在我家草坪上的那两个男人。"就是那个律师?"他问道。

"没错,"我解开安全带,"就是他。"

"长得挺帅的嘛。"

雅各居然会对一个男人评头论足——这可是破天荒头一遭。我尽力不让讶异之色显露在脸上:"说得没错。"

"你要我一起进去吗?"

我伸出手,捏捏他的前臂。"你今天也忙够了,回家去吧,明天我给你放一天假。我自己发电子邮件给病人,取消明天的约诊。梅莉迪丝和马修可以料理自己的事务,凑合着过一天。"

"不要,"他反驳道,"我没事。"

"不,我可是认真的,你就好好享受三天周末吧。"我打开车门,但没有下车。我一直盯着他,直到他妥协为止。

"好吧,好吧。"他咧嘴一笑,"谢谢你,医生。"

"谢谢你送我回家。"我下了车,关上车门。我左顾右盼,留意来往的车辆,然后穿过马路,爬上我家草坪的小斜坡。

"嗨,"我和警察以及罗伯特打招呼,"我是格温·莫尔,是这家的主人。"

"我是基特警官。"警察朝我伸出手,我和他握手,"我们已经搜查了房屋附近一带,房门锁得好好的,没有看到任何可疑人物。"

"谢谢了。我藏有一把备用钥匙,你能不能进到屋里,替我查看一下屋内的情况呢?如果你能帮我这个忙,那我就太谢谢你了。"

"当然可以。"那警察点点头,罗伯特也点点头,表示赞许。我和他目光相接,我看到他的目光中透着关切。我对他露出感激的微笑,然后我走过两人身边,沿着车道前行,朝侧门走去。

罗伯特紧紧跟在我身后。"你还好吧?你脸色看上去很苍白。"他说。

"还好,只是今天下午实在让人抓狂,"我在侧门前停下脚步,"转过身去。"

"什么?"

"我不想让你看到我把备用钥匙藏在哪儿,转过身去。"

他嘴角上翘,露出微笑:"这个侧门廊这么小,我肯定能找到的。"

尽管现在我觉得压力很大,不过他的玩笑还是让我感到一阵轻松。"我可是藏钥匙的高手,你肯定找不到的。"我说。

他举起手，以示妥协。然后他转过身等着。我趁此机会从门廊灯上取出备用钥匙，打开门。那个警察正站在户外车棚里，拿着对讲机讲话。他走上前来，他的腰间插着配枪，他的手放在枪把上。"让我先查看一下房屋内部，莫尔女士。"他说。

"当然。"

克莱门汀从门缝里钻出来，跑进前院。它跑进车棚里，在一个花盆旁猛然停下脚步，对着一朵刚刚绽开的郁金香嗅一嗅。我如释重负，长舒了一口气。"那是我养的猫，"我说，"看来屋里没有人。"那个警察点点头，走了进去。

我和罗伯特都不说话，这沉默的氛围令人尴尬。我靠在门廊柱子上，最终开口说："你不用跑这一趟的。"

"如果那家伙缠着你不放，那就是我造成的，"他整理了一下表带，"我觉得自己有责任。"

我嗤之以鼻："别这样，我的一些病人可是高危人士，有时候一些毫不起眼的小事都会激怒他们。"

他靠在对面的柱子上，捋捋领带："你为什么选择这个作为自己的专业方向呢？这感觉有点……"他一边看向房子，一边搜寻合适的词语，"……有点瘆人。"

我看着克莱门汀追逐一只蜥蜴。"人总是让我着迷，他们的动机是什么？他们又会做出什么决定？我想知道他们的大脑是如何运转的。"我说。

"你根本没有回答我的问题。"

"我回答了。"

"你可以研究正常人的大脑如何运转，为什么要专门研究有暴力倾向的人呢？"

"那你为什么要为犯罪嫌疑人辩护呢？"

他露出生硬的微笑："格温，说真的……"

我双臂交叠，抱在胸前："你这个问题可不是三言两语就能回答的。"

"想来也是，"他直视我的眼眸，"那么在我们共进晚餐时告诉我好吗？"

"啊？"我皱皱鼻头，"这不太好吧？考虑到我们现在做的工作，我们俩是业务合作关系，或许应该保持一点距离。"

"或许用不着保持距离。"

我微微一笑："以后再说吧。"

对于我的拒绝，他根本不予理会。"我不会放弃的。"他说。

"瞧你这话说的，就像是我接诊过的跟踪狂。"

他皱皱眉："好吧，你说得没错。不过你还是要吃饭的。今晚我可以带点东西过来，有人陪着你会更安全，万一那个浑蛋又跑过来……"

不，这太危险了。他颇为自信地与我目光相接，嘴角现出一抹淘气的笑容，还有那拼命压抑但随时会迸发出来的负罪感——所有一切都让我的大脑不停发出警报。如果他为了缓解自己的负罪感而不停去找女人上床，那他就去找别人好了。他曾经挑中了我，而我还挺享受的。第一次和罗伯特·凯文共度激情一夜是很不错的消遣，然而第二次就会变成一场无法叫停的危险游戏。我可不想冒着伤心的风险玩这个游戏。

但不管怎么说，他既英俊又聪明，是个温柔的情人。难道他不是城里每个女人都梦寐以求的理想男人吗？如果我不赶紧抓住这个机会，那我不就是个大傻瓜吗？

而且我已经完成了那份心理侧写的初稿，剩下的工作就是打磨润色了。我还要再花几天的时间，仔细推敲自己的最终结论。有些地方我还想不明白，如果能和他讨论一下这些疑点，听听他的看法，那也很不错。

"我怎么觉得你正在心里权衡利弊呢？"他说道。

"因为事实就是这样。"我看向敞开的厨房门，心想还要等多久那个警察才完事。

"我知道和我共进晚餐的'利'是什么，那'弊'是什么呢？"

"首先，要考虑到我的自尊。"我意味深长地看他一眼，可他根本不以为意。

"还有吗？"他问道。

"我不想为情所伤，你或许整天和女人约会，可我不一样。"

他的目光掠过我，看向街道。我转过身，看见一辆黑色的轿车停在路边。罗伯特把我挡在身后："那不是你那个病人的车，对吧？"

"他开的是一辆法拉利，不过如果他把车子送到店里维修……"我眯缝双眼，打量那辆车。当我看到一个高个子黑人从车里钻出来，我松了一口气。"哦，我认识这个人。"我说。

我绕过罗伯特，在车道上和萨克斯警探打招呼。"一切还好吧？"我问道。

"这个问题我还想问你呢，莫尔医生。我在警用电台里听到了你的名字和住址，就过来看看。是不是你的哪个病人又死于非命了？"他对我露出冷冷的微笑。

"你可真会开玩笑，"我懒得和他绕圈子，"我报警只是以防万一，我的钱包和钥匙被偷了。"

他把手放在胯上："那你得换锁啰？"

"没错，换锁师傅就要到了。"

罗伯特从我身后走上来，萨克斯警探的目光落到他身上。"你在这儿干吗？"他问道。

罗伯特向他伸出手："我是罗伯特·凯文，我和莫尔医生在一桩案子中有合作。"

萨克斯警探看看罗伯特的手，并没有和他握手。"我知道你是谁，凯文先生，"他说，"尼尔森·安德森杀死自己的老婆之后，你帮他洗清了罪名。"

"如果我帮他洗清罪名的话，那他现在就不会在监狱里了。"罗伯特装出一副讨喜的模样，和萨克斯警探的一脸怒容形成鲜明对比。

"哦，什么狗屁认罪协议！他不到五年就可以出来了。"警探的目光再次落在我身上，"你挑选朋友的眼光可不怎么样啊，莫尔医生。"

我不理会他的嘲讽："关于约翰·艾伯特的调查有什么新进展吗？"

他眯缝着眼睛打量我，满脸阴沉地说："无可奉告。"

无可奉告？什么意思？

他扫视我家的前院。"好吧，这里看上去一切太平，"他说，

"如果没什么我帮得上忙的，那我就走了。"

你当然帮不上什么忙，我心想。不过我还是挤出一句"谢谢"。这时他已经走到自己车边，打开车门，最后上下打量我一下，然后钻进车里。我挥挥手，向他道别。

"这家伙真有意思，"罗伯特说，"感觉他对你的态度就像对我一样，他根本信不过我们俩嘛。"

我转身看着他："他只是开玩笑而已。"

"当真？"在那一刻，气氛突然紧张起来。之后他挤出一丝微笑，而我也发出局促不安的笑声。然后我伸长脖子，看向屋内。我看到基特警官出现在房屋门口。

"屋里没有人。"他拉开门。

"谢谢你了。"我掠过他身边，走进屋内。我环顾四周，发现屋内的一切都整整齐齐，我的厨房纤尘不染。

"你叫换锁师傅过来了吧？"站在我身后的基特警官问道。

"是的，"我转身面对他，"他们很快就到了。"

"我可以在这里等着，等他们到了我再走。"

"不，不用了，谢谢你。"

"我在这里陪着她。"罗伯特插话了。

警官打量一下我们俩，点点头。我们和他道别。他给了我一张名片。萨克斯警探给过我名片，现在基特警官也给我名片，说不定还会有第三个第四个警官给我名片……到时候我手头就有一大把警察的名片了。

基特警官走了之后，罗伯特朝我扬扬眉毛："就这么说定了，今晚我们一起吃晚餐，七点碰头，好不好？"

我稍稍犹豫，我明白自己的问题——最大的问题在于我不由自主地被罗伯特吸引。即便是现在，即便我被卢克·阿坦斯吓得汗毛直竖，即便一辆警车正在我家的车道上倒车，提醒我今天的情形不同寻常，然而因为罗伯特就在我身边，我的身体还是会不由自主地做出反应。如果他上前一步，如果他搂住我的腰，把我拉近……我肯定无法拒绝。然后呢？然后会发生什么事？

如果我再次和他上床，那会怎样？我们不再是喝了太多廉价啤酒而酩酊大醉的陌生人，而是心理医生格温·莫尔和罪案律师罗伯特·凯文。我们是业务上的合作伙伴，一大堆剪不断理还乱的秘密横亘在我们之间。如果我和他上床，那会怎样？会怎样？

# 第26章

六点五十七分,门铃响了。我透过前门的玻璃板向外张望,无奈地叹了口气。

罗伯特又捧着一束花。上回他送来的花还没有完全凋谢。我不假思索地打开门。"又是花?"我瞟一眼花束,目光中满是探询。

他挥挥手,赶走一只蚊子。"从小到大大人们总教育我上别人家拜访时要带上礼物。我给男人送威士忌,给女人送花。你可别以为我对你有什么意思。"他说。

"你这是性别歧视,为什么给女人就一定要送花呢?"我做个鬼脸,"比如说,我也喜欢威士忌。"

"哦,我会记着的。"他一进门就把门反锁,插上门闩,"小飞虫太多了,真讨厌。"

我尽力克制自己,不去看那扇锁好的门。门上的锁锃光瓦亮,是刚刚换的新锁。我提醒自己:他来这里是保护我的。我用于保护自己的武器就只有藏在衣帽间的一根棒球棒,现在增添一点男性阳刚之力来保护我也不错。

他在玄关停下脚步，吸吸鼻子："闻起来很香啊。抱歉，又得劳烦你亲自下厨了，不过我很想再尝尝你做的饭菜。"

我没有搭理他。从情感上来说，我还是不愿和他共进晚餐。对于此事我表示反对，而他驳回了我的意见。要和一个律师争长论短可太难了。我之所以不情愿，其中一个原因是我不想让他发觉我自己内心的惶恐。而我之所以感到惶恐不安，并不是因为我的职业声誉可能受到影响，而是因为每当我们俩目光相接，我就不由自主地被他吸引，欲望在我心中升腾，但与此同时，我又感到自己已经被他吃定了，一股无力感油然而生。

而我们俩又经常对视——我得注意点，再这样下去可不行。

"让我弄点水来养着这花。"他朝洗碗槽走去。我看向餐桌——没有蜡烛，没有真正的瓷器，只有纸质餐盘和一次性餐具。看到这些我颇感欣慰。我是有意这么做的，目的就是消减这次晚餐的浪漫色彩。如果这还不够，我身上穿的运动裤和宽松T恤还可以将所剩无几的浪漫幻想消灭干净。

他打开水龙头，我按压自己的指关节。我一紧张就会按压指关节——这个坏习惯我怎么都改不了。

"关于那个病人，有什么新消息吗？就是拿走你钱包的那个。"他转过头，好让我听清他的话。看到他还穿着那套西装，我扯扯T恤的衣角。或许我做得太过火了，穿的衣服太过随意。他会不会以为我是欲擒故纵？这一点也应该考虑到。

他刚才问我什么？是关于卢克的吗？我清清喉咙："没有什么消息。"警察去到卢克家，找卢克的管家来问话，不过他们并没有见到那位比萨王子。

"你觉得他的心理状态如何?"

"我说不准,"我实话实说,"我必须和他谈谈,向他解释为什么我的办公室里会有那些东西。这是最简单的解决方法。我拨打他的手机,可是他没有接。"

我想起卢克最后说的那句话,想起他提到兰道尔时表现出的愤恨。我很想把这一细节告诉罗伯特,可我还是忍住了。这么做有违我和卢克之间的医患保密协议。

罗伯特关上水龙头,而我靠得更近了。我看着他把花插好,他把这次带来的新鲜百合花和上回送来的郁金香混在一起,插在同一个花瓶里。"那你打算告诉他你在为我工作啰?"他问道。

"我打算告诉他我正在研究这些谋杀案,准备做心理侧写。"

他把花瓶放在洗碗槽上方的窗台上,转身面对我:"你说过你的心理侧写已经完成了。"

"心理侧写的初稿已经完成了,我还没有机会验证潜在对象是否和心理侧写的描述相符。"

"你说的潜在对象就是兰道尔。"他说。

"没错,这个星期我想和他谈谈,你能不能帮忙安排一下?"

"当然可以。你想哪一天见他,只管告诉我,我帮你安排。"

在这周内我就有机会面对传说中的血腥之心杀手了。我漫不经心地提出要和兰道尔会面的要求,装出一副毫不在意的样子。可事实上我一直在想着这件事。他符合我做的心理侧写吗?他的情商有多高?我该问什么样的问题?他会如何回答?

"现在我想看看那份心理侧写。"他说。

我打开烤炉,看了一眼炉里的炖肉。烹饪计时器显示还要再等四分钟。"其中一部分我还要斟酌一下,明天我通过电子邮件发给你吧。"我说。

他靠在厨房料理台上,扯松领带:"你还是觉得有什么地方不对劲吗?"

"没错。"我承认道,"还有一件事我要和你说清楚。"

他扬扬眉毛,等我发话。

"对于我自己做的评估,我会实话实说,有一说一。如果你让我上庭做证,我会如实说出自己的评判。如果兰道尔·汤普森和我做的心理侧写相符,我也会老老实实说出来的。"

他举起一只手,掌心向外。"哇!如果我想把陪审团玩弄于股掌之间,我就不会浪费你的时间,让你看这些档案卷宗了。我会直接告诉你我希望你说什么话。"

"好吧。"我说。他这话也不无道理。

"我只是想和你说清楚。"我补充了一句。

他把手放下,接着说道:"你很肯定兰道尔会符合你的心理侧写,为什么呢?你对他这个人进行过调查吗?你曾经告诉我……"

"我没有对这人进行任何调查。"我打断他的话。这时候,烹饪计时器发出尖叫,我赶紧把它关掉,然后套上一双烘焙专用的厚手套。"不过我知道他是为什么被捕的,有证人证言,还有物证。"我说。

"物证?你是说那盒子东西吧?"他抚摸下颌的一侧,用手指刮刮鬓发。我暗暗记下他的这个小动作——说不定这是伴随某种情绪的习惯性动作呢?

"没错。在这个人家里发现了从受害者身上获取的'纪念品',而斯科特·海顿又指证他就是真凶,而你却坚持认为这个人是清白无罪的,"我摘下烘焙手套,"你聘请我,让我为你做罪犯的心理侧写,就是在浪费钱。无论我在法庭上援引何种心理学理论做出何种推断,他们都会判定他有罪的。"因为他的确有罪,我心想。

我的第一位逻辑推理课教授有这么一句口头禅:如果一样东西闻起来像马粪,尝起来像马粪,你不用亲眼看见它从马的肛门冒出来也知道那是马粪。当时在课堂上我举手提问,问他我们怎么知道马粪是什么味道。

从逻辑角度分析,兰道尔就是有罪的。那罗伯特为什么要为他辩护呢?是为了接近杀害自己儿子的凶手?还是想以某种方式来惩罚他?

他拿起一条毛巾,缓缓擦擦手。"我不知道你是真的顽固不化,还是故意想惹恼我。"他说。

"什……什么?"我结结巴巴地叫道。

他一言不发地看着我,仿佛在等待,仿佛他知道我把一块拼图碎片藏起来了,正等我交出来。我和他目光相接,可这一回他的目光并没有让我两腿发软,我也没有心动的感觉。这一回我感到愧疚。他只要盯着你就能让你心生愧疚——或许这正是他在法庭上取得骄人战绩的不二法门。

烹饪计时器又开始尖叫,这回是米饭煮好了。我在煤气炉的控制面板上按了一下,把锅从炉子上端下来。当我转身面对罗伯特,他满脸阴沉,流露出不信任的神色,仿佛我没有通过某种测试。

可那是什么测试呢?

我们一言不发地吃晚餐,塑料餐具轻轻刮擦着纸质餐盘。我终于知道自己为什么还是单身了——因为男人都是白痴,让人无法理解,让人抓狂。想想看,之前我还担心被他引诱上床呢!真是笑话。

他用面包抹抹餐盘,扫尽最后一点牛排酱。这时候他终于开口了:"真是美味。"他啜饮一口红酒。之前我发觉我们俩都不愿说话,于是我就打开了那瓶红酒。"你这厨艺是打哪儿学来的?是你母亲教你的吗?"他问道。

我正在折叠摆在大腿上的餐巾。听到他的话我忍不住笑了——这话带着点性别歧视的意味,难道只有女人才会煮饭做菜吗?"不是,我的父母都不会煮饭做菜。"我说。那个时候,我们家吃饭都是下馆子,无论是平常日子、节假日还是重大场合,都是如此。在我的印象中,我们家每一顿饭的开场都是盯着薄薄的菜单,一个侍应生跑过来,手里拿着笔,等我们点餐。

"那是从私家厨师那里学来的?不然就是从电视上的烹饪节目里学来的?"他矜持地笑着问道。

我做个鬼脸:"小时候我们家吃饭都是下馆子的。"在那个时候,雪白的桌布和盛气凌人的侍应生还是饭店的标配。我清清喉咙:"之后,家里的经济情况变得紧张,也不可能顿顿都在外面吃了。"开始时我们还是能继续下馆子的,只是不能再点昂贵的带骨牛排和红酒了,取而代之的是廉价的烤鸡胸和沙拉。情况越来越糟糕,等到我父亲宣布我们得在家里吃饭的时候,我家的经济情况已经跌至谷底。

家里人还没能完全接受这一现实,这时候我父亲又宣布他要出去找份工作。

我母亲扑在沙发上哀哀哭泣,就如同失去家园的斯嘉丽[①]。要知道,她当初嫁的可是"电话亭大亨"啊。父亲名下有一百七十二个电话亭,分布在两个机场、十四个汽车站、五个购物中心和数不胜数的加油站里。每个电话亭每周能带来近五十美元的收入。可如今这一百七十二个电话亭的收入还抵不过场租费用,家里的信用卡账单越堆越高——对于这样的改变,我母亲无法接受。

手机的出现给我们家的生计带来了致命一击,最后也葬送了我父母的婚姻。

我们不能再下馆子了,改在家里吃饭。母亲做的每一顿饭仿佛都是在惩罚父亲。她做的饭菜或是太淡,或是太辣,或是太生,或是太焦。我不知道她到底是有意为之,还是她天生就不是做厨子的料。几周之后,我接下了煮饭做菜的活儿,边做边学。令我惊讶的是,我在煮饭做菜方面颇有天赋,就如同一个天生的大厨,我父亲对此也颇为欣慰。不久之后,我家的餐桌上就摆上了以融化的奶酪为馅的酿青椒和海鲜意面,还有我父亲最喜欢的

---

[①] 斯嘉丽:玛格丽特·米切尔创作的长篇小说《飘》中的女主角。

烤肉丝。

"谢天谢地,我还挺喜欢下厨的。我们家的经济状况变得越来越糟糕,妈妈沉溺于酒精,而爸爸在感情上疏远家人。不过家道中落也不完全是坏事,至少让我学会了烹饪。"说完,我喝下一大口红酒。

在我讲述自己经历的时候,罗伯特一直安静地听着。他站起来,伸手去拿我那已经见底的餐盘。"我和我父母也不怎么亲近。"他说。他走进通往厨房的拱门,往自己的餐盘里添了一份菜。"不过我有两个兄弟,我还是能感受到亲情的。"他说。

"我也有一个哥哥,不过他比我大七岁。等到家境变得越来越糟时,哥哥整天都不在家,我感觉自己就和独生女没什么两样。"我从篮子里拿了一片面包,撕成两半,"留在家里的孩子就只剩我一个,我也因此变得更加独立。在感情上我学会自己照顾自己,这对我的性格发展有好处,"我看他一眼,"或许对加布来说也是这样。"

他咕哝一声:"行了,我不需要心理疏导,现在我最不想提起的就是加布。"

沉浸在失子之痛中的父母或是不停谈论他们的孩子,或是绝口不提。看样子罗伯特属于后者。然而,如果接受心理治疗的病人拒绝谈起某一话题,这并不意味着心理医生要极力避免这一话题。事实恰好相反。

"你发现了吗?血腥之心杀手系列案件的受害者都是独生子。"

这话引起了他的兴致。"你说得没错,"他看着我,脸上露出讶异之色,"为什么会这样?"

"或许只是方便作案,"我说,"比如说,对一个独自上学放学的少年下手要更加容易。"

他沉默片刻。"我太太……"他清清喉咙,"……我太太想再要一个孩子,可那时候我不愿意。加布……"他叹了口气,"加布小时候很难缠。从两岁开始,他经常没来由地大发脾气。而当时我也没有耐心哄他,更不会有再要个孩子的念头了。加布长大后情况有所改善,或许……在加布六七岁的时候,如果娜塔莎又提起想再生一个孩子,或许我会答应的,可是……"他顿了一下,断断续续地说下去,"她没有再提这事……然后……她就……后来就太晚了。"

我盘腿而坐。"她是在加布十岁时去世的吧?"我问道。

"没错。"

"那她去世后加布和你是更亲近还是更疏远?"

他用餐叉的一侧切下一丝炖肉。"两种情况都有,"他说,"每天都不一样。开始时他疏远我,然后又和我变得更加亲近。我请了一年长假。在那段时间里,我一直陪着加布。我从来没花这么多时间陪在他身边。在那一年里,我们变得很亲近。"他往后捋捋头发,"现在我真后悔,如果我没有再回去上班就好了,就那样一直陪着他。"

我把酒杯拉近,"很少有父母请一年长假来陪伴孩子,他们或是做不到,或是不愿这么做。看看这件事积极的一面吧。至于在接下来的六年里一直陪着他……"我摇摇头,"你们俩都应该回归正常的生活。如果我是你的心理医生,我会强烈建议你回去上班——这既是为你好,也是为加布好。"

他咀嚼嘴里的食物,咽下去,喝了一口红酒,然后才开口说:"在娜塔莎去世后我请了一年长假,可是当我失去加布时我却没有请假——这又说明了什么?"

"这说明你不允许自己沉浸在哀伤之中,还有……你请的那一年长假是为了疗愈加布心中的伤痛,而不是为了你自己。"

"老实说,我不需要心理医生,格温。所有这些问题,这些试探,还有情绪情感上的发掘体验——所有这些我都经历过了。当时我聘请了全国最好的心理医生来为加布进行心理疏导。在心理疏导过程中我一直陪在加布身边,看着他的情况渐渐好转。"

对此我不为所动。我早就习惯了病人对我大发雷霆,抱怨连连。要知道,在我作为心理医生执业的头四年里,我接诊的病人都是怨气冲天的家伙。他们没有半点人情味,只是因为法庭裁决才不得已接受心理治疗。

"看起来你和加布是一起承受失去至亲之痛,一起度过那段时光,"我温和地说,"可是你要明白这一点:在娜塔莎去世后,你们学到的任何舒缓哀痛的技巧只是针对失去配偶或母亲这种情况。而现在情况不同,你承受的是失子之痛,而这种悲痛完全不同于丧妻之痛或丧母之痛。"

"我有办法解决,我能处理好的。"他的嗓音变得嘶哑。

"好吧,你的解决办法就是为谋杀加布的犯罪嫌疑人辩护,"我指明这一点,"如果你当真把这当成疗愈失子之痛的手段,那我只能说你选择了一种离经叛道的方法。"

"可这对我有用。"

"好吧。"我倒光瓶子里的红酒。

"这么说来，那些孩子都是独生子，"他转移话题，"他们还有什么共同点吗？"

对于这个新话题，我从容应对，很乐意和他探讨一番："这些受害人具有明显的共同点，仿佛是一个模子里刻出来似的。他们来自富裕的家庭，外貌英俊，人缘好，都是十七岁的男性。你知道犯罪心理学的心理动力论吗？"

"有点了解，和无意识人格有关，对吧？"

我点点头，"具体来说，是和负面经历对无意识人格发展的影响有关。我们把无意识人格称为'本我'，而本我代表的是我们意识不到的绝大多数原始欲望——进食的欲望、睡觉的欲望、保护爱人的欲望、做爱的欲望。"我的脸微微泛红，继续说，"一般情况下，本我被自我和超我约束，而自我与超我则是我们人格的其他组成部分。这两者掌控的是与道德观和社会性期望有关的方面。比如说，一个人很想和自己的妻子做爱，可他不会在超市里做这件事。或者换一个没那么粗俗的例子：你恨自己的老板，然而你知道杀死他并非最佳解决方式，因为此举有违道德，还要考虑到这一行为带来的后果。"

他看着我，全神贯注地听我说话。他专心致志，他的呼吸变得和缓，盘里的食物也被他抛诸脑后。他的专注令我迷醉，我继续说下去，不让自己的思路中断。

"而连环杀手通常会放任自己的本我，其原因在于他们的自我和超我软弱无力。而心理动力论将自我的软弱归咎于自我没有得到良好的发展——这样的问题一般出现在青春期，通常是由某种心理创伤引发的。就这些案件来看……"我搜寻合适的词语阐明自己的观点,"如果杀手在初中或高中时曾经被人欺负,那么他本人的自我和超我的成长就会受到阻碍。如此一来,他的本我就很可能肆意发泄被压抑的潜在情感,而发泄的对象是让他想起欺凌者的某个人。"

"等等,"他举起手,"这么说杀手曾经被人欺凌,而欺凌他的人具备这些特征——来自富裕的家庭,相貌英俊,人缘好。"

"或许他曾经被那人欺凌,或许他曾经被那人骚扰,或许他曾经被那人控制——这只是一种推测,"我强调说,"只是一种可能性。不过这可以解释为什么受害者如此相似,为什么杀手要虐待他们。杀手不仅仅杀死他们,而且玩弄他们。他和这些受害人建立某种联系,他以各种方式拼命吸引他们的注意。最后,他或是行为失控导致受害人死亡,或是因为对受害人感到厌倦而终结他们的生命。而我的心理侧写显示是后者。"我停下来,喝一口红酒。

"他对受害人感到厌倦,所以杀了他们。"他干巴巴地重复道。

"没错。"现在轮到我转换话题了,"有一个关于兰道尔的问题我想问问你,可以吗?"他点点头,我继续说:"有没有其他学生投诉过他?是男生还是女生?"

他没有马上回答。片刻之后他说:"没什么特别的。想想看,他在那里从教二十年,怎么可能没有学生投诉呢?有几个对他心怀不满的学生投诉过他,不过也不是什么大不了的事。"

"男生还是女生?"我想起了卢克,我仿佛看到他双目通红,他的脸因愤怒而颤抖。肯定不止他一个人有这种反应,肯定还有其他人。

"投诉的全是女生。"他拿起餐叉,"好了,现在你的'审问'能不能暂停一下,好让我享用最后一口家常美食呢?"

我微微一笑:"当然,你请慢用。"

吃完晚餐,罗伯特站在洗碗槽边,打开热水龙头洗碗。我打包剩菜让他带回家。我看他一眼,盖上一个餐盒的盖子。他已经脱下西服,解开领带,把浆得硬邦邦的衬衫袖子卷到手肘处。他的状态透着一股轻松——这可是好的变化。

他伸出手,去拿我身后的洗碗布。我们俩的身体微微触碰。

"那个之前跑到这里来的警探……"他拿起一块海绵,开始刷锅,"……到底怎么回事?"

我把剩下的面包装进龙骨袋里,封好袋口:"我看他只是留意我的动向而已。"

"那你为什么问起约翰·艾伯特的事呢?难道他们在对他的死亡进行调查吗?"

"我看他们对所有死亡事件都会进行调查。而且当时是两人死亡,他们更不会放过了。"

"有什么疑点吗?"

我犹豫了。我提醒自己:面前这个人是罪案辩护律师。这种人经常剖析案情,从各个方面对案件进行推敲,所以他问这个问题也不过是职业习惯而已。尽管如此，我心中的不安还是在不断膨胀。他曾经翻看过约翰的心理治疗档案，他到底看到了什么？我把打包好的餐盒摞成一摞，装进放面包的袋子里。"感觉不像有什么疑点，"我小心翼翼地说，"心脏病发作很常见。虽说布鲁克年纪不大，不过我记得她有心脏病家族史。"约翰是不是曾经对我提过这一点？他提起布鲁克吃的药，还说她母亲……如果他当真说过这话，我肯定会记下来的。而且约翰一直把下毒作为杀妻的备选方式，如果我听到他提起这事，那就更不可能忘记了。约翰是药剂师，对于药剂师而言，使用药物杀人是最合理的，但也是最危险的——因为人们很快就会怀疑到他身上。

我提醒自己要好好看看约翰的心理治疗档案。这项工作我早就应该着手做了，我之所以会不断拖延，一是因为我心中的愧疚感让我无法进行下去，二是因为一项更为激动人心的新任务——为血腥之心杀手做心理侧写——占用了我的时间。

"哦，那么他们认为布鲁克的死亡有疑点？"

太晚了，来不及了。我这才意识到不该说那句话的。我回答他的时候心里已经明白最接近事实的可能是约翰杀了布鲁克然后自杀。然而，不知就里的人——比如他和萨克斯警探——就会重点关注约翰腹部的捅刺伤，并对此产生怀疑，而不会对布鲁克所谓的心脏病发作产生疑问。正因如此，萨克斯警探曾经问我有没有可能是布鲁克杀了约翰，而罗伯特在谈论这起事件时想到的也只是约翰的死亡。

或许他并没有看约翰的心理治疗档案；或许他看了，但只看了一两行；或许这不过是我在疑神疑鬼而已。

"不是,"我赶紧改口,"他们并不认为布鲁克的死有什么疑点。我只是说布鲁克有心脏病家族史,而约翰很在意她。有时候人们会以某种奇特的方式来缓解悲痛之情。"

"这么说你认为约翰是自杀?"

"对,"我直视他的眼眸,"我认为他是自杀。"

他点点头,继续刷锅。而我内心的不安却继续膨胀。

# 第27章

我醒来时是独自一人。我发觉嘴里有股怪味。那或许是发酸的红酒,或许是悔恨的滋味。罗伯特离开之前没发生什么事,他只是在道别时亲吻了一下我的脸颊。现在我的肉体感觉受到了欺骗。我盯着天花板,意识到自己是多么渴望和他上床。当我意识到这一点,一股自我憎恶之感也油然而生。

看吧,这就是故意做出倔强姿态的后果。谁让我和他保持距离,把我们的关系限定在业务上的合作伙伴呢?谢天谢地,我没有采取主动。再说了,我们晚餐时谈论的话题足以打消任何浪漫绮思。

尽管我的性欲没有得到满足,但这顿晚餐还是带来了不小的收获。我们蜻蜓点水般地聊起加布,然而罗伯特应对悲伤情绪的方式还是让我感到担忧。他并没有专注于疗愈心中的伤痛,而是在至亲离世后勾搭轻佻的女子和他上床。此外,从表面上看,他还竭尽全力为杀死儿子的犯罪嫌疑人辩护。

光是琢磨这些问题就足以让我无法入眠了,可还不止这些。我想起那些受害人,还有新闻报道中他们那满脸悲痛的父母。我是不是正在为释放杀死他们的谋杀犯而出一份力？

我不能这么做。我已经和罗伯特说了，对于心理侧写的结论，我会实话实说。表面上他也同意了。然而当他听到我说这话的时候，他脸上露出狡黠的表情，仿佛觉得我很可笑，仿佛他知道我在要什么花招。如果我充满自信，确信自己的判断没有出错，那该多好啊！然而，事实上我就如同走钢丝走到一半的人，不知道该往前还是该后退。或许应该后退吧。而最后我极有可能从钢丝上摔下来。

克莱门汀正趴在床头柜上，压着我的手机。我把手插到它的肚皮下，把手机抽了出来。它恼怒地发出一声低吼。我不理它，而是解锁手机，查看家庭安保系统的记录。

没有人非法闯入，监控摄像头也没有发出警报。昨晚一切太平。我如释重负地长舒一口气。接着我赶紧再度激活安保系统——可得赶紧做这事，不然我就有可能忘得一干二净了。通常白天的时候我会暂时关闭安保系统，为了享受习习凉风，我还会打开房门。现在可不行。在我和卢克谈过之前，或者在警方找到他之前，我必须提高警惕。

我从床上爬起来，洗了个热水澡。洗完澡后我穿上奶油色的卡其布长裤，套上一件有棱状花纹的红色背心。我又发现了一根白头发，赶紧把它扯掉。我将湿发扎成马尾，然后抱起克莱门汀，朝楼下走去。我深吸几口气，克莱门汀身上的气味充斥着我的鼻孔。它大部分时间都躲在我的洗衣篮里，因此它闻起来就像是刚从烘干机里取出的亚麻床单。

在罗伯特离开之前，他再次提出要看看那份心理侧写。如果我不想爽约的话，那我就得在下午早些时候把这份心理侧写发给他，没有必要一直拖着。我对这个杀手的核心特征描述已经基本成形：一个做事很有条理的人，控制欲强，在青春期曾遭到骚扰或强奸，而施虐者是一个家境富裕且人缘好的男孩。我应该赶紧把这份心理侧写报告送到罗伯特手中，这样我就能集中精力完成更为迫切的任务——重新查看约翰·艾伯特的心理治疗档案。布鲁克死亡所引发的疑问让我回想起约翰提到过布鲁克有心脏病家族史，而我也猜到了他为什么要说这话。我想验证这种可能性。再说了，反正我也打算再次查看约翰的档案。现在萨克斯警探还在怀疑，我担心在未来某个时候会接到法院的通知，要求我上交约翰的档案。我得赶紧复印档案，仔细研究，回忆为约翰进行心理治疗的每一分每一秒。从他第一次就诊到最后一次，我都得仔仔细细地梳理一番。

不过我并没有一头扎进档案之中，而是给自己倒了一碗麦片，还看了一集相亲真人秀节目。电视上，一个金发大胸妹正对着男嘉宾咯咯傻笑。我妈妈就喜欢看这种无聊的节目。上回我和她打电话时，她花了整整十分钟向我讲述最新一集的全部内容。这本来就够让人难受的了，可她话锋一转，又开始对我的私生活指手画脚。想想看，我是一个年近四十的单身女人，又没有孩子——这样的情况足以引发母亲的担忧。在我们俩通话的大部分时间里，我母亲扯着嗓子，滔滔不绝地诉说心中的忧虑。在她看来，我的工作就是我找到真爱的最大障碍。我能在哪里遇见我的意中人呢？难道是在太平间里吗？

如果我没有哥哥的话，或许我的日子会好过一些。我的嫂子特别能生，他们的孩子一个接一个地蹦出来。我母亲看到那么多孙子，她会不会感到高兴，然后放我一马呢？别做梦了。哥哥嫂子的"优异表现"反而提升了她对我的期望值。

我将一勺肉桂味的麦片送入口中。或许正是我的工作在我的爱情道路上设下重重阻碍。我在酒吧里遇见罗伯特的时候，当他听说我是做什么工作的，他马上来了兴致，两只眼睛闪闪发亮。不过他是例外，一般情况下，当其他男人得知我的工作，只会拘谨地耸耸肩。我参加过一次速配相亲活动。当一个英俊的男人听说我是干什么的，他马上问我有没有杀过人。而另一个男人则问我是不是打算一直干这份工作。

或许我应该重新拾起上教堂的习惯。用我嫂子的话说，教堂就是"孕育适婚男子的温室"。我现在不停地想着一个单身汉——罗伯特·凯文，可我本该离他远远的。或许我真的需要一个适婚男子，或者别的什么，好让我忘记罗伯特。

罗伯特有所隐瞒——我从一开始就怀疑这一点了。随着时间的推移，我越发确信他隐瞒了什么。而最诡异的是，另一种感觉也越发强烈：他在怀疑我。

一开始我以为他的怀疑与布鲁克死亡有关。如果他看过约翰心理治疗档案的部分内容，他或许会对布鲁克的死亡产生怀疑。可是他看到的到底是哪部分内容呢？这是最关键的问题。随之而来的第二个问题是：罗伯特和约翰很熟吗？他参加约翰的葬礼，由此可以得知他们至少是泛泛之交。我不知道我的药剂师叫什么名字，更不会参加他的葬礼。但同时要考虑到罗伯特有一个患糖尿病的儿子而我没有，因此不能一概而论。如果他和约翰的关系很近，那么即便他怀疑布鲁克的死亡另有原因，他会不会为了保护逝者的声誉而缄口不言呢？很有可能，否则我现在已经面临道德规范委员会的调查了。

还有一种不应忽略的可能：罗伯特什么都没看到。或许档案摊开的那一页只写了一些看似寻常的内容，而罗伯特根本看不懂。我的恐惧根本毫无根据，纯粹是自己的妄想而已。

我打开热水龙头，洗干净装麦片的碗，把碗放到碗柜里。在我继续钻牛角尖之前，我必须看看约翰的档案，看看当时我把档案放在外面时翻开的究竟是哪一页。我记不清确切的页数，不过我大概记得在醉意和睡意让我放下档案时我看到了哪一部分。

我擦干手，走进工作室，打开台灯。台灯的亮光洒在宽大的桌面上。我已经吸取了上回的教训，没有把任何档案文件夹摆放在桌面上。现在我的保密级文件都放在书桌两边的抽屉里，锁得好好的。台灯旁边有一个金色小象摆设，我把小象挪开，露出一把小小的钥匙。说实在的，我的保密措施还有待提升。

我坐下来，打开约翰那份厚厚的心理治疗档案，迅速翻看我在治疗期间做的速记笔记，然后找到那一页——我最后就是看到这里。我把椅子拉近桌子，开始翻看档案。

> 约·艾暴躁易怒，与妻子有关的事造成他情绪波动。
> 他的脾气变得更暴躁。与客人有关的事——空调问题。

我想起来了。有一个客人在他家小住，而他们家的空调坏了。约翰试图修好空调，但是没有成功。

"我拥有门萨级别的高智商[①]，"当时约翰盯着我，仿佛在向我发出挑战，看我是否胆敢怀疑他的智商水平，"我所接受的教育优于这个城市里百分之九十九的人，凭借藏在这里面的知识……"他点点自己的太阳穴，"……我就可以杀人或救人。可她呢？她却想着要叫人来修空调！难道她以为我智商不够，没办法修好空调吗？再说了，空调坏了又怎样？那个客人来我们家住又没有付房钱！就让他热得满头大汗好了，管他呢！"

我当时没弄明白他对这件事的解决方法到底是任由那个可怜的客人热死算了，还是他打算再次尝试自己动手修空调。我把话题又引到布鲁克身上："在哪个时间点你感觉自己就要失控呢？"

"她不停唠叨，就是不肯住嘴。她总是对我指手画脚，催促我干这干那。没错，她就是这个样子。她不停地擦额头，好让我知道她已经热得受不了了，还问我什么时候到外面去看看空调外机。她在手机上找一些文章，还说她是想给我一些'有用的建议'。"约翰竖起双手的食指和中指，弯曲了一下，给"有用的建议"加上双引号，暗示自己认为这些建议根本没用。"我就坐在沙发上看着她，在脑海里构想她的肚皮被刀子剖开的样子。"

他的话让我感受到一阵刺痛，仿佛是我的肚皮将要被剖开。他说话时那么平静，没有任何情绪波动。仿佛对他来说，剖开他人的身体不过是家常便饭。

"她长胖了，"他继续说道，"她走动时身上的赘肉甩来甩去。我想过这个问题：既然她身上多了这些肥肉，那么她的身体

---

[①] 门萨级别的高智商：指通过门萨测试的智商。门萨测试是全世界历史最悠久、规模最大的智商测试，由门萨国际组织开展。

是更容易切开,还是更难呢?"他看着我,"你说呢?"

  我和他对视,绝不流露出半点畏缩的神色。我的大多数病人希望自己的话能引起我的某种反应。对于某些病人而言,他们之所以要杀人,正是为了让他人有所反应。他们对自己所爱之人大喊大叫,却无法得到他们想要的回应。我不会让约翰如愿的。"我认为我们应该努力让你不要再去构想这样的场景。"我说。

  现在,我的手指沿着接下来的那行笔记挪移,我逐字逐句地进行阅读。我的一颗心不由得沉了下去。

> 他说这话并不仅仅是为了引起我的关注——他对她形成了真正的威胁。高危。

# 第28章

妮塔坐在车里,观察四周。她丈夫驾驶着他们家的路虎汽车,开进停车位。他有意开得很慢很慢。所有人都害怕这一刻的来临。妮塔转过身,解开安全带,朝后座看了一眼。斯科特正坐在后座上,懒洋洋地靠着一侧车窗玻璃。他看向车窗外,看着警局的停车场。

"我不想又上那里去,"斯科特低声说道,"你也知道,他们上回给我进行了什么'检查'。"

妮塔闭上双眼,想要屏蔽这段记忆。当时法医告诉她不用等很久,只是给斯科特进行一个体表的DNA检测,看看他的外生殖器上是否有他人的DNA,再检查一下他是否曾经遭人强奸。整个过程只需要十五分钟。做完检查后,斯科特再次回到等候室。他不敢直视自己母亲的眼睛,甚至连他走路的姿势都变了。妮塔想起自己读大学时发生的一件事,当时她的室友喝酒喝到断片,第二天妮塔陪着她去女生紧急救助中心检查,查看她是否遭人强奸。在回来的路上,她的室友不停哭泣,还说自己宁愿什么都不知道,也不愿接受这样的检查。

他们的律师是乔治的大学同学,这回他也来了,正坐在车子的后座。"他们只是想问你一些问题,"他说,"而我也会在场的。"

"他们问的所有问题我都得回答吗?"

"如果他们问一些不太合适的问题,我会插手干预的。不过你必须对他们说实话,斯科特,这样有助于他们给汤普森定罪。"

斯科特没精打采地推开车门,慢慢从车里出来。妮塔和丈夫对视了一眼。

乔治对她露出微笑,想让她安心。"没事的。"他低声说道。

真的吗?怎么可能没事呢?

他们沿着警局的走廊前行。妮塔的鞋跟插进砖缝里,差点摔一跤。乔治赶紧扶住她,让她站直身子。她对乔治露出感激的微笑。她本该穿平底鞋的。在斯科特失踪的那段时间里,她一直不修边幅,只穿睡衣和拖鞋,现在换上高跟鞋反而不习惯了。还好她没有摔个狗啃泥。现在他们要做的就是赶紧回答完警方的问题,然后回家。他们可不是罪犯,而斯科特也不是嫌疑人。没错,斯科特还要上法庭做证,不过那也是将来的事了。现在他们要做的就是赶紧走完询问程序,然后开着他们的路虎去吃午饭。吃饭的时候,她可以喝一杯冰镇草药茶,和家人讨论斯科特上大学的事。范德堡大学已经不在他们的考虑范围内了,那所大学离家太远了。考虑到之前的绑架事件,这回一定要给斯科特找一所离家近的学校。佩珀代因大学就很好,这所私立大学虽然规模不大,却很安全。

乔治和妮塔走进狭窄的监控室。监控室的一面墙上有一扇密封的玻璃窗。透过玻璃,妮塔可以看到隔壁询问室里的斯科特。斯科特坐在那里,他们的律师胡安坐在他旁边。胡安是个优秀的律师。虽然刑案诉讼并非胡安的强项,可他毕竟是看着斯科特长大的。而两名警探也向他们保证这次询问主要是为了确定一些事实,顶多需要十五到二十分钟。

艾丽卡·佩茨清清喉咙,然后问道:"斯科特,我想听你描述一下你被囚禁的那个地方。"

妮塔动了一下身子,把重心换到另一条腿上。斯科特已经告诉他们了,说他什么都不知道,说他一直被蒙着眼。七周以来一直都被蒙着眼吗?警察问道。想想看,七个星期都处于黑暗之中——难怪他睡不着觉。现在即使他在自己的房间里没日没夜地开着灯,妮塔也不会觉得奇怪。

"我什么都不知道,"斯科特嘟囔道,"我被蒙着眼。"

抬头看着他们呀,妮塔想对他大叫。看着他们的眼睛,那样他们才会相信你。

"好吧,你待在房间里的时候是被蒙着眼的,可后来你逃出来了,对吧?我们想知道在你的双手挣脱了束缚之后,你看到了什么?当时你肯定是把蒙眼布解下来了,对吧?"

"房间里很黑,"斯科特说,"我摸索着走到门边,然后跑过一段走廊。我只顾着往前跑,在跑到门外之前我什么都没看清。"

"那你在跑到门外之前有没有上下楼梯？"

他犹豫一会儿，然后说道："没有。"

"那个人在那栋房子里吗？他住在那里吗？"

"我……我不知道。"

可警察早就知道这些信息了，不是吗？妮塔心想。警察把兰道尔·汤普森的房子翻了个底朝天，然后得出结论：他并没有把斯科特囚禁在自己的房子里，而是囚禁在别处。在斯科特逃跑的那天上午，汤普森正在学校上课——妮塔并不是从警方那里得知这一信息的，而是从新闻中看到的。这些警探一直把他们蒙在鼓里，什么都不告诉他们。

那两名警探还在追问斯科特，问他在跑出来时有没有留意周围的环境。斯科特说他看到那一带的街道很安静，街道两旁是待拆的危房。洛杉矶有上百个街区符合这样的描述。然而，妮塔想不通斯科特为什么不敲开某户人家的门求助，直到现在她还是百思不得其解。他为什么不叫停一辆车呢？他为什么要跑上几英里的远路，凭自己的脚力跑回家呢？

"让我们再谈谈你被囚禁的那个房间。你什么都没看到，不过你听到什么声音了吗？又或是闻到什么气味了吗？你有没有听到房屋里的响动？"这时另一个警探发话了。那是艾德·哈维警探。这个身材魁梧的男警探正站在角落里，重心放在一条腿上，另一条腿微微弯曲，放在前面，脚尖点地。

斯科特顿了一下，然后说道："我感觉……没有。"

"当他走进那个房间，他会打开一扇门，对吧？你有没有听到他沿着过道走动的脚步声？回想一下，你是怎么知道他在那栋房子里的呢？"

斯科特挠挠前额："我不知道。我猜我是听到开门声才断定他走进来的。我记得那里没有楼梯。"

"别着急，慢慢来，"哈维警探说，"在那个房间里，地板上有没有铺地毯？你能听到他的脚步声吗？"

"没有铺地毯。"斯科特咽了一下口水。

真是荒唐，妮塔心想。他们明明知道凶手是谁，为什么还要追问这些细节呢？让斯科特回忆那段可怕的时光实在是太过分了。

"好吧，那你有没有听到从其他房间传出的响动？比如说，有没有听到附近传来电视的响声？"

"呃……没听到。"

"那道路交通的噪声呢？有没有听到卡车开过的声音？又或是汽车喇叭声？"

"没有。"

"那房间里的温度如何？"男警探的身影从那面玻璃前掠过。"房间里感觉热吗？"他问道。

"有时候觉得热。"

"那里有空调吗？你有没有听到空调启动或关闭的响声？"

"没印象。"

妮塔感觉到两名警探越来越恼火。他们问的问题越来越短，或许他们就要放弃了。到时候他们就会让斯科特离开了。

"好吧，你没听到什么声音，那你闻到什么气味了吗？"佩茨警探靠坐在椅子里,"比方说,有没有霉味?"

斯科特深吸一口气,仿佛在回忆当时的气味。"或许……有点樟脑丸的气味。"他说。

"你撬开了手铐,对吧?"警探突然转换话题,让斯科特一时不知该如何应对。他看向他们的律师,然后点点头:"没错。"

"用一把叉子撬开手铐可不容易啊。"佩茨警探看向哈维警探。哈维警探点点头,以示赞同。妮塔马上站直身子。不知怎的,佩茨的语调让她汗毛直竖。

"好吧,说实话,我并没有撬开手铐,"斯科特支支吾吾,"那副手铐没锁好……平时都是锁好的,可那天没有……所以我就挣脱了。"

之前他可从没说过这话。妮塔皱皱眉,和丈夫对视一眼。斯科特喜欢大谈特谈自己如何撬开手铐,而这个故事他们已经听过几十遍了。

"嗯,这样更合理,不然我们就要开始怀疑……"哈维说。

又是那种语调——感觉两名警探正在和斯科特玩什么"游戏"。

"你说你在那个房间里的时候都被蒙着眼睛,因此你不记得自己是怎么进到那个房间里的,对吧?"

"对。"斯科特看上去很难受,妮塔想让他离开那里。

"那你怎么知道那个人是汤普森呢?如果你什么都看不见,那可能是另一个人。"

"我被绑架前看见他了,他就站在我的车子旁。他用什么东西扎了我一下。"

警方说那是某种麻醉剂。他们早就怀疑血腥之心杀手用某种药物将受害者放倒,不过斯科特说的话让他们确认了一点:那药物是通过注射进入受害者体内的,而不是通过食物或饮料摄入的。

"那你能认出他的声音吗?我是说你被囚禁在那个房间的时候?或许他绑架了你,然后又把你交给了另一个人。"

斯科特动摇了。"不会的,"最后他说道,"就是他干的,他还和我说话。"他点点头,他的目光黏在面前的桌子上。"没错,就是他。他就是个变态。他告诉我他做过的事,告诉我他强奸过那些女生。"

整个房间陷入沉默之中,所有人都在咀嚼消化这条新信息。乔治搂着妮塔的肩膀,将她拉到自己身边。

"你认识那些女生吗?能告诉我她们的名字吗?"

斯科特摇摇头,双臂交叠,抱在胸前。妮塔看得出斯科特犯牛脾气了,他什么都不会说了。她明白那是拒不合作的姿态。

"他有没有说自己为什么要这么做?"

斯科特一动不动,一言不发,仿佛根本没听到这个问题。被乔治搂着感觉很热,妮塔挣脱他的怀抱,心里默默祈祷:儿子啊,快回答他们的问题吧。

"他只是说他想让我认清自己的地位。"斯科特低着头,下巴抵在胸前。他又说了句什么,声音很轻,轻得她都听不见。

"你说什么,斯科特?"

"他说这么做很有意思,说他喜欢伤害我,说他喜欢就这么看着。"

"看什么？"

妮塔屏住呼吸。她猜到斯科特会说什么，她不愿听到他的回答。

斯科特耸耸肩："看整个过程。"他用手抓抓乱蓬蓬的金发，让头发盖住自己的脸，然后站起来。"我想休息一会儿，"他看向律师，"可以吗？"

"当然可以，"哈维警探说，"慢慢来，别着急。"

妮塔以为斯科特会回到她身边，然而他并没有那么做。他径直走出警局，钻进他们的车里，在那里坐了近二十分钟。他一动不动，只是看着车窗外。平时斯科特每隔几分钟就要玩一下手机，可现在他却如同僵尸，定定地坐在那里。最后他终于打开车门，下了车。他走得很慢，脚步拖沓。他走回妮塔、乔治和胡安身边。

当他回到询问室，面对两个警探坐下，他就像完全变了个人似的。他的背挺得更直了，语速更慢了，说起话来也更加自信了，而这回他讲述了一个全然不同的故事。

# 第29章

那些死去的男孩一直在我的脑海里盘旋，挥之不去。我来到超市里，推着一辆购物车，走过摆放樱桃的摊位。那鲜红的水果让人想起犯罪现场照片上的血肉。我赶紧克制自己，不让自己想起照片上的血腥景象。

在我这一生中，我见识过许多罪恶，还对许许多多无缘无故杀害他人的杀手进行过研究。尽管如此，这一系列罪案依然让我难以释怀，就如同爪子紧紧攥住我的心。杀手并非随机选择受害者，他小心谨慎，步步为营，他的作案手法体现出前后一致的特点……而他的戾气也在不断累积。杀手的每一个举动都自有其意图，即便是斯科特·海顿逃离魔窟……也是他有意为之。

我在肉食货架前停下脚步，拣起一包鸡腿和一块羊里脊。我往前推推购物车，差点撞上前面的女人。

她转过身，我对她露出充满歉意的微笑。我定睛一看——原来是她！我不由得浑身一个激灵。

"莉拉！你好啊！"

她的眼睛亮起来了。"哦，是莫尔医生，"她高兴地叫道，"你还好吧?"

"还行。"我把购物车推到主要通道的边上,"真是对不起,下周我们的约诊不得不调整,我要为某个案子做准备。"

对于我的道歉,她只是挥挥手,表示自己毫不在意。"是血腥之心杀手的案子吧?"她说,"上星期我看见那个帅气的律师在你的办公室里。就是新闻里提到的那个律师,他儿子被杀的那个。"

"不,不是,是其他的案子。"我赶紧答道。如果莉拉·格兰特到处八卦有关罗伯特的小道消息,那我可受不了。

"你知道吗,我女儿也是贝弗利高中的学生。她认识斯科特·海顿,还差点和他约会呢!"莉拉满脸放光。斯科特遭到绑架和折磨,好不容易保住一条小命,可现在莉拉却得意扬扬,仿佛自己的女儿和一个有此遭遇的男孩扯上关系是什么了不得的大事。

我拿起一个玻璃瓶,瓶里装着杏仁。我根本不需要这玩意儿,可我还是放进购物车里,心里想着该如何结束这次谈话。"你家里情况怎样?"我问。

"哦,还好吧。"这时候,一个女孩从拐角处冒出来,把一包大包装的棉花糖口味麦片扔进购物车。这女孩和莉拉长得一模一样,只不过比她年轻。"麦琪,"莉拉说,"和莫尔医生打声招呼,好吗?"

这个十几岁的女孩挑剔地打量我脚上的红色平底鞋,然后发出一声嗤笑。"打声招呼?当然。"她说。

对于她的无礼言行,我视而不见,听而不闻。

"麦琪……"莉拉恳求道。莉拉无法控制自己的孩子,而她的大姑子却可以完全掌控自己的生活。我心想,她之所以会对自己的大姑子产生那些带有暴力色彩的妄想,或许这就是原因之一。

女孩将落在眼前的头发拨开。我看到她手臂内侧的伤痕——有的是旧伤,有的是最近才留下的。那些相互交叉的伤痕是痛苦和抑郁留下的"纪念"。

我和莉拉对视一眼。"麦琪,你能不能去拿点冰激凌?"她用欢快的语气提议道,"什么口味都行。"

女孩没有答话,只是转过身,沿着货架间的通道走远了。

等到她在我们的视野中消失,我才开口:"她的自残行为持续多久了?"

莉拉叹了口气:"大概两个月吧。我给她的伤口敷了抗菌消炎软膏,可是一旦旧伤口愈合,她就又开始划出新的伤口。"

莉拉的话如同一个鱼钩,钩住了我脑海深处的某样东西。到底是什么呢?我礼貌地点点头,同时拼命转动脑筋,想弄清楚那到底是怎么回事。"你有没有带她看心理医生呢?"我问道。

"不过就是十几岁小女生伤心啦失恋啦那些事,"她耸耸肩,仿佛麦琪手臂上的伤痕根本算不上什么大问题,"不过……我们也带她去看心理医生了。我们找的是班荣心理诊所的菲伯医生,那个诊所的专长是解决青少年心理问题。你肯定想不到我们在那里见到了什么人……"她凑得更近了,她那辆购物车的轮子嘎嘎作响。

"你可不能告诉我,"我拼命挤出礼貌的微笑,"对于医生来说，医患保密协议就像个挥之不去的幽灵，时时刻刻都得放在心上。心理医生尤其得小心。"

她的脸一下就沉了下来，满脸都是失望之色。"哦，好吧。"她说。

"那么我们就下下周见了？到时候又可以按照原来的安排见面了。"我说。

"嗯，"她没精打采地答道，"好吧。"

莉拉推着购物车转了个弯。她朝我挥挥手，向我道别。我也向她挥挥手。可怜的麦琪。我为莉拉进行了六次心理治疗，可她从没提到过自己女儿面临的问题。

我穿过乳品售卖区，拿起一罐一加仑装的牛奶和一盒咸奶酪。在我们的谈话中，莉拉到底说了什么让我感觉隐隐不安？我在脑海里梳理刚才我们的对话。

她女儿……贝弗利高中……斯科特……

我在摆满冰镇葡萄酒的货架前停下脚步，拿起一瓶白葡萄酒。我把那瓶酒放在牛奶旁，继续推着车向前走。前面就是医药售卖区，排队的人变少了，我赶紧加快脚步——但愿不用久等就能买到我想要的药。我的鼻子不太舒服，在情况变糟之前得赶紧买一支鼻喷雾剂缓解一下。

我把购物车推到一旁停放好，拿起手提包，排队等候。或许我不该急着结束和莉拉的闲聊，尤其是考虑到这周她不会来赴诊，我就更不应该匆匆忙忙把她打发走了。排队的长龙慢慢向前挪移，而我在心里暗暗记下：以后她赴诊时一定要和她再谈谈她女儿的问题。

我百无聊赖地站在长龙中,看着货架上的绷带、抗菌软膏和其他急救药物。

"我给她的伤口敷了抗菌消炎软膏,可是一旦旧伤口愈合,她就又开始划出新的伤口。"

让我有所触动的就是这句话,对吧?但为什么?我闭上双眼,集中精神,想象莉拉给麦琪的伤口敷上软膏的情景。如果真能想象出来,那情景还是很有意思的。然而我的大脑非常顽固,拒绝配合。站在我身后的人清清喉咙,我赶紧睁开眼睛,向前一步。

抗菌消炎软膏……消炎软膏……愈合的伤口……

一张照片在我脑海中闪现。那张照片来自血腥之心杀手系列案件的档案卷宗,是一张伤口的近照:烟头烫痕,刀伤,有的伤口已经愈合,有的伤口是新近留下的。我打开手提包,摸出手机。我看看时间,然后拨打诊所前台的电话。我在心里暗暗祈祷雅各还没下班。

听到雅各那镇定的嗓音从手机里传来,我不由得面露微笑。他和我打声招呼。

"雅各,我是格温,你能不能进我办公室一趟?我想让你帮我拍些照片。"

我没有挂机,就这样等着雅各拿起钥匙,打开我办公室的门。我告诉他该怎么做,指引他找到墙上那块区域——我把所有验伤照片都贴在了那里。

他发出不安的咕哝声。

"我知道,那些照片很血腥。你能不能把那一块的照片拍下来发给我？靠近一点，这样我放大照片后才能看得清楚。"

"所有的照片吗？"

"没错，你分几次拍，每次拍三四张照片。"

"好，拍完之后我用短信发给你。"

"谢了，完事后别忘了锁门。"

我挂上电话，跟随着长龙继续向前挪移。现在我前面只剩下一个顾客了。轮到我了，我刷了信用卡，拿起鼻喷雾剂。这时候我的手机传来了短信提示声。我回到购物车旁，点开雅各发给我的照片，滚动屏幕，一张张地查看。

还好我没有吃饭。这些照片展示着血淋淋的伤痛，那些阴茎切口的近照最为触目惊心。我赶紧滑开这些照片，找到我想要的那一张，把它放大。

就是这一张照片在我的记忆中蠢蠢欲动。

横贯背部的烟头烫痕整齐地排成一条直线。这本是一张再寻常不过的验伤照片，只是这些伤痕闪烁着奇异的光泽，仿佛一只蜗牛曾经在这些伤痕上爬过。闪烁着光泽的物质是软膏或芦荟膏，而背部的那块区域是本人无法触及的地方，因此也不可能是受害者给自己的伤口上药。

这么看来，血腥之心杀手曾经给受害者们疗伤。他伤害他们，然后又给他们的伤口上药，他为什么要这么做？是因为悔恨或愧疚吗？又或是出于更深层次的原因？

我抬起头，将目光从手机上移开。我在心里琢磨：这样的现象究竟意味着什么？这说不通啊，这和我做的心理侧写完全矛盾。一个做事有条理、控制欲极强的杀手是不会为受害者疗伤的，除非他出于某种特殊原因想让受害者活下去。然而这些伤并不是致命伤，因此也不需要在第一时间实施救治。这简直是……我想起梅莉迪丝说过的话，她曾经问过我，杀手在折磨受害者后有没有采取什么"补救措施"。这个可以算是"补救措施"了吧，然而这一点却和我的心理侧写不符。就人类心理而言，尽管事事无绝对，然而其中会存在某种模式，而杀手为受害者疗伤这一点却打破了他整体的行为模式。

我把手机塞进手提包，抓住购物车的把手，向左转，朝收银台走去。我还有好些东西没有买，可我顾不上那么多了。我赶紧来到排队人最少的收银通道等候。

我知道有什么地方不对劲，或许这一发现是解开谜团的关键。

# 第30章

我把在超市采购的东西往家里一扔，然后开车来到心理诊所。诊所里一片漆黑，雅各的电脑已经关机了，只有楼梯口上方那块"紧急出口"的牌子还亮着。我冲进自己的办公室，打开大灯，打开自己的电脑。电脑发出嗡鸣，恢复了生机。我清理了一下桌面，把那摞卷宗文件夹拖了过来。

我将箍着每个文件夹的橡皮筋摘下来，把文件夹摊开，摆在宽大的桌面上。我把加布遇害案的卷宗文件夹摆在正中央。

电脑传出开机乐声，我登录进去，找到那份二十二页的心理侧写报告——也就是我发送给罗伯特的那一份。我打印了两份，拿起一支红笔。我打开台灯，把台灯拉近，让灯光洒落在卷宗文件夹上。

我要做的第一件事就是查看疗伤这一现象是否出现在所有案件中。雅各发给我的那张照片显示曾有人给受害者的伤口上药——这究竟是例外，还是出现在每一起案件中的普遍现象？

我打开第一份卷宗。

受害者名为特雷·温克尔，十七岁，是塞拉山中学曲棍球队的一名队员。他的尸体在格里菲斯天文台入口道路旁的一条沟渠中被人发现。我翻开验尸报告那一部分，浏览相关内容。

他的大腿处有一道深深的伤口，在伤口处发现了一些黏性物质。伤口经过清洗和处理，伤口处的黏性物质或许源自一块创可贴。

然而根据我的心理侧写，杀手是不可能给受害者贴创可贴的。

我翻开第二个文件夹。受害者名为特拉维斯·派特森。受害者死时营养状况良好，头发干净，伤口部分愈合。

我拿起一沓便笺纸，开始做笔记。我看完了其他五起案件的档案卷宗，最后才翻开加布遇害案的卷宗。

我深吸一口气。杀手的行为模式已经渐渐成形，然而加布遇害案从头到尾都不同于其他五起案件。杀害他的方式尤为残忍，或许杀手没有为他疗伤。

然而我想错了。和其他受害者一样，加布在死时健康状态良好，营养充足。如果不考虑他每隔几天就被折磨被强奸的情况，那简直可说他受到了"悉心照料"。

我放下笔，揉揉太阳穴。假如杀手的这些"善举"是愧疚和悔恨引发的，但同时他又长期持续地对受害者施暴——这或许显示了杀手具有某种心理障碍。这可不是双相型障碍或边缘型人格障碍。如果是这两种情况，杀手会表现出阵发性狂躁症状，而一个处于狂躁状态的人不可能将所有证据清除得一干二净，也不会形成如此精准的杀戮模式。

我往椅背上一靠，发出一声呻吟，看向天花板的吊顶。

如果杀手为受害者疗伤是他行为模式的一部分，那么……

如果绑架、囚禁和杀戮都是杀手精心策划好的，而且实施的时间也是杀手计算安排好的，那么……

如果有迹象显示杀手的个人经历造成了心理创伤，那么……

可能性最大的是——杀手是偏执型分裂症患者或分离性身份识别障碍患者。

偏执型分裂症是罪犯中常见的精神疾病，在连环杀手中尤为常见。被诊断患有这一病症的罪犯包括大卫·柏克威兹[1]、艾德·盖恩、理查德·蔡斯[2]、贾里德·洛克纳[3]……兰道尔·汤普森也可能成为他们中的一员。这种精神疾病的典型症状是幻觉。而在这样的案子里，假如杀手真的患有偏执型分裂症，那么他极有可能是听到某个声音或看到某个幻象，并任由其指挥自己的行为。一个虚幻的人物或许会指挥他实施暴力行为，而杀手真正的人格则在施暴后为受害者疗伤并对其加以抚慰。情况也可能正好相反——杀手的真正人格施暴，而一个以幻听幻视形式存在的虚幻人物指挥杀手对受害者进行疗伤和抚慰。第二种情况发生的可能性更大。

分离性身份识别障碍也被称为多重人格障碍，如果杀手真的

---

[1] 大卫·柏克威兹（1953— ）：自称为"山姆之子"的美国连环杀手，活跃于20世纪70年代。

[2] 理查德·蔡斯（1950—1980）：美国连环杀手，被称为"萨克拉门托的吸血鬼"。

[3] 贾里德·洛克纳（1988— ）：美国杀手，于2011年1月8日在美国亚利桑那州制造了一起枪击案，造成6人死亡，12人受伤。

患有多重人格障碍，那么他的两重人格甚至多重人格会各自为政，指引他行事。

我曾经接诊过一个患有分离性身份识别障碍的患者。这种障碍是最复杂的心理障碍，每一个病人的情况都各不相同。这种障碍通常源于严重的精神创伤或肉体创伤，有时候可以通过心理治疗来"治愈"，但大多数时候是无法治愈的。在大多数公开发表的有关多重人格的病例中，次要人格通常具有较为明显的暴力倾向。

我还是要和斯科特·海顿谈一谈。虽然会面临重重困难，可我还是想试一试。我想知道他和杀手之间有过什么交流，而这些信息可以帮助我判断杀手究竟是从一种人格切换到另一种全然不同的人格，还是在和某种幻象进行交流。这两者具有很大的差异，而斯科特肯定能分辨出其中的不同。尤其是考虑到他曾经被杀手囚禁了七周之久，他更可能发觉杀手的异常表现。

将杀手判定为偏执型分裂症患者只能算是较为保守的推断。相形之下，就犯罪心理学而言，如果下结论说杀手是分离性身份识别障碍患者，那就相当于迈出了大胆的一步。如果我的判断错误，我身为心理学家的信誉就会荡然无存。如果媒体捕捉到只言片语，他们定会大肆炒作，有关杀手是多重人格障碍患者的新闻就会如同九月里的加州山火，愈燃愈烈。

我用笔轻敲桌上的纸张。简而言之，现在我获取的信息不足，不能进一步验证自己的推断，因此在我对此事有更多了解之前，我也不会将这一推断告诉他人。

我和兰道尔的会面安排在周三。到时候我会对这个人形成第一印象，至少会知道自己面对的究竟是一个什么样的人。罗伯特的律所应该可以聘请私家侦探为他们进行调查。多重人格障碍患者会留下蛛丝马迹——如爽约、遗忘、毫无来由的情绪爆发，而私家侦探肯定能有所发现。

电梯井传来"哐当"响声。我透过敞开的办公室门，看见一个女人推着一车清洁用具走出电梯，走进候诊室，我悬着的一颗心才放了下来。

最近卢克安静得出奇。警察终于找到他，问了他一些问题，可是并没有什么收获。卢克说他并没有拿我的钱包和钥匙。我报失了所有银行卡，还花了整个周日下午来申请新的身份证和俱乐部会员证，配一套全新的车钥匙。警察找不到可以起诉卢克的罪名，只好放他走了。在那之后他都没有联系我——这种情况本该让我放心才对，然而我还是悬着一颗心。这种沉默就如同暴风雨前的平静。

我合上所有文件夹，站起来，向前倾身，把所有卷宗文件夹摞成一摞，放在办公桌中央。我移动鼠标，唤醒处于休眠状态的电脑，关机。

我要回家了。在今晚余下的时光里，我必须克制自己，不让自己再想起这些谋杀案。

# 第31章

罗伯特的办公室门半开半掩,他正全神贯注地盯着自己的电脑屏幕。我轻轻敲了一下门板,向前一步,和他打招呼:"嗨。"

他抬起眼眸,惊讶地抬抬眉毛。"嗨,进来吧,"他说,"你可以先给我打个电话的。"

"我就在这附近,我一直光顾的制衣店就在三个街区之外。"

"弗兰克和派特制衣店?"

我微微一笑:"是啊,他们可是'洛杉矶最好的裁缝'。"

几张椅子摆在那里,正对着他的办公桌。他朝那些椅子一挥手:"请坐,我正想和你谈谈这份心理侧写报告。"

我在左边那张椅子上坐下,顺便看了一眼书架——鱼缸里的那条金鱼还活着。

"当然可以。"我说。

"你做得不错,做得很好……"

我叹了口气:"接着该说'但是'了吧?"

他竖起十指,左右手的手指相互支撑,在自己面前形成一座"尖塔"。他打量着我:"但是,感觉你还是有所保留,究竟是怎么回事?"

这些该死的律师!优秀的律师总是能从字里行间发现隐而不宣的意思,找到其中的漏洞。我最新的推断还没有完全成形,我还无法和盘托出,也无法维护自己的观点。现在还不是时候,得等我见过兰道尔·汤普森之后再说。我清清喉咙,决定对他的问题避而不答。"我有所保留?"我反问道,"那你呢?你又隐瞒了什么?"

对于我的反问,他根本不予理会。"那你告诉我,你认为谁符合这一心理侧写所描述的特征?"他问道。

"我怎么知道?"我气急败坏地叫道,"我又没见过兰道尔。"

"别管兰道尔了!去他妈的!"

这粗鲁的回应让我不由得瑟缩了一下。

"还有谁符合这样的特征描述?"他死死地盯着我,仿佛我就是站在被告席上的嫌犯,"在你接诊的病人中,还有谁具有这样的特征?"

"这就是你聘请我的原因吗?就因为你想调查我的病人?"

"回答我的问题,格温!"

"没有!"我结结巴巴地叫道,"我的病人中没有哪一个符合这样的特征描述!"我不假思索就说出这话,因为我已经不想理他了,去他妈的!就算我的病人中有某一个恰好符合这份心理侧写的描述,那又怎样?……我迟疑一下,稍加思索。如果真是这样,我不敢说自己绝不会说出去,我肯定会告诉其他人。只不过我不会告诉他,而是会直接报警。我会找萨克斯警探,而不是对罗伯特这个浑蛋说。"老实告诉你吧,"我站起来,拎起放在地上的手提包,"我受够了,我没时间和你'玩游戏'。"

"他杀了我的儿子。"

他只要结结巴巴地说出这几个字,我的怒气便烟消云散了。就算他在"玩游戏",就算他使出什么龌龊的手段,其他人也应该容忍他。有人绑架了罗伯特的儿子,强奸他,玷污他的清白,然后用水刑杀了他,把他的尸体扔在垃圾处理厂后头的一条沟渠里。而我又凭什么对这个伤心的父亲发火呢?就因为他想要抓住杀害自己儿子的真凶?

"你就没有什么话对我说吗?"他用生硬的语气问道。

我转过身,面对他。"那纯粹是一种推测。"我费劲地挤出一句。

"是关于那个杀手的推测吗?"

我死死抓住皮椅的椅背:"对。"

"跟我说说。"

我叹了口气:"我还没能证实这一推断,还需要进行研究。如果能聘请一个私家侦探来帮忙就好了。我要和兰道尔谈谈。如果可能的话,我还要和他多见几次面。现在我可以和你分享我的想法,可那只会让你分心。我的报告更加可靠,比这个新推论可靠得多。"

我直视他的眼睛,我看到赤裸裸的悲痛在他眼里闪现。就在九个月前,他刚刚埋葬了自己的儿子。相隔的时间太短了,他还没来得及从悲痛中恢复过来。

"或许我的推论并不正确。"我低声说道。

"你只管说好了。"他狠狠地吐出一句。

"杀手的某些行为表现出相互矛盾的特征。他伤害受害者，然后又给他们的伤口上药；他折磨他们，又给他们提供营养丰富的饮食。他的行为表明他对受害者的态度会发生剧烈的变化。其中一些行为几乎透着一丝'爱意'，而另一些行为——如割除受害者的生殖器——却是非常残忍无情。"

接下来我要说的话或许会招来他的嘲讽，我鼓起勇气准备面对他的讥笑。我深吸一口气，然后说道："类似的情绪剧烈波动通常见于偏执型分裂症患者或分离性身份识别障碍患者。"

罗伯特低头看看自己面前那份心理侧写报告，发出一声嗤笑。那不是嘲笑，但也绝不是我所期待的认可。

"我刚才也说了，"我冷冷地对他说，"这只是一种推断，在法庭上我不会说这话的。"

"可是你相信自己的推断，不是吗？如果你的孩子被人杀了，你会循着这一思路继续推断下去吗？"他抬起眼眸，看着我。

不会，这么做太危险了。我咽了一下口水："我会保留这一想法，但不会死抱着这种想法不放。"

他久久地盯着我，那眼神让我想起寻人启事上的照片。就是那种眼神——直直地瞪着你，仿佛想从你身上找出什么不对劲的地方。我微微动了一下。他的注视让我感到不安。

最后我开口问道："怎么了？"

"我只是想弄清楚你到底是个大聪明，还是个大蠢蛋。"

"有意思，"我冷冷地说道，"而我花了不少时间想弄清楚你究竟是个疯子，还是个能预见未来的神棍。"

他咯咯一笑:"好吧,这些问题留到以后再争论吧。"他敲敲桌上的一份文件——我扫了一眼,发现那正是我给他的心理侧写报告。"你为那个杀手进行了心理侧写,"他摇摇头,"而至于你所说的杀手可能患有偏执型分裂症或分离性身份识别障碍,目前我不予考虑。假设杀手是一个单身男性,他在青春期有可能曾经受到过性诱或性侵,而实行性诱或性侵的是一个人缘好的十几岁少年。杀手做事极有条理,控制欲极强,他很聪明,具有很强的分析能力。"

"没错。"

"那好,我们走吧,"他从桌上拿起一小串钥匙,"让我们看看兰道尔是不是符合这些特征描述。"

我看看表:"现在吗?我约的不是周三和他见面吗?"就这样改变计划直接冲到监狱去似乎不大妥当,我还没有做好心理准备。再说了,我刚刚做出新的推断,就更不应该没有准备就贸然跑去监狱。这可是我职业生涯的高光时刻啊!如果我问了不该问的问题呢?如果他说了什么出乎意料的话,而我又没有做好准备呢?

"为什么不行呢?"他说,"周三你还可以再去一次啊。"他拉开办公室的门,扬扬眉毛,仿佛是在质疑我。"我以为你的工作就是和杀手聊天。"他说。

"我以为他还不算是杀手。"我反驳道。

他咧嘴一笑:"那我们就去看看他是不是吧。"

# 第32章

过安检时罗伯特把口袋里的东西都掏了出来,放进狱警手里的一个小碗里。这时他对我说:"你看起来不是特别紧张嘛。"

"我不紧张,只是有点兴奋。"

他咯咯一笑:"兴奋啊……真有意思。"

我们走过安装了金属探测器的门,等着传送带把我们的随身物品送过来。我低头看看他的脚:"挺漂亮的袜子。"他的袜子上印着灰色的菱形花纹,菱形之间还有小小的火烈鸟图案。

作为回应,他动动脚趾。"你鞋子上的鞋油也挺好看的,"他说,"这是什么颜色?洋红色吗?"

"我觉得这是紫红色。"

他从传送带上取下我的高跟鞋,递给我。墙边放着几张金属折叠椅,我们在椅子上坐下,穿好鞋子。我瞟了一眼守门的狱警——他们正说着什么笑话,并为此哈哈大笑。"你经常来看他吗?"我问道。

"你说兰道尔?我每隔一天来看他一次。"

"当真?"我站起来,等着他系鞋带,"这么说你经常来啊,你和他有那么多话要说吗？"

"也没什么要说的，大多数时候只是闲话家常而已。"他站起来，将衬衫塞进裤腰里，"他在里面过得不太好。"

"在监狱里谁能过得好啊？"我问道。

他轻轻扶着我的腰，把我引向左侧的走廊。"我挺担心他的，"他说，"我很好奇，不知道你在和他谈话后会对他的心理状况有何感想。"

"他还坚持说自己是无罪的吗？"

他叹了口气："是呀。"他按了一下电梯的按钮，我们俩停下来等电梯。

我扫了一眼正对着我们的摄像头。"你也知道这很奇怪，对吧？这个人即将上庭受审，指控他的罪名包括杀害你的儿子，可你却要为他辩护。"我说。

我们走进电梯。

"如果我觉得他有罪，我不会为他辩护的。"罗伯特说。

"之前你为有罪之人辩护过吗？"

"当然。"他按下三楼的按钮，"不过就这个案子而言，我不会为有罪之人辩护，至于什么原因所有人都看得出来。"

"也就是说，只要与你的家人无关，你可以无视道德。"

他发出一声恼怒的低吼，然后说，"我可不会这么说。"他的目光再次落在我身上，"不过你说得没错，有时候我会无视道德，就像你一样。"

我交叠双臂，抱在胸前："我怎么无视道德了？"

"我为有罪之人辩护，而你却保护他们。"

电梯门开了，我等他先走，可他没有动。

我也留在原处不动。"我怎么保护有罪之人了？"我问道。

他的脸变得更加阴沉："那么我们来做个快速问答游戏好了，格温医生。如果一个病人向你透露他的秘密，你会怎么做？"

我没有立即回答。电梯门又关上了，把我们封闭在这个狭小的空间里。

"这得看是什么秘密了。"我说。

他发出一阵干巴巴的笑声："啊，'这得看是什么秘密了'。好吧，我就和你玩下去。换个问题：你有没有告发过你的病人？有没有把他们在心理治疗过程中提到的涉嫌违法的事报告给警察？"

我从不违反我和病人之间的医患保密协议。不过听他的语气，就好像我做错了什么似的。"没有。"我小心翼翼地答道。

"在你接诊的病人中，有没有某一个曾经向你提到自己犯下的罪行？"

我犹豫了。当然了，他们的确提到过。正因为他们曾经犯过罪，又或是有犯罪倾向，他们才会成为我的病人。他们要做的是厘清愧疚和悔恨的情绪，从过去的经历中吸取教训，避免再度施暴。"有。"我直截了当地回答。

"那么他们中有没有某一个提到要在将来实施犯罪？"

对于这个问题，我沉默了。现在我不是站在法庭上接受审判，我无须回答他的问题。我有医患保密协议作为后盾。假如约翰·艾伯特不是我的病人，那么我在决定病人的哪些秘密必须保守这一方面简直无可挑剔。

一个细微的声音在我脑海中响起：你的病人当真把所有一切都告诉你了吗？如果对这个问题的回答是肯定的，你才能说自己在这方面无可挑剔。有时候我在夜里无法入眠，正是因为想到了这一点。事实上，对于我的病人的所作所为，我不可能完全了解。我知道的只是他们告诉我的事情。他们告诉我很多事，可同时又有所保留。他们不会把自己的秘密告诉我。路易斯说他不再打自己的老婆了，是真的吗？我不知道。卡洛斯是不是还继续残杀迷路的小动物？他有没有伤害过其他人？

我所知道的只是他们告诉我的事，仅此而已。

罗伯特靠在对面的电梯内壁上，尽可能地为我腾出空间。"你怎么突然不出声了，医生？"他说。

我伸出手，按下三楼的按钮。所幸电梯门马上打开了，我走出电梯，走进走廊。我径直向前走，只希望自己没走错方向。

"走这边。"罗伯特叫道。

当然了，我当然弄错方向了。我马上来个一百八十度大转弯，脸上露出一抹轻松的微笑。"请带路吧。"我说。

他上下打量我，盯着我看了好一会儿。然后他沿着走廊前行。他一边走一边摇头，嘴里轻声说着什么。

我没有问他在说什么。现在我不想知道他到底说了什么。

---

在一个用玻璃板隔出来的小隔间中央放着一把折叠椅，兰道尔·汤普森端坐在椅子上。我们被带入隔壁的房间。我对着身后

关上的房门皱皱眉:"为什么我们不能和他待在同一个房间里?"以前我也曾不止一次与罪犯同处一室。即便对方是暴力型罪犯,我也是在同一个房间里和他们会面。

"安全问题。"罗伯特说。

狱警拉开一块帘幕,露出一个巨大的密封玻璃窗,兰道尔就坐在玻璃窗后头。他有点年纪了,只是坐在那里,仿佛半梦半醒。他手上戴着手铐,脚上戴着脚镣。地板上有一个铁环,脚镣的锁链拴在铁环上。"我觉得没问题的。"我说。

"他们担心的不是我们的安全问题,"罗伯特挠挠后颈,"他们担心的是我。"

"你?"过了好一会儿我才反应过来。当然了,这不是明摆着的吗?他们怎么能让一个受害者的父亲和犯罪嫌疑人待在同一个房间里呢?"好吧,"我尴尬地笑了两声,"那让我进去总可以吧?"

"他可以看见我们,也能听到我们说话,"罗伯特说,"你只要按下这个按钮,麦克风就打开了,你就能和他说话了。"

"不行。"我敲敲另一扇玻璃窗,狱警就站在窗外。"我想和他待在同一个房间里。"我说。

"可是……"罗伯特还想反驳。这时狱警打开房门,打断了他的话。

"一切还好吧?"狱警问道。

"我想进到汤普森先生所在的房间里和他见面,"我举起自己的证件,"我已经获得许可和他见面了。"

狱警看看我,又看看罗伯特。"就你进去吗?"他问道。

"就我一个。"

罗伯特不说话，不过我能感受到从他身上冒出的怒气。

狱警耸耸肩："好吧。"

他们花了五分钟向我讲解安全条例，确认我没有随身携带武器或违禁物品，还仔仔细细地搜了我的身。我一再重申：当我走进那个房间和汤普森会面，不要对整个会面过程进行录音录像，也不要公开。然后我走进去，踏上光秃秃的地板，而兰道尔·汤普森转头看向我。

"你是谁？"他警惕地问道。

"我是格温·莫尔医生。"我走到那扇密封玻璃窗中央，转身背对窗户。我知道罗伯特和狱警正盯着我的一举一动。"我是一个心理医生，"我说，"我的专长是为有暴力倾向的病人提供心理治疗。"

"我猜你来这里是为了给我做精神鉴定，看我是不是疯了，对吧？"

"老实说……"我把墙角的一张椅子拖过来。椅子腿摩擦着地面，发出"嘎吱"响声，仿佛是在抗议。"我是来看看罗伯特·凯文是不是疯了。"我说。

我故意抛出这句话，为的是转移话题，把焦点从他身上移开，同时是为了缓和气氛。如果对方是一个为了博取公众关注而杀人的杀手，他会马上做出反应，把谈话的主题引回自己身上。

不过兰道尔觉得我的话很好笑,他的体态表现出明显的变化。之前他驼背含胸,仿佛一只斗败的公鸡。现在他挺起胸膛,挺直腰背,恢复了些许活力。"你是说真的?"他问道。

"当然,"我在椅子上坐下,"一个悲痛的父亲为杀害自己儿子的嫌疑人辩护?"我做个鬼脸,"开什么玩笑!"

"我不是凶手。"兰道尔说。他说话的音量不大,不过却颇为坚定。他态度坚决,但并没有故意直视我的眼眸,没有坐立不安,他的呼吸也没有变化。他要么是一个撒谎高手,要么就是在说实话。

他是不是在说实话呢?我皱皱眉头。如果他说的是真的,那又意味着什么?那意味着血腥之心杀手依然逍遥法外。

"好吧,"我直截了当地说,"可是罗伯特·凯文怎么知道你不是凶手呢?"

他看了一眼那扇玻璃窗。"他在隔壁吗?"他问道。

"没错,可他听不到我们说话,"我说,"我是一个医生,所以我们说的话受到医患保密协议的保护。"

他在椅子里挪动了一下——看得出这次对话让他感到不安。他脚镣上的锁链与地板上的铁环发生碰撞,发出"铿铿"响声,仿佛是在提醒他要记住自己的囚徒身份。他打起精神,看了一眼地板上的铁环,然后看向我。"我不知道他为什么要为我辩护,"他说,"不过他是唯一相信我的人。如果你想让我说他的坏话,那你就是白费力气。"

"我明白,"我倾身向前,将前臂支在自己的大腿上,"你有什么问题要问我吗?"

最后一句话让他大吃一惊。我在面对初诊病人时也会使出这一招。他们总是颇为戒备，随时准备好为自己辩护，保护自己。一旦他们得到这个问我问题的机会，就肯定不会放过。不管他们问我什么问题，我总是实话实说。如果你想让别人真诚待你，那你就必须真诚待人。

"这就是你来这里的真正目的吗？你是想向我打听凯文的事？"兰道尔朝窗户点点头。罗伯特或许正站在窗户后头，绞尽脑汁猜测我们究竟在说些什么。

我将一绺散发塞进脑后的发髻中。"你的辩护律师聘请我做一个心理侧写，"我说，"不是为你做心理侧写，而是为血腥之心杀手做心理侧写，看看他是什么样的人。"

他肯定经常咬指甲。他的指甲被咬得光秃秃的，其中一个指甲盖上还沾有血迹；他的胡子很长，乱蓬蓬的；他那浓密的眉毛没有经过修剪。或许是因为他在监狱里没机会刮脸，他的胡子才疯长成那个样子。不过被啃咬得光秃秃的指甲显示这个人缺乏自控能力，而同样没有经过修饰的眉毛显示长期以来他对个人外貌疏于打理——以上这两点均不符合血腥之心杀手的特征描述。不过糟糕的个人卫生状况倒是偏执型分裂症的一个表征。兰道尔很少活动，而动作迟缓也是偏执型分裂症的表征之一。

我清清喉咙，然后说道："我为杀手做了心理侧写，我要看看你和心理侧写是否相符。这就是我来这里的目的，罗伯特也正是为了这个才聘请我做这项工作的。他似乎很肯定你是无罪的。"我一直盯着兰道尔，直到他抬起眼皮，和我对视。

"他怎么会成为你的辩护律师呢？"我问道。

"在我被抓之后不久他就出现了,他说他要做我的法律代理人,"兰道尔清清喉咙,"当时我也没有挑三拣四的资格了。"

他当然没有资格挑三拣四。我把心理侧写报告发送给罗伯特之后曾搜索过有关兰道尔的新闻报道和电视新闻。媒体仔细梳理了兰道尔那平平无奇的一生,并且将之公之于众。他住在一栋待拆危房里,那栋房子原本属于他的父母;他在学校里教书,挣一份微薄的薪水;每年圣诞节他都会跑去商业区扮演圣诞老人,为此他必须一直蓄着络腮胡,挺着啤酒肚;他皮肤苍白,仿佛长年不见阳光。

情况不妙,血腥之心杀手不会是这样的人。我调整了一下策略。"你和我认识同一个人,"我把笔插在活页本上,"就是卢克·阿坦斯。"我仔细观察他,看看这个名字会引发他什么样的情绪反应。

他茫然地看着我。我真想不通这个人怎么会获得"年度最佳教师"这一称号的,难道他真的有另一重人格?

"卢克·阿坦斯,"我重复一遍这个名字,"你曾经教过他。"

"哦。"他点点头——可看样子他还是没有想起来,"好吧,那是什么时候的事?"

"我也说不准,或许是十年前吧。"

他微微耸肩:"我教过很多孩子,每一届学生有两百多人,我不可能记得每一个人。"

我想起卢克,想起他那因愤怒而扭曲的面容。如果他知道兰道尔·汤普森根本不记得他,他会有何反应呢?

我必须兵行险着,编些瞎话来试探他。我想起卢克的反应,打算以此为基础自由发挥，看看能不能套出兰道尔的话。"他说你曾经对他有过不轨行为。"我说。

兰道尔神色一凛，感觉就像是对我关上了一扇门。"不，绝对不可能。"他说。

"或许你不记得了。"我说。

他直视我的眼眸——这是到目前为止他表现出来的最强烈的情绪反应。"我可不是同性恋。"他一字一顿地说，一抹嘲笑爬上他的嘴角。

哦，这一点倒是对上了——对同性恋怀有强烈的反感。然而，在他的情绪突然爆发之时，他的眼神还泄露了别的秘密。他是一个性捕猎者。我见识过许许多多危险人物，因此能轻而易举地辨别出来。眼前这个人动作迟缓，又上了年纪。想象一下，如果他在一片树林里追逐猎物，或许他会喘不过气一头扑倒在地。可他的确是一个性捕猎者，他那警惕的眼神中透着邪恶。

在我的脑海中，我对这个人的第一印象渐渐成形。他身上有哪些特点和我的心理侧写相符？又有哪些地方不符？我运用自己的心理学专业知识来评判他给我留下的直觉印象，拿这一印象和我做的心理侧写进行比较。尽管罗伯特坚持说兰道尔无罪，可他并不是一个清白无辜的人。他身上显现出少许偏执型分裂症的特征，如动作迟缓和糟糕的个人卫生状况。然而这两个特征也不是这一病症所特有的，不能仅凭这个就断定他是偏执型分裂症患者。

而最重要的问题是：他是不是血腥之心杀手？

一直等到我们俩走出监狱大楼，横穿过停车场，罗伯特才开口问我有何感想。

"还不好说，我得查看一下笔记。"我说。这时我注意到停车场另一头有一辆新闻采访车，一架摄像机正对准我们这个方向。我赶紧加快脚步。

"格温……"罗伯特的语气不像是恳求，更像是警告。他按了下车钥匙的遥控按钮，他那辆奔驰的车灯闪了一下。

我一边隔着车顶和他对视，一边在手提包里翻找自己的车钥匙。"这事没那么简单，罗伯特，"我说，"我不能马上告诉你'是'或'不是'。我必须好好想想他说过的话。"

"那好吧，那就今天晚上再说，到我家喝酒的时候我们再聊这事。"

我看了看那几架摄像机，我很肯定其中一架摄像机正对着我们这个方向。"明天行不行？到时候我给你的律所打电话，我们约个时间。"

他咧嘴一笑——瞧他那狰狞的模样，简直就像个狼人。"得了吧，我整天都待在办公室里，"他说，"再多待一分钟我就要发疯了。在我家里更轻松自在，我们可以坐在户外烤火。我向你保证，我绝对是个真正的绅士，不会动什么坏心思的。"

他说得没错，然而问题出在我身上。我从没去过他家，不过我认为他家的房子就和他这个人一样——舒适怡人，充满诱惑。那种诱惑力如同女妖的歌声，让你不由自主地脱光衣服，像个廉价妓女一样把自己灌醉。"还是等明天吧,"我依然负隅顽抗,"明天下午我有空。"

他打开车门。在他钻进车里之前,他隔着车顶,最后对我说了一句:"今晚八点,我把我家的地址发给你。"

不,不行,我心想。奔驰的引擎发出轰鸣,我赶紧后退几步。我用目光搜寻自己的车,发现我的车子和我之间还隔着两列车。我赶紧朝那个方向走去。这时罗伯特的车从我身边掠过,我没有回头,仿佛那只是一个陌生人开车经过。

不,不行,我心想,今晚八点我不会上你家去。我们俩只能在办公场所见面,一张办公桌横亘在我们之间,桌上摆满文件、文件夹、订书机和台灯,不远处还坐着一个前台接待——只有这样才能厘清这一团乱麻。

这种想法看似不错,可是我已经在心里挑选情趣内衣,想着如何将自己修饰一番。我的身体已经有所反应,期待着今天晚上的到来。

我上了车。车里暖烘烘的,我打开天窗,让新鲜空气涌入车里。现在我急需吸一口新鲜空气,好让我的头脑清醒过来。除了男女之间的那些事,现在还有更重要的问题需要考虑。经常进出监狱的罗伯特和被关在监狱里的兰道尔——这两人都对我撒了谎,我将在法庭上再次见到兰道尔,而几个小时之后我还要上罗伯特的家和他碰面。

这两个人都撒了谎,哪一个更危险?

# 第33章

妮塔正在翻看放在厨房料理台上的一份庭院摆设购物目录，海顿家的大厨贝丝站在她身边，打开搅拌机和面，她打算做几炉布朗尼小蛋糕。

"你想让我把电视关掉吗，海顿太太？"贝丝问道。

妮塔看向挂在不锈钢双层烤炉上方的电视。刚才新闻里播放的是有关餐厅新规的讨论，现在正在播报下一条新闻。屏幕上出现了一所监狱的航拍画面——就是关押兰道尔·汤普森的那所监狱。

"不，不用。"妮塔说着放下购物目录，看向电视。出现在电视屏幕上的是监狱标示牌的特写。妮塔心想：接下来新闻会不会提到有关斯科特的最新消息？斯科特改口了，他承认自己之前是撒谎……从那时起，妮塔一直很紧张，她等着媒体收到风声，曝光此事。

现在还没有走到那一步，不过她害怕的事情随时都有可能发生。终有一天，大家会知道斯科特撒谎这件事，而他们一家人就会成为众矢之的。撒谎，妨碍司法……原本斯科特就像一个英雄，而一旦此事为人所知，他的光环就会荡然无存，他的名誉也会受损，沾上永远也洗不掉的污点。

电视上的新闻主播说："兰道尔·汤普森的辩护团队又多了一名新成员——格温·莫尔医生。莫尔医生是一名心理医生，也是犯罪行为研究方面的专家。"

摄像头对准监狱大门，放大。镜头里，兰道尔的律师和一名黑发女子走出监狱大门。那位女士身材修长，穿着黑色套装。当妮塔看到罗伯特·凯文，她的胃不由自主地痉挛抽搐。斯科特刚失踪时，凯文是第一个对海顿夫妇伸出援手的人。凯文拥有与他们相似的经历，能够理解他们的感受，能够理解失去儿子之后那种剧烈的情绪起伏和无助感。在那个时候，能和有相同经历的人说说话实在是再好不过了。

然而，这个人是一条毒蛇，一个笑里藏刀的家伙。当斯科特指认兰道尔为真凶的时候，凯文再次现身，还提出要为兰道尔·汤普森提供免费法律服务，并且致力于推翻斯科特的证词。

乔治认为，罗伯特·凯文之所以这样做，是因为他心里不平衡，因为斯科特逃过一劫而他的儿子却没能活下来。他认为凯文之所以要和他们作对，是因为他失去了加布，而他也要毁了斯科特的人生。

妮塔对此不敢苟同。她无法相信一个做父亲的竟然会自私到这种地步。即便是在她最难过的时候，她也绝不会去诅咒一个孩子。如果血腥之心杀手有孩子的话，妮塔也不会生出伤害那个孩子的念头。当然了，兰道尔·汤普森没有孩子。

"据悉，格温·莫尔医生曾经在红河枪手一案的侦办行动中与洛杉矶警方合作。"现在镜头对准格温医生,给了她一个特写。她迈着大步,穿过停车场。她是一个漂亮的女人,头发乌黑,皮肤白皙,鼻尖微微上翘,让她显得更加年轻。她看见了对准她的镜头,冷冷地与镜头对视片刻,然后继续往前走。

看来这个女人能找到所有问题的答案——真是这样就好了。现在妮塔满脑子都是问号,所有疑问都与她儿子有关。她看向天花板,斯科特的房间就在厨房正上方。一周之前,他向警察承认自己之前撒了谎,在那之后妮塔几乎见不到他。他一直待在自己的房间里,反锁房门。他们想让他出来吃东西,想出各种借口劝他出门走走,可是都没有成功。家庭安保摄像头拍到斯科特在半夜时分下楼吃东西,然后又迅速退回自己的房间。

或许她应该带儿子去看心理医生,或许这就是所谓的"创伤后应激障碍"。或许他们可以劝斯科特接受心理治疗,进行心理康复训练,锻炼他的情绪韧性。还要给他找一条护卫犬——让人畏惧的大型犬,能够从车窗爬进爬出,让斯科特不再担心冷不防遭他人攻击。妮塔已经在德国购买了一条合适的护卫犬,两周之内就会送到家中。

购买护卫犬,带儿子去看心理医生——作为母亲,她所能做的就只有这些吗?上午早些时候妮塔还在网上搜索有关妨碍司法的法律条文和刑案律师名单。万一洛杉矶警方起诉斯科特,他们该如何应对呢?她可得做好准备。昨天晚上,她登录他们家的手机付费系统,查看儿子的通话和短信记录。

她几乎不认识自己了,她在干什么?偷窥自己的儿子,监视他的一举一动,查看他的手机通话记录,通过家庭安保摄像头监视他。半年前，她对儿子的担忧还仅限于他有没有沾染毒品、他和女孩子们的关系如何之类的问题。现在她担心失去儿子——担心失去他这个人，担心失去他的心，担心失去他对自己的爱。她的担忧让她频频突破底线，侵犯斯科特的隐私。或许某一天斯科特会为此恨她，但她也不会为此道歉。

妮塔从高脚凳上跳下来。"我要上楼去，看看能不能让斯科特吃点东西。"她说。

贝丝放下大勺，走到烤炉边。"等等，"她说，"我专门为他准备了一份。"她拉开炉门，取出一个托盘，托盘上放着奶酪汉堡。她特地把这份食物放进炉里保温，只盼着斯科特能下楼吃点东西。

妮塔在一旁等着，而贝丝往托盘里添上火腿肉条和一个圆形小蛋糕，然后用锡箔将这些食物松松地包裹起来。最后她在托盘里放了一把松脆的薯条和一瓶番茄酱。

"他想要芥末或腌菜吗？"贝丝问道。

"不用了，这样就行了，谢谢。"

妮塔没有走楼梯，而是乘电梯。她一手捧着托盘，一手关上电梯门，按下二楼的按钮。斯科特的手机通话记录让她大为震惊，为此她还在夜里叫醒乔治，和他讨论这件事。在斯科特遭到绑架之前，他一直频频使用自己的手机。在他被绑架之后的七周里，他的手机没有任何通话记录——这也是理所应当的。在他回家之后，他的手机通话记录几乎是一片空白。

但是他也曾使用过手机。之前他曾经给一个房地产公司打过电话。除此之外，他还拨打过电话，发送过短信。然而，他并不是给自己的同学或朋友打电话。以前有十来个女孩一直围着斯科特打转,希望能引起他的注意。她们经常和斯科特相互发送短信,可是斯科特回家之后也没有给她们发过短信。斯科特拨打的所有电话和发送的所有短信的接收者都是同一个号码。斯科特曾十几次拨打这个号码,还发送了十几条短信。通话时间很短,不到一分钟。而短信都是由斯科特发出的,对方从始至终没有回复。

在两周之前,斯科特不再拨打这个号码,也不再发送短信了。他的通话记录变成一片空白,和他被绑架期间的记录一模一样。

乔治让她拨打那个号码,她也试过了。拨打那个号码之后,通话马上被接入一个自动语音信箱。她只听到一个机器人的声音在重复这个号码,却没有透露机主的任何信息。

电梯停下来,她走出去,来到斯科特的房门前。她敲了敲门,拧了一下那笨重的铬合金门把手。"斯科特,是妈妈,开开门。"她叫道。

她听到房间里传来音乐声。有的人就是在音乐声中自杀的。她在网上看了一些有关自杀的文章,里面提到自杀的第一个征兆是情感上的疏离。那天他们从警局出来,乔治和斯科特大吵了一架,从那时起斯科特一直郁郁寡欢。

老天爷!大吵大闹总好过沉默不语。后来乔治也承认他不应该对斯科特大吼大叫。没错,斯科特对警察撒谎了;没错,他面临着妨碍司法的指控。可无论如何,毕竟他还活着,他在家里,他很安全。相形之下,其他事都不值一提了。

"斯科特，贝丝为你做了配上熏肉的奶酪汉堡，"妮塔不愿放弃，"我帮你热了一个汉堡，现在就可以吃了，还有你喜欢的薯条，你开开门吧。"她把耳朵贴在门板上。房间里没有响动，只有音乐声。斯科特有没有听见她的话？

在走廊的尽头，一扇门打开了。那是书房的门，乔治出现在门口。他上身穿着白色的马球衫，下身穿着淡绿色的高尔夫短裤。他看上去就是一个精神抖擞的成功人士，和二十二年前妮塔初次见到他时相比几乎没什么变化。

"他还没开门？"乔治问道。

"是啊。"妮塔用手拍门，发出一阵沉闷的响声。她想起自己儿时的卧室门——那是一扇廉价的胶合板门。如果妮塔这么用力拍打她儿时的卧室门，那门板早就被她拍烂了。

然而，斯科特的房门依然不为所动。在她身后，乔治说："他不会开门的，让我把门踢开。"

如果是在一个星期之前，妮塔肯定会阻止他。可现在她对斯科特的担忧几乎让她发狂。"之前你不该对他那么凶的。"她低声说。

不过话说回来，当时她也在场。在开车离开警局回家的途中，她和乔治非常生气，两人都抬高嗓门大吼大叫。

"斯科特，"乔治叫道，"快开门！不然我要踢门了！"

房间里的音乐声变小了。妮塔屏住呼吸。过了一会儿，斯科特打开了房门。

当她看到自己的儿子，她赶紧抓住丈夫的手臂，轻轻地把他推到一边。她拿着一托盘的食物挤进门缝里。在她进入房间之前,她对乔治使了个眼色,警告他不要轻举妄动。进入房间之后,她马上关上了房门。

斯科特弓着背,意气消沉。他嘟哝一句:"行了,妈妈,我只想一个人待着。"

她把托盘放在桌上,走到小冰箱旁。她打开冰箱门,看着里面所剩无几的饮品,不禁啧啧两声。全都是甜汽水。以前她儿子很在意自己的健康,不会喝这些甜饮料的。可现在他却和所有美国青少年一样,畅饮这些含有大量糖分的垃圾饮品。冰箱顶上还放着一包只剩一半的膨化食品,糖果棒的包装纸和空汽水罐从小垃圾桶里满溢而出。她从冰箱里拿出一瓶橙味汽水,递给儿子。斯科特已经在桌前坐下,狼吞虎咽地吃着汉堡。

他没有穿上衣。妮塔的目光落在他胸膛上,她盯着那个心形——那是兰道尔·汤普森的"杰作"。斯科特清清喉咙,妮塔这才意识到他一直在观察她。

她赶紧把目光移开:"抱歉。"

"没事啦。"他把一根薯条塞进嘴里。

"我可以给你涂点药,"她说,"上回我做了膝盖手术之后用了一种去疤痕的软膏,真的管用……"这时候斯科特转过身,不让她看到那一处伤痕,而她也说不下去了。

"我不想涂什么药。"

她皱皱眉:"会留下疤痕的,斯科特,你也不想……"

"不用你管!"

他话音中的愤怒让她闭口不言。她咽下这口气,坐在斯科特的床边:"我只是想帮你。"

他的脸色稍稍变得柔和。"我知道,妈妈,只是……我不想抹去这个伤疤,"他说,"我不想忘记自己的遭遇。"

当然,他当然不会忘记,而妮塔并没有让他遗忘过往的打算。她只是想为他疗伤——疗愈他身体和心灵的创伤。"我们很担心你,斯科特,"她说,"你不应该把自己锁起来,独自躲在房间里。"

"我不想和人说话。"

"我知道,可是斯科特……"她有很多问题想要问他,可最终她只问了两个问题,"你为什么对我们说你是逃出来的?你为什么不告诉我们是他放你走的?"

他咬了一口汉堡,慢慢咀嚼。他一直盯着面前的那堵墙,他的肩膀因紧张而变得僵硬。他慢条斯理地擦擦嘴——可他吃完东西从来都不会擦嘴的呀!妮塔快要受不了了。她正想抓住他的肩膀摇晃他,这时候斯科特开口了:"我不知道。他只放走我一个。"

斯科特改变了说辞。他对警察说兰道尔松开他的手铐,把他塞进汽车后备厢里,然后开车去到距离他家几英里的一个加油站。兰道尔把他从后备厢里拖出来,告诉他可以走了,让他一路跑回自己家。

"我和其他人不同,"他激动地叫道,"我很特别,所以他才放我走的。"

很特别?斯科特的话音让妮塔隐隐感到不安。他的话音中蕴含着感激,他的眼中闪烁着骄傲的光芒。他把手放在胸前,仿佛是在护着那个心形伤痕。

"你认为我们不会相信你的话?所以你才撒谎的?"

他吞下嘴里的食物,伸手去拿汽水。"没错。"他说。

她身为母亲的本能发出警报,让她意识到有什么不对劲。自从斯科特回家之后,她的母亲本能就一直处于活跃状态。他在撒谎。他之前撒了谎,现在他还在撒谎。他的说辞与某些证据相互矛盾。之前妮塔对此毫不在意,不愿多想,可现在这些证据开始在她脑海里浮现。就在今天上午,律师向他们指出在兰道尔车子的后备厢里并没有发现斯科特的 DNA。想到这儿她再也忍不住了。"你看着我,斯科特!"她叫道。

他转过头,与她对视。然而他的目光中没有半点感情。

"你现在和我说实话。你爸爸听不到,那些警察也不在场,只有我在听你说话。你和我说实话!"

斯科特眨眨眼。

"斯科特?"她步步紧逼,"你到底还有什么事瞒着我?"

他转过身,拿起汉堡。他端详着手里的汉堡,慢慢低下头,咬了一口。

她越来越生气。没错,他的遭遇让他饱受创伤;没错,她庆幸他能回到家里。可是他的证词把一个人送进了监狱。为了立案,为了把这一案件送交庭审,大量警力和郡政府的资源就这样被白白浪费掉了,而这一切都是基于他的证词——或者说,他的谎言。他改变了说辞,这意味着大家要花上无数个小时来修正证据,改写报告,改变诉讼策略。可现在他却不愿谈起这件事。之前他倒是对那个编造出来的逃跑故事津津乐道。只要有人愿意听,他就会大谈特谈自己是如何逃出来的。然而,当真相大白之时，他却闭口不言。

她伸出手，狠狠地拍了一下桌子。当她看到儿子不由得瑟缩一下，她马上又后悔了。"对不起，"她立刻说道，"你就告诉我吧，求你了。"

"就不能让我好好吃东西吗？"

他的手机就放在桌上。妮塔把手机抢过来，生怕斯科特会阻止她。然而，斯科特根本不理她。她按了一下手机屏幕，屏幕没有亮起，看来手机没电了。原来如此，难怪他不回复妮塔的短信。"你的手机没电了，有多久了？"她问道。

"不知道。"他把几根薯条塞进嘴里。

"我查看了你的手机通话记录，斯科特。你为什么不给你的朋友打电话呢？"

斯科特转过身，面对着她："不要偷看我的通话记录！"

"你的手机话费还是我们来支付的，我们当然有权利知道你和谁通话。"话一出口妮塔就发现不对了：感觉这像是她母亲才会说的话。老天爷！她什么时候变得和自己母亲一个样了？

"难道我就没有隐私了吗？你想说的就是这个吗？我从一个监狱里逃出来，难道就是为了回到另一个监狱吗？"

她不由得瑟缩一下，然后说道："你不应该把我们家比作监狱，斯科特，你……"

"我怎么了？只要我开车出去转转，你就大发脾气。只要我走出房间，你和爸爸就对我大吼大叫。现在你还跑到我的房间里，对我大声嚷嚷……"

在斯科特的怒气爆发之前，妮塔赶紧打断他的话，问道："你给谁打电话？你不停拨打那个号码，那是谁的电话？"

他把目光移向别处："谁的电话都不是。"

她交叠双臂，抱在胸前："好吧，你不愿告诉我是吧？我自己也能查出来。"

她的威胁奏效了。斯科特低下头，双手扶额，痛苦地叫道："妈妈……"

她等着他妥协。

"那是一个女孩的电话，"他叹了口气，依然用双手托着头，"一个曾经和我约会过的女孩。"

"什么时候的事？"

"今年早些时候。我回来拿到手机后就给她打电话，但是她不接。"

"是珍妮弗吗？"

"不是，你不认识她。"

"她也是贝弗利高中的学生吗？"

他气鼓鼓地叫道："她搬走了，所以也无所谓了。"

"她什么时候搬走的？"

"她不见了，妈妈。"

"不见了？什么意思？"

"我们……我不在的时候她搬走了。我开车去到她家，可她不住那儿了。"

妮塔想起那栋待售的房屋，那个打给房地产公司的电话。如释重负的感觉席卷而来，将她淹没。斯科特闷闷不乐，把自己锁在房间，不愿和他们说话——难道就是因为这个吗？难道那只是一个十几岁少年失恋后的种种表现？

"哦，斯科特。"妮塔张开双臂，拥抱自己的儿子。斯科特被吓了一跳。他只是坐在那里，没有做出任何回应。他手足无措，只得拍拍母亲的肩膀。"对不起。"妮塔轻声说道。之前他被兰道尔关在那栋房子里，或许在那段时间里他一直想着这个女孩。当他逃出来之后，他不停地给她打电话，却没有回音。"她搬家时肯定换号码了。"妮塔说。

"是啊。"斯科特挣脱她的怀抱。

"还有汉堡吗？"他问道。

她微微一笑："当然有了，和我下楼吧，我答应你……"她举起手，以示妥协，"我们不会问你任何问题了。你就躺在沙发上看电视，贝丝打算烤布朗尼小蛋糕呢。"

布朗尼小蛋糕是斯科特的最爱，他无法抵挡这种诱惑。她看到他的眼眸恢复了几分生机。他点点头。尽管这只是一次小小的胜利，但是仍很有意义。

没事的，他们肯定能渡过难关。

# 第34章

罗伯特的家堪称完美,完美得令人抓狂。整洁而富有现代气息的壁线,厚重的深色墙壁,光亮的家具,再加上适量的皮革和布料,为整个家居环境增添几分暖意。他拿出两瓶冰镇红酒。户外篝火炉里,火焰熊熊燃烧。当我看到所有这一切,我扬扬眉毛:"你经常请女人到家里喝酒吗?我怎么觉得这对你来说是家常便饭?"

"没有,"他拿起一瓶啤酒,送到自己唇边,然后对着那两瓶红酒点点头,"你来选吧。"

一瓶是霞多丽葡萄酒,另一瓶是加州葡萄酒。我选了霞多丽,为自己倒了一杯。我好好欣赏周围的景致。他的家坐落在好莱坞山顶,站在这里可以俯瞰整个城市。在渐浓的暮色中,五颜六色的灯光亮了起来。如果我早到半个小时,就能欣赏夕阳美景了。不管怎么说,眼前的景致的确很美。我转过身,拨开拂过脸庞的一绺散发。"我好怀念这种烟火气啊。"我说。

他微微一笑:"帮我装修房子的工头原本想弄一个丙烷炉,不过我喜欢木头燃烧时的气味。这种气味会附在衣服上,但是我不在乎。"

"我也是这么想的。"

几个深蓝色的坐垫和白色的大枕头散落在火炉前方,形成一个松散的半圆形。我选了一个靠边的位置,脱掉高跟鞋,盘腿而坐。

他选了一个中间的位置,我们俩相隔六英尺。"今天离开监狱之后你又做了什么?还顺利吧?"他问道。

"没做什么大事,就这样安安静静地过完了一天。"我说。离开监狱之后我马上回家泡了个热水澡。散发着薰衣草香味的泡泡从浴缸里满溢而出,而我则泡在热水里,在脑子里梳理每一个案件的所有细节,在心里琢磨兰道尔·汤普森在这些案件中到底扮演了怎样的角色。

尽管我已经翻阅了上千页档案卷宗,还和犯罪嫌疑人见过面,可我依然认为已知信息不足,难以得出结论。我不知道兰道尔到底对卢克做了什么。我不知道他是否患有分离性身份识别障碍,在和我会面时他肯定没有显现出多重人格的特征。如果让兰道尔和其他几个嫌疑人排成一列,让我从中找出真凶,我绝不会选兰道尔。他并不是那种讲求精准的人。他坚称自己是无辜的。就心理特征来看,兰道尔不可能是这几起案件的真凶。

可是证人证言和证据对兰道尔不利。斯科特·海顿指认他就是血腥之心杀手,在他家里找到了一个盒子,盒子里装着从六个受害人身上取下的"纪念品"。此外,他的内心深处还藏着一道黑暗的深渊。我发现了这一点,只是我不知道他内心的深渊有多深、多黑暗。

罗伯特用双掌搓揉啤酒瓶，对我说："在我问你对兰道尔有何感想之前，我想先告诉你一件事，关于斯科特·海顿的事。"

哦，不，不会吧。我握紧高脚杯的杯托。斯科特还那么年轻，他肯定不会……

"他改口了。"

紧张感突然消失了，我长舒一口气。"怎么？"我问道。

"他之前说他是逃出来的，现在他又说是杀手放他走的。他说那人把他送到距离他家几英里的地方。"

"放他走？"这一点倒是很奇怪。听到这一消息，我的心跳加速。分离性身份识别障碍患者倒是很有可能做这样的事。现在我更倾向于认为杀手患有分离性身份识别障碍而非偏执型分裂症。这可是一件了不得的大事啊！"你是什么时候知道这件事的？"我问道。

"大概十五分钟前。"

我把高脚杯放在沙发的扶手上。现在我的大脑必须全力运转，可不能受到酒精的干扰。"哇！真有意思。"我说。

他露出苦笑，说道："是啊，我也觉得很惊讶。为什么加布就没那么幸运呢？"

我在心里琢磨这条最新消息。"你相信他的话吗？"我问道。

他歪歪脑袋："问得好，你怎么看？"

"有两个问题需要考虑，"我说，"首先，斯科特·海顿之前为什么要撒谎，现在又为什么要说出实情？我必须好好思考这个问题。他这么做会不会影响证词的可信度？先撒谎之后又说出实情的动机究竟是什么？"

"那第二个问题呢?"

"第二个问题是关于那个杀手的。如果斯科特说的是实情,那杀手为什么要放他走?和其他受害者相比,斯科特有什么不同之处?在他被囚禁的七周里究竟发生了什么事?"我叹了口气,继续说道,"之前斯科特指证兰道尔就是凶手,你说他撒谎。如果真的是杀手放走了斯科特,那么你的判断有可能是正确的。或许他是为了保护真正的杀手,或许他对那个人产生了某种感情——忠诚,甚至是爱。"

"就像是斯德哥尔摩情结。"

"没错。"斯德哥尔摩情结并非真正意义上的心理障碍或精神病症。好莱坞电影制作公司和小说家经常抓住斯德哥尔摩情结大书特书,编造故事。不过作为一种心理应对策略,斯德哥尔摩情结却是真实存在的。罗伯特之前曾推测说杀手放走斯科特是为了让他指认其他人,当时我认为那只是无稽之谈,根本不予考虑。可是现在……我对兰道尔的看法已经动摇了,而斯科特证词的可信度又受到了质疑……看来当时罗伯特的推测倒是有可能与现实相符。

我身上穿着深紫色的长裙,我将裙摆塞进膝盖底下。"你还没有回答我的问题。"我说。

他看着我,火光照亮了他的面容。"什么问题?"他问道。

"你相信斯科特改口之后的证词吗?"

"我认为他已经证明了自己是一个不可信赖的人。我相信他也好,不信他也罢,他已经给我提供了足量的'弹药'。而我大可以利用这一点,让陪审团怀疑他说的每一个字。"

他说得没错。我对兰道尔是否有罪的看法已经完全被颠覆了。如果没有那盒"纪念品",我敢肯定兰道尔是无辜的。他与我的心理侧写严重不符,而斯科特·海顿撒谎一事让人们开始质疑其可信度。罗伯特只需要让一个陪审员产生合理的质疑,兰道尔·汤普森就会被无罪释放。

我长舒了一口气,开始考虑另一个问题:如果血腥之心杀手正逍遥法外呢?这个想法让我心中一凛。或许他正在盯着我们。我环顾四周,看到远处的灯光已经亮起来了,灯光之后是缓缓落下的夜幕。原先那种舒适安心的感觉突然消失了。

"我看了你为血腥之心杀手做的心理侧写。"罗伯特说。

"有何感想?"我将一绺落到嘴边的散发拨开。

"这份心理侧写有漏洞。"

他说得对。如果把偏执型分裂症或分离性身份识别障碍加进去就说得通了。我啜饮一口红酒,没有答话。

"你能肯定血腥之心杀手是同性恋吗?"

他提到的这一点出自心理侧写报告中的某一部分,那部分内容就杀手强奸受害者以及切除其生殖器的行为进行了分析。这种施虐行为与杀手的个人经历密切相关,具有强烈的性意味,此外,杀手所选择的受害者具有明显的共同特征——综合以上几点可以看出杀手可能是同性恋。

"我不能完全肯定,不过我认为他对同性恋怀有某种强烈的感情。如果他在日常生活中感受到自己有同性恋倾向,他会拼命压抑。"

"兰道尔·汤普森不是同性恋,绝对不是。"罗伯特站起来,仿佛宣告这一讨论已经结束,他所说的即是最终结论。我看着他走到一个金属垃圾桶旁,把啤酒瓶扔进去。

"你怎么知道?"我质疑,"你和他之前教过的学生谈过话吗?"

"没有,不过一个小时之前我把关于兰道尔的一些新发现通过电子邮件发给你了。你可以看一下。针对兰道尔的投诉都来自女生,没有一个男生投诉他。兰道尔有罪吗?"他顿了一下,然后说道,"答案是肯定的,我绝不会让自己十四岁的侄女和他同处一室。可他不是同性恋。他身材臃肿,不借助某些'辅助措施'也干不成那事。他怎么可能是杀手呢?"

有道理。而且兰道尔的岁数太大,也不符合我在心理侧写中对杀手的描述。兰道尔快要退休了,而血腥之心杀手应该是一个四十出头的男子,体格强壮有力,而且他所处的日常环境也不可能是每天都能接触到学生的地方。

"好吧。"我没办法和他争论,只得放弃。

"我并不是为了说服你,让你相信兰道尔符合心理侧写的特征描述。不过他的确有点不对劲。"我说。

"当然,他是一个性捕猎者。"他耸耸肩,仿佛这一点无足轻重,"在过去二十年里曾经有三个学生投诉他。"

"等一下!"我顿了一下,接着说道,"你之前为什么不说?当时我问过你的,就是……"我略加思索,想想那是什么时候的事。"……一个星期前吧?我问你有没有学生投诉他。"

他从冰桶里又拿出一瓶啤酒,拧开瓶盖。"我不想影响你对这个人的初始印象。"他说,"不是你说的吗?在做心理侧写时不能带有任何成见，就如同在一张纯白的纸上作画。"

说得没错，可是……"如果他是一个性捕猎者，那就会进一步证明……"

"投诉他的都是女生，十三四岁的女生。这是和血腥之心杀手完全不同的行为模式。"

我不再说话，而是仔细琢磨这条信息。罗伯特说得没错，这是不同于血腥之心杀手的行事手法。我之所以感觉兰道尔不对劲，是不是就因为这个？他实施了性侵，可他并不是杀手——真是这样吗？

或许之前我想错了。

罗伯特上下打量我，然后转身面对房子。"好了，我们别再讨论这些谋杀案了。进去吧，我要带你看点'好东西'。"

"你觉得怎样？"

我面前是一个多宝阁，占据了整整一面墙。阁架上摆放着一件件小玩意儿，我的目光在这些物品上睃巡流连。东西太多了，我一时看不过来。我靠得更近，然后沿着多宝阁，慢慢向前走。每件小玩意儿都放在一个玻璃盒子里，被墙上的聚光灯照亮。"这是什么？"我问道。

"这是我的收藏。每逢生日和圣诞节，我都会买一件独一无二的东西加入我的收藏中。"

这些收藏让我赞叹不已。这里摆放了至少三十件小玩意儿，有微型雕像,有照片……"你收藏多久了?"我问道。

"是我太太起的头。她挑选有纪念意义的物品,看到它就会想起我们生活中的一段时光、一件往事。娜塔莎去世之后,我和加布把这一收藏传统延续了下来。"

我意识到自己所见到的不仅仅是数目众多的昂贵小玩意儿,而且是一件件有纪念意义的珍品。通过这个多宝阁,我窥见了罗伯特温情的一面。他家的厨房了无生气,然而这个房间却充满活力。这个阴沉昏暗的房间令人伤感,但也能让人在回忆过往中感受到内心的平静。在这里罗伯特显得更放松、更自在。我在一对短剑前停下脚步。短剑旁还有一块金色的小牌子,上面写着"劈开眉骨"。我弯下腰,查看牌子上的字:"这是什么意思?"

"那是19世纪的日本武士刀,"罗伯特说,"当时人们用人类的头盖骨来判定刀是否锋利。如果刀能劈开头盖骨,他们就把这几个字刻在刀背上。"

他用一根手指轻抚闪亮的刀刃:"这是加布挑的,他最喜欢的电影就是《最后一个武士》。我们本来打算今年夏天去日本旅行,在那里待上两个星期,去角馆市和萩市看看。"他声音哽咽,眼角湿润,然后把手收了回来。

对他来说,这才是最真实的生活——当我想到这一点,我不禁为之一震。表面上,他穿着昂贵的西服,满怀自信,在法庭上与对方舌战,取得骄人战绩。可实际上他却是一个孤独的人,只有亲人的幽魂与他相伴。他的至亲至爱都被夺走了。我想起他带着鲜花来到我家,为了玩拼图游戏赖在我家不愿离开;我想起他硬是要上我家来吃晚餐,用近乎恳求的语气请我今晚到他家里喝酒；我想起我们初次见面时，他在酒吧里和我这样一个陌生人搭讪，然后和我回家——看来这一切都是情有可原的。

我也是自己一个人过日子，陪伴我的只有猫咪和一大堆浪漫喜剧。不过我和他不一样。我的生活并没有被哀伤占据，而他还要在浸透了哀伤的孤独中苦苦挣扎。

我清清喉咙，继续沿着多宝阁向前走。我看到一个破旧的棒球，仿佛刚从垃圾箱里捡回来似的。他跟在我身后，我们俩的手臂相互触碰。我很想伸出手摸摸他、抚慰他，可我还是忍住了。

"看看这枚戒指，"他指着一枚古色古香的戒指——一块翡翠镶在金质戒环上，翡翠周围镶着一圈碎钻，"关于这枚戒指，还有一个有趣的故事。"

我等他开口。我不敢问那是不是他妻子戴过的戒指。

那枚戒指放在一个打开的戒盒里，沐浴在灯光之中。他把戒盒拿起来："这枚戒指有四百多年的历史，它曾经两次落入海中。第一次是1622年，这枚戒指是一艘西班牙宝船上的宝物，而那艘船在一场飓风中沉没，沉船地点是佛罗里达州沿岸。"

"是阿托查号吧？"我说。我熟悉那段历史。

他扬扬眉毛，对我表示赞赏。"说得没错。"他说，"沉船搜索队在1985年发现了那艘宝船，这枚戒指也重见天日。经过清洗打磨之后，这枚戒指被当成礼物送给黛比·斯提克波尔，而她是一个大投资家的太太。在接下来的十年里，她每天都戴着这枚戒指，只有一天没戴。"说到这他停下来，故意卖了个关子，为这个故事增添几分戏剧色彩。我对他咧嘴笑笑。我喜欢听他讲故事，无怪乎他能在法庭上取得骄人战绩，如果我是陪审团成员，我可以一直听他说下去，听上一整天我也不会觉得厌烦。

"那是 1995 年 10 月 4 日的早上，黛比被丈夫叫醒。她丈夫正在狂呼乱叫，让她赶紧穿好衣服，带上值钱的东西，马上离开。一场飓风正席卷而来。此时他们正待在滨海豪宅中。门廊里的阳伞和户外家具已经被狂风卷起，紧紧贴着门廊的栏杆。风暴卷起的海浪开始侵蚀他们家的私人海滩。"他的话音多了一抹阴沉，仿佛他正在讲一个鬼故事。"她丈夫的书房里原本放着一个小型保险箱，她抱起那个保险箱，从卧室门外的墙上摘下一幅凡·高画作，朝车子跑去。每天晚上她都摘下自己的婚戒、手表和这枚戒指，放到床头柜上，前一天晚上也不例外。然而，她离开时并没有带上这些东西。"

"那他们为什么不早点离开呢？他们应该早就知道飓风要来了呀。"

"众所周知，斯提克波尔家喜欢举办盛大宴会。他们本来打算顶着飓风开宴会，品尝美酒。直到那天早上，做丈夫的醒来之后才发现大事不妙，他决定马上离开——这的确是明智之举。这场名为'欧培尔'的飓风将他们家的海边豪宅夷为平地。一周之后，当他们回到那里，他们家的豪宅已经不见了，只剩下几根水泥支撑柱。豪宅中的所有财物都被扫进了大海里，其中包括一些在阿托查号上发现的宝物：五百多枚金币，六根银条，还有黛比的珠宝首饰。他们组建了一个搜索队来寻找财物。搜索队里有潜水员，还配备了挖土机。他们花了几个星期，在海滩和近海不停搜寻，寻找再次落入海里的宝物。"

我看着那枚戒指："然后他们就找到了这个？"

"没错。那片海滩上还有其他几栋房子,后来他们在一百码[①]之外某户人家门前的沙滩里找到了这枚戒指,那户人家和斯提克波尔家之间还隔着三栋房子。那枚戒指被埋在两英尺深的沙土之下。除了戒指之外,他们还找回了两根银条和大约半数的金币。其余的东西就再也找不到了,不过嘛……"他露出狡黠的笑容,"……我怀疑有些搜索队员把找到的宝物塞进了自己的腰包。"

"那么这枚戒指是怎么到你手里的?"

他咯咯一笑:"黛比·斯提克波尔最后把她的巨额财产——包括这枚戒指——留给了她的狗,而且还不止一条狗。这一决定激怒了她的孩子们,并由此引发了一场诉讼大战。"

"真没想到,你居然还接手财产纠纷案。"

他的笑容变得更灿烂了。"那倒不是,"他说,"只是黛比的一个儿子和他的妹妹争夺一条茶杯贵宾犬的所有权。要知道,那条贵宾犬是黛比遗产的继承者之一,简直可以说是富可敌国……那个儿子想杀死自己的妹妹,而我接手了那单杀人未遂案。在诉讼期间,那笔巨额遗产已经被法院冻结了,不过那个妹妹想方设法弄到了这枚戒指,把它送给了我。我们双方对此都表示满意。"

"我喜欢这个故事。"我把戒盒递给他。

"你拿着吧。你帮我做了一份心理侧写,就把这枚戒指当作报酬吧。"

我发出一阵不自然的笑声。"什……什么?不行。"我说着

---

① 码:英美制长度单位,1 码等于 0.9144 米。

把戒盒硬塞进他手里。那块翡翠至少有两克拉，至于戒指的价值……考虑到它的历史……我实在无法估算这枚戒指到底值多少钱。"别开玩笑了。"我说。

"我不知道该把这些东西送给谁，格温，"他的嗓音变得低沉，"你就拿着吧，求你了。我可不想让那条金鱼成为我全部财产的继承人。"

我直视他的眼眸。为了保护自己，他披上层层伪装，现在他又脱下了伪装。他真情流露，眼眸洋溢着哀伤，简直让人无法直视。我一时冲动，走上前去拥抱他。他背部僵硬，身躯紧绷，而我用双臂抱住他，紧紧地抱住他。过了一会儿，他有所反应，我的拥抱让他慢慢放松。"谢谢，"我轻声说道，"我从没收到过这么棒的礼物。还有，你那条金鱼不会成为你的继承人，它活不过一个月。"

他笑了，亲吻我的前额。这一温柔的举动出乎我的意料，让我深受触动。他后退一步，而我的身体很想跟上去，紧紧地贴着他。"答应我，别让飓风把这枚戒指又刮跑了。"他说。

"不会的，"我关上戒盒，回头看看原本放着戒指的那一方小阁架——现在那里已经空了，"我要回赠你一件东西，你可以把它放在原先放戒指的地方。我给你的肯定不是价值连城的翡翠戒指，而是一件很酷的礼物。"

"很酷的礼物。"他重复道。他不再看向那空空如也的小阁架，而是继续沿着多宝阁向前行走。"我觉得我太老了，很酷的礼物不适合我。"他说。

"你喜欢什么样的礼物呢？"我走过空调出风口，不由得打个寒战。我的衣服太薄了，而这个房间太冷了。

"很难选啊。"他看我一眼，朝我靠近。他伸出手，用掌心轻抚我的上臂。"我们出去吧，外面更暖和。"他说。

我不知该如何回答。他的目光落在我的嘴唇上，他紧紧抓着我的手臂，把我拉近。我如同言情小说里那些无脑女主角一样，他就像童话里那只孤独无助的野兽，而我落入他的怀中。

# 第35章

我醒过来,发现自己一丝不挂,躺在罗伯特的床上。我身上盖着丝绸被面的羽绒被,被窝如同一个舒适的蚕茧,我根本不想钻出来。我闭上双眼,在我的头脑完全清醒过来之前细细品味这一刻。一旦我的头脑完全清醒过来,我肯定会对整件事思前想后。

身下的床垫动了一下。我转过头,看见罗伯特就坐在床边。他穿着运动裤和正装衬衫,头发已经梳得妥妥帖帖,领带也已经系好了。

他面对正前方,目光落在窗户上。"告诉我约翰到底和你说了什么。关于他的所作所为,你到底知道多少?"他问道。

我爬起来,用胳膊肘支着身子,把羽绒被拉到胸前。"你说什么?"我问道。

"约翰·艾伯特,"他转过头,直视我的眼眸,"告诉我你都知道什么。"

我咽了下口水。我的大脑如同一部休眠中的电脑,正在拼命运转,试图恢复正常工作状态。"我不清楚……我是说,我只知道他告诉我的事,不过……"

"我头一次见到你时你就对我撒谎,直到现在你还在对我撒谎。"他擦擦脸,骂了一句,"该死的!格温!快说实话!"

"我没有撒谎!"我叫道,"我没有对你撒谎!"我往后缩,坐直身子。

"你撒谎了,有关约翰的一切你都知道,"他仔细斟酌措辞,仿佛要把这些话深深刻在我心里,"他是一个魔鬼,而你本可以阻止他的。"

我垂下眼眸。现在他如同一个宣判我有罪的法官,我不想看到他的脸,可是我还是能听到他说的话。他从一开始就知道布鲁克之死的真相,却在几个星期的相处中对我隐瞒了这一点。他是不是一直在等我提起这事?他是不是在等我去报警?他是不是想知道我会对警察说什么?"好吧,"我轻声说道,"我没有做该做的事,我本该报警的。"

床垫又动了一下,罗伯特站了起来。我想说几句话,想向他解释清楚。当我最终鼓起勇气,抬起眼眸,我看到他走出了卧室,他的脚步声在走廊里回响。我侧耳倾听,想等他回来。可是我发觉他已经离开,空虚占据了整栋房子。

我在床脚找到自己的裙子和内衣,我的鞋子散落在房间不同的角落里。窗帘已经拉上了。我微微掀起窗帘,看看天色。现在已经是上午了。我的手机放在手提包里,手提包放在厨房里。手机或许已经没电了。我得想想今天要做些什么。卢克·阿坦斯终于和心理诊所联系了，约在今天上午十一点进行心理治疗。在和卢克碰面之前，或许我还有时间跑回家洗个澡。

我走进卫生间，上厕所，然后洗手。我瞥了一眼盥洗池上方的镜子，不由得停了下来。我的一头黑发已经变成了一团乱麻。我花了点时间梳理头发，直视镜中自己的眼睛，深深吸了一口气。

我对自己说：没事的，没事的。然后我深吸一口气，再慢慢呼出来。罗伯特报警了吗？或许报了，或许没报。话又说回来，刚才他只是问我知道多少，他还不确定我是不是真的犯了错。之前他所了解的只是约翰的罪行，现在我的罪行也被他掌握在手里。

布鲁克死了。梅莉迪丝说那不是我的错，我也给自己找了很多借口。然而我心里明白，就是我害死了布鲁克。如果那天早上我接听了约翰的电话；如果我在对约翰进行心理治疗时更加用心地听他说话；如果我找到布鲁克，提醒她要小心自己的丈夫；如果我报警，如果我更好地解决了病人的心理问题……或许布鲁克就不会死了。

我应该把约翰的心理治疗档案销毁吗？把档案烧掉？或是把档案埋起来？我应该怎么做才能保护我自己呢？我猛吸了一口气，胃开始抽搐。我弯下腰，趴在盥洗池上，想把昨天的晚餐吐出来。

我没有呕吐。过了一会儿，我的胃不再抽搐。我要离开这里，我穿过卫生间的拱门，冲进卧室。一个黑色的天鹅绒戒盒放在茶色床头柜上。当我看到那个戒盒，我稍稍犹豫了一下。那枚戒指，那枚翡翠戒指。我原本打算把那枚戒指放回原处，可最后我还是没有碰它。就让那戒指待在那里吧。我正急着离开这栋房子，哪里还顾得上这件小事呢？

我要尽快写一封合作关系终止函。这种信函的模板是现成的，只要让雅各稍稍改动一下，就可以发送给罗伯特。我还没有把那份巨额费用清单发给克拉斯特＆凯文律师事务所。算了，我也不打算找他们要钱。不过我要让雅各附上那张作废的账单，同时说明我不会向他们收取任何费用。

我所能做的实在是微不足道，而且为时已晚。这样的事原本不该发生，当初我看到苗头的时候就应该将其扼杀。如果时光倒流，如果能回到那个晚上，当我坐在酒吧里对着花生和啤酒时，我绝不会理会罗伯特的搭讪。可现在我越陷越深，我人生中的所有一切也岌岌可危。

我匆匆忙忙地穿过走廊，找到我的手提包。我将厚厚的包带挎在肩上，拿起钥匙，慌慌张张地逃离了那栋房子。

"你看起来真是一团糟。"卢克说。他精心打扮了一番：做了头发，穿着深蓝色西装，还戴着名牌墨镜。而我身上则穿着宽松的套头衫和破旧的牛仔裤。他用挑剔的眼光上下打量着我。

我本该报以微笑，可我懒得搭理他。为了卢克的这次约诊，我匆匆忙忙地跑来心理诊所，还差点迟到。"你好啊，卢克，"

我拿起一小包砂糖，倒进咖啡里，我对着会议桌一挥手，"请坐吧。"

"说真的，你到底怎么了？"他选中了距离最近的椅子，一屁股坐下来。他关切地看着我："瞧瞧你的头发！你的吹风机坏了？"

"没什么。"我说。透过会议室的玻璃墙，我看到候诊室里的雅各和保安巴特正盯着我们。"我们能不能谈谈兰道尔·汤普森？你提起他时不要朝我大吼大叫，行吗？"

他脸上的关切立刻化为恼怒。"我没有大吼大叫！"他叫道，"都是你反应过度，才闹出这档子事。你就像个巨婴，大吵大闹，小题大做。"他用精心修饰过的指甲敲敲椅子的扶手，继续说道，"我们为什么不到你的办公室去呢？你也明白，我已经知道那里面有什么东西了。"

"我当然明白，"我镇定地回了一句，然后找了张椅子坐下，和卢克保持安全距离，"还有，你把我的台灯摔坏了，我还没有谢谢你呢。"话刚出口我就意识到自己不该说这话，可是为时已晚。面对卢克的时候可不能用带刺的话来刺激他。我本该想到这一点的，可是罗伯特和布鲁克的事已经足够让我心烦意乱，我顾不了那么多了。我马上改用和缓的语气对他说："卢克，上回我们见面的时候你提到了兰道尔，你想和我说什么？"

"你骗了我，医生，"他说着竖起手指，对着我的脸指指点点——这一举动攻击性太强，我可不喜欢，"你说他不是你的病人。"

"他的确不是我的病人，只是有人聘请我，让我为血腥之心杀手做心理侧写。"

"是那家伙的辩护律师让你干这事的吧。"说罢他跷起了二郎腿——这一体态的变化倒是好征兆。看到他变换了姿势，我也松了一口气。"我在电视新闻里看到你了，医生。"他说。

"你说得没错，的确是他的辩护律师让我做这份心理侧写的，"我承认道，"不过我不干了。"

他将信将疑地看着我："你不干了？什么时候的事？"

"今天早上。"雅各在十点十五分发出那封合作关系终止函，可到目前为止还没收到罗伯特的回复。我想起他说话时流露出的愤怒之情——那是强烈的愤怒，是毫不掩饰的愤怒。他为什么那么在意约翰·艾伯特呢？我的确没有尽到自己的职责，而一个女人也因此丧命。可是艾伯特夫妇和罗伯特不过是泛泛之交。约翰是服务提供者，罗伯特是顾客——他和约翰的关系也仅限于此。或许他们还有更深的交情，可能吗？……反正我没听罗伯特提过这事。

透过会议室的玻璃墙，我看到电梯在这一楼层停下，不禁紧张起来。电梯门开了，梅莉迪丝走出来。我强迫自己松开紧握咖啡杯的手。今天警察会不会来找我呢？来找我的是萨克斯警探还是其他人呢？又或是罗伯特没有报警，而是把我吐露的秘密当成把柄，继续和我玩猫抓老鼠的游戏？

梅莉迪丝在雅各的桌前停下来。

"既然你和兰道尔已经没有关系了，你为什么还要打听他的事？"卢克问道。

"实话告诉你吧，"我的目光再次落到卢克身上，"我只是好奇而已，我无法确定他到底是有罪还是无罪。如果我知道他曾经对你做了什么，或许能帮助我得出结论。不过，卢克，"我放下咖啡杯，继续说道，"你和我的对话受到医患保密协议的保护。无论我和这桩案子有没有关系，我都不能把你对我说的任何话告诉其他人。而且你也看出来了，如果你不想和我说，你可以不说。"

"兰道尔从来没有碰过我。"他一边说着，一边摆弄手腕上的镶钻手表。

我皱皱眉："我还以为……"

"不是我，是我的第一任女朋友。兰道尔对我的女朋友下手。他让她下课之后留在教室，把她按在墙上，用手指插进她下面那个地方。"卢克的怒气已经烟消云散。他说这些话时冷淡漠然，无动于衷，和之前那个卢克简直判若两人。他为什么不发火？上回他大发雷霆，究竟是因为兰道尔，还是因为他本来就处于爆发的边缘？

我有点泄气，往椅背上一靠："她有没有告诉其他人？"

"没有。另一个女生……一个新来的女生对辅导员说兰道尔在实验室里强奸她，然而没人理她。要知道，那可是二十年前，"他耸耸肩，"那时候那个家伙还没那么老，也没那么胖，还是有些女生喜欢他的。不久之后那个女生就成了众人口中的'贱货'，没人相信她说的话。我的女朋友克里斯汀不想落得这样的下场，所以她什么也没说。过了好几年，在我们读大学时她才告诉我。"

我把头靠在椅背上，尽量不去想那些保持沉默的女孩。尽管这些女孩的遭遇令人心酸，可现在还不是考虑这事的时候。我必须集中精力，看看这条信息和我的心理侧写报告是否对得上号。问题在于兰道尔性侵女生这一事实就如同一块无处安放的拼图碎片，而血腥之心杀手是不可能做这种事的。不过这倒是印证了罗伯特之前说的话——兰道尔的确是一个性捕猎者，只不过他下手的对象是女性，不是男性。

或许罗伯特说得没错，或许兰道尔并不是血腥之心杀手，那一系列案件的受害者也不是他杀的。但此时此刻，我还是没能厘清自己的思绪。

我看向卢克："你是不是拿了我的钱包和钥匙？"

"我没拿。"他说。我知道他是在撒谎。我气得牙痒痒，心想我能不能"开除"卢克这个病人呢？

我和他对视，他脸上的笑容令人作呕。我在心里对卢克以及卢克所代表的一切竖起中指。为什么不能"开除"他？反正就要大祸临头了。这场灾祸可能是我被警察逮捕，我的职业生涯毁于一旦，也可能是我被卢克这个疯子砍死——如果真是这样的话，我宁可选择后者。

# 第36章

玛塔·贝莱文斯正在为夺取"本月业绩最佳员工"的称号而努力。只要再签下一份购房合同,她就是"本月业绩最佳员工"了。她把自己的车停在附近的停车位。她必须卖出那套房产,待会儿她要带人来看房,说不定这一回就能成功地把那栋房子推销出去了。

她打开房门,走进屋内,当看到墙上那脏兮兮的绿色墙纸和屋内摆放的廉价家具时,她不屑地皱皱鼻子。她继续朝屋内走去,走进狭小的客厅,拉开百叶窗,如同潮水的光线涌进屋内。至少这屋子还算整洁。她想起上周带人去看的卡尔弗城的一栋房子,在那栋房子里,一堆堆脏臭的破布随处可见。相形之下,眼前这栋房子还算不错的了。

玛塔看见一辆蓝色轿车在路边停下,她知道意欲购房的主顾已经到了。想要买房的是一对来自得克萨斯的新婚夫妇。之前玛塔已经带他们看过两处房产,可是房子的价格让他们大皱眉头。这栋房子的名声不大好,不过这对夫妇手头不太宽裕,并不打算为买房花一大笔钱。或许是考虑到钱的问题,他们也不在乎这一点。玛塔并没有把这房子里发生的事告诉他们。当然了，卖方对买方有告知义务，不过在加州，这一方面的法规颇为宽容。你无须把"这房子里曾经死过人"这一事实告知自己的潜在客户。

玛塔透过窗户，看着那对新婚夫妇。丈夫正在接听电话，看样子不会马上进来。玛塔可以抓住这几分钟的空当，最后检查一下这栋房子。自从玛塔上次来过这里之后，还有很多房屋中介带人来看过房。谁知道那些人会把这房子弄成什么样呢？

主卧室里整整齐齐。玛塔打开床头灯，拉起百叶窗。次卧已经被改造成一间书房。墙边立着一架废弃不用的跑步机。玛塔发现一只死蟑螂，一脚把它踢到跑步机底下。接着她又走进洗衣室。一架伸缩式扶梯通往洗衣室上方的阁楼房间，要进出那个房间非常方便。对此玛塔感到非常高兴。那个丈夫是一个验房师，之前看房时他不停提到这一点，玛塔都听腻了。每栋房子的阁楼和狭窄之处都是他关注的重点，玛塔可得做好准备。她扯了一下扶梯的拉绳。扶梯缓缓向下延伸，没有半点阻碍。太好了，玛塔心想。这架扶梯很结实，有好几处还加固了。一般情况下，这种通往阁楼的楼梯大多是容易发生事故的死亡陷阱，而眼前这架扶梯却不同，看上去是后来加建的。

一阵小心翼翼的敲门声传来。玛塔赶紧跑去开门。她沿着狭窄的走廊快步前行，打开大门，让那对新婚夫妇进来。

果不其然，那个丈夫径直朝阁楼入口走去。他兴致勃勃，抓着扶梯的扶手，向上朝阁楼攀爬。

"不知道……"那个做妻子的疑虑重重，环顾四周，"我们能不能以租代购？你觉得地产公司会接受吗？"那女人身上穿着白色的背心裙，腰间系着一条细细的红色皮带。她调整了一下腰带，继续说道："我的公司为我提供了一笔迁居费用，数额大概是四个月的房租。我问他们能不能把这笔钱用来做房贷首付，可他们说……"

她丈夫已经站在扶梯顶端。他清清喉咙："呃……玛塔？"

"怎么了？"玛塔用甜美的声音回应道。她偷偷看了一眼手表——六点半前餐前开胃菜打五折，也就是说……

"你来看看这个。"

他的话音中透着惊恐，听起来怪怪的。玛塔抬头看了看扶梯顶端，看了看那个男人。"怎么回事？"她问道。阁楼里有什么？霉菌？废弃的石棉瓦？她在心里默默祈祷：千万不要是一窝浣熊啊。

他踏上顶层的阶梯，钻进阁楼里。玛塔暂时看不到他了。她满怀期待地等着，等他发话。可是他没有回应，只是走进阁楼深处。

玛塔握着扶梯的扶手，使劲摇晃了一下，看看这扶梯是否结实。显而易见，原来这里是有楼梯的，不过原屋主拆除了原来的楼梯，重新购置了一架伸缩式扶梯——真是奇怪。玛塔犹犹豫豫，试探着迈出第一步。当她踏上第二级阶梯时，她已经打消了心里的疑虑，颇为自信地踏上第三级阶梯。她继续向上攀爬。

阁楼的入口是阁楼地板上的一个洞。当玛塔将脑袋探进那个洞里，她感到小有成就。她的前男友曾说她是个娇生惯养的大小姐，可他错了。看看，现在玛塔还能凭一己之力，沿着一架扶梯爬上阁楼房间呢！

她转身面对那个男人——他叫什么名字？怀亚特？韦恩？威尔比？

他定定地站在那里，盯着靠墙而立的一张床垫。哇！这个房间可不小啊！玛塔心想。这里可以住人，只是太过简陋了。她钻进阁楼，站直身子。她看到一盏大灯——一盏工地用的大聚光灯——固定在旁边的横梁上。她打开那盏灯，强烈的白光冲散了阁楼房间里的昏暗。她扬扬自得，转过身面对那个男人。对了，这个人的名字是维斯。

可是他还站在那里，一动不动。他正盯着那张床。哦，不对，他盯着的不是床，而是床和他之间的某样东西——看上去像是一张操作台。

"这里很不错啊。"她语调欢快，如同一只叽叽喳喳的小鸟。她擦擦手，朝那个男人走去。她想知道他到底盯着什么："我说……"

她说不下去了，她只觉得大脑一片空白，她的意识完全停滞。她看到了几根条状物排成整齐的一排——那是手指！切下来的手指！

她跌跌撞撞地转过身，目光掠过整个房间。那张床垫上铺着棕褐色的床单，床单上还有一道道干涸的血迹；床头钉着几个挂钩，挂钩上挂着绳索；床边摆着一架摄像机；还有一个桶，团团苍蝇围着那个桶飞舞。她深吸了一口气。突然之间，她意识到那是什么气味了。那是铁的气味，是粪便的气味，是汗水的气味，是恐惧的气味。她听到一声低低的呻吟，直让人毛骨悚然。是她在叫吗？是她吗？

她要离开这里！她转向另一边，朝地板上的入口冲过去，朝那架扶梯冲过去。那个妻子正在叫她。现在那个女人正沿着扶梯爬上来——不能让她进来！谁都不能进来！玛塔朝入口跑去。她滑了一跤，她的手擦过粗糙的地板，木刺插进她的手掌。她看到两块胶合板之间夹着一团毛发——那是人的头发！她忍不住恶心作呕。

她爬到入口旁，把脚伸出去，差点踢到那个妻子的脸。"走开！"她大叫，"快走开！别挡道！"

"是老鼠吗？"那个妻子发出尖叫，匆忙沿着扶梯后退，"是蟑螂吗？"

玛塔冲下扶梯，沿着走廊奔跑。她脚上穿着不适于奔跑的高跟鞋，可她顾不了那么多了，能跑多快跑多快。她拎起放在沙发上的手提包，冲出前门，大口呼吸着新鲜空气。她在手提包中拼命翻找。她骂了一句粗话，然后跪在门前的草坪上，把手提包颠倒过来，拼命抖动。她把手提包里所有东西都倒了出来，化妆品、笔、名片、纸巾……她终于在这堆杂物中找到了自己的手机。她用颤抖的手解锁手机，深吸一口气，拨打了911。

# 第37章

在心理诊所的休息室里,梅莉迪丝拉过一张椅子坐下。"真想不到,你居然把卢克'开除'了,心理治疗才进行到一半就把他打发走了。你的胆子可真大。"她说。

"我做了一件蠢事,"我说着看一眼候诊室,把门关上——这样其他人就听不到我们说话了,"我花了不少时间给罗伯特做那份心理侧写,现在又把卢克赶跑了。这个月我挣到的钱真是少得可怜。哦……对了,我的一个病人去世了。现在来找我的就只剩下莉拉·格兰特,还有几个时来时不来的病人。"

"别着急,这个城市里到处是精神有问题的人,"梅莉迪丝兴致勃勃地说,"再说了,你上电视了,现在也算是半个名人。那些疯子会闻着味儿跑来的。"

"哦,好吧,我真是求之不得呢。"我打开冰箱门,弯下腰,看看有什么吃的。我今天早上没有吃东西,只在和卢克见面时喝了一杯咖啡。当我看到冰箱里几乎全空的储物格,我的胃又发出一阵抗议。购买食品充实休息室的冰箱可是雅各的工作。我在心里暗暗记下:要记得提醒雅各买点吃的喝的,放在这个冰箱里。

"如果你手头紧,"梅莉迪丝说,"我还可以把几个性虐狂病人转给你。严格来说,他们也是具有暴力倾向的病人。"

"那倒不用,我还应付得了。"我蹲下来,查看冰箱里的塑料餐盒。"这盒意面在这里放了多久了?"我问道。

"肯定还能吃。"梅莉迪丝信誓旦旦地说。桌子上摆着一个篮子,她从篮子里摸出电视遥控器。"最多放了两天。再说,那盒子上应该有食品保质期吧?"她说。

休息室里有一个柜子,一台老式电视机放在柜顶。梅莉迪丝打开电视,调到老是飘着雪花的新闻频道。"那个性感律师有没有回复你?"她问道。

"没有,他一个字都没说。"我打开盒子,看了看盒里吃剩的意面,然后放进微波炉里,"如果警察跑来抓我,等他们从电梯里一出来,你就对他们亮出你的美胸,吸引他们的注意,这样我就可以趁机从后门溜走了。"

"我不想扫你的兴,不过你就别给自己加戏了,"梅莉迪丝说,"你的某个病人因情绪波动而胡思乱想钻牛角尖,而你没有因为这事而报警——他们怎么可能因为这个来抓你呢?"

我眯起眼睛看着她:"呃……他们可以因为这个来抓我。你所谓的'因情绪波动而胡思乱想钻牛角尖'可以被视为杀人预谋。"

"如果能找个律师咨询一下就好了。"梅莉迪丝缓缓说道。她站起来,伸了个懒腰,叹了口气。"他和你上床,然后又指责你,"她说,"我实在不知道他到底是个绅士,还是个浑蛋。"

我稍加思索,然后说:"他既是个绅士,又是个浑蛋。"没错,肯定是这样的。我很清楚绝妙的性爱和亲昵会给人带来何种感受。昨天晚上,当我蜷缩着挨在罗伯特身边,有那么一会儿我当真想过我和他或许会有结果,对我们的关系前景看好。

我真蠢!我怎么会犯如此愚蠢的错误?高一的时候我做过一件蠢事:当时米克·根特里对我说如果我们俩上床,就能证明我们的确爱着彼此,而我居然信了他的鬼话。在那之后,我就再也没有犯过如此愚蠢的错误,直到……现在我又做了一件蠢事,其愚蠢程度和高一时那件事相差无几。

"你觉得他会怎么做?"梅莉迪丝问道。

"我不知道,"我承认道,"这件事都把我搅糊涂了。他为什么要雇我做心理侧写?他为什么不在看到约翰的心理治疗档案时质问我?为什么要等到现在?"

"或许因为他喜欢你呀。"梅莉迪丝沉吟道。她走到洗手池边,打开水龙头洗手。"喜欢你,喜欢你呀喜欢你……"她唱道。

我做个鬼脸:"别那么幼稚好不好?你几岁了?"

梅莉迪丝关上水龙头,扯下一张纸巾擦了擦手。"好吧,我知道你不愿去想这些案子,"她说,"不过在斯科特撒谎这事被爆出来之后,我都没有机会和你聊一聊。杀手为什么只放走了斯科特?要我说,这的确挺奇怪的,"她擦干手,把纸巾团成一团,"你说这是为什么?"

"我也不知道,"我承认道,"在所有受害者之中,只有斯科特是贝弗利高中的学生。假如兰道尔·汤普森就是血腥之心杀手,假如他要放跑一个受害者,他为什么要选择一个能指认他的受害者呢?这根本说不通啊。兰道尔不是犯罪天才,不过他也不是笨蛋。我对这事的了解越深入，我就越肯定他不是血腥之心杀手。而斯科特·海顿也可能根本不是血腥之心杀手的受害者。"

"你会把这些东西写下来吗？"梅莉迪丝问道，"或许你能出本畅销书呢？假如斯科特·海顿不是血腥之心杀手的受害者……哇！这实在是太惊人了！我可是认真的，这就是我的真实想法。"梅莉迪丝靠着柜子，交叠双臂，抱在胸前。

"的确很惊人。"我面无表情地重复道。我打开微波炉，用手指试试食物的温度。

我得去度假。我决定了，我要度假，远离洛杉矶来往的车流，远离城市的雾霾，远离那些因为我爽约就想把我干掉的病人。我要找个地方，给自己放一个星期的假，把血腥之心杀手和罗伯特·凯文抛诸脑后，彻底忘掉那些有杀妻冲动的可怕病人，以及死于他们手中的妻子。我可以去夏威夷或哥斯达黎加……算了，那里太热了，我可受不了。或许我可以去阿拉斯加，我一直想看看鲸鱼。

我转向梅莉迪丝，正想问她有没有去过阿拉斯加。可梅莉迪丝死死盯着柜子上方的电视，她的目光牢牢地黏在电视屏幕上。

"快看啊！"她低声叫道。她拿起遥控器，调大电视的音量。

我连微波炉的门都没关就跑过来，来到她身边。我死死盯着电视屏幕上那条不停滚动的新闻标题：阁楼里的性虐牢笼——血腥之心杀手的老巢？

航拍画面出现在电视屏幕上。镜头掠过拉着警戒线的街道，掠过十来个穿着制服的警察。那是一栋白色砖房，警察跑进跑出。新闻主播开口说话了。我两腿发软，扶着梅莉迪丝的胳膊才能站稳。

……发现了六根小指,向我们报料的知情人确认这栋房子就是血腥之心杀手的巢穴,而血腥之心杀手是近十年来洛杉矶最臭名昭著的杀手……

我原本不愿去想那些死去的人,可现在不想也不行了。兰道尔·汤普森的确是无辜的,闪现在电视屏幕上的并不是他的名字。新闻主播的脸出现在屏幕上,在那张脸下方出现了两个名字——那名字是如此熟悉,简直令人心惊胆战。

那两个名字正是:约翰·艾伯特和布鲁克·艾伯特。

# 第38章

　　我开着车，沿着拉西内加大道疾驰，绕到我家所在的那片小区后面，横穿这片住宅区，急急忙忙赶回家。我把车子停在户外车棚里，跑到侧门前。我的手抖得厉害，根本无法把钥匙插进锁孔，试了三次才成功打开门。克莱门汀坐在窗台上，朝我叫了一声。我不理它，只是把手提包和钥匙往厨房料理台上一扔，一路小跑，朝我的工作室冲去。我按了一下墙上的电灯开关，在书桌前坐下，抽出约翰·艾伯特的心理治疗档案，放在书桌中央。我上次翻开这份档案还是在一周之前，那时候我是为了查看罗伯特看到的部分，害怕他看见了什么不该看的内容。

　　现在我又翻开了这份档案，然而我的目的与之前完全不同。我凑上前去，用不停颤抖的手翻开档案的牛皮纸封面。突然间我停了下来，打开抽屉。抽屉里横放着一份份文件，它们的标签露了出来。我的手指掠过那一条条标签，抽出第二份文件。

　　那份文件封面上的大标题是《血腥之心杀手：心理侧写报告及分析》，标题下方的署名是"格温·莫尔，医学博士"。

　　我把心理侧写报告摊开，放在约翰的心理治疗档案旁边。我不知道该从哪里着手。仔细看完约翰的心理治疗档案需要花上一整天的时间，不过如果真能仔细看完，我对约翰这个人就会有更深层次的了解。而心理侧写报告有可能是错误的。不管怎么说，这份心理侧写报告毕竟是我写的，而过去十二小时发生的事证明了格温·莫尔医生评判他人个性心理的能力实在是太过低下。然而，现在我必须厘清自己的思绪，推想各种可能性。我深吸了一口气，打开心理侧写报告。我从抽屉里找出一支钢笔和一沓空白的便笺纸，在第一张纸的顶端写下一行字：约翰·艾伯特是血腥之心杀手吗？

我盯着这行字——直到现在我都不敢相信这是真的。在那段时间里，我一直关注有关血腥之心杀手的新闻报道，推想各种可能出现的场景，揣测杀手的作案动机。而与此同时，约翰定期来赴诊。他坐在我面前，对我诉说——这是真的吗？

我跳过心理侧写报告的引言，跳过对血腥之心杀手系列案件的回顾。当我发现第一条有用的线索，我的动作不由得慢了下来。

在绑架受害者前，杀手会事先进行调查并跟踪他们。杀手了解受害者的日程安排和社交活动。在绑架时机的选择方面，杀手颇为谨慎。他精心策划了绑架行动，对每个细节都考虑周全。

萨克斯警探说过约翰偷窥跟踪他人，而且还不止一次被人抓个正着。他跟踪的对象都是富婆。当时我并不相信约翰会跟踪其他女人。我很肯定除了他的妻子布鲁克，约翰对别的女人根本不感兴趣。或许当时我的想法并没有错。对于此事，警方做出了最合理的推断——约翰的目标是那些富有的中年妇女。然而约翰并不是对这些女人感兴趣。虽说我现在还不知道那些女人的信息，但我敢肯定她们正是受害人的母亲。约翰的目标是她们那十几岁的儿子。

我继续看下去，看到血腥之心杀手人格特点那部分。

> 此人非常在意自己的外貌和仪容仪表，爱好整洁，具有较强的分析能力。他所从事的工作要求他关注细节。其生活方式拘泥刻板，非常在意其他人的想法。

这正是约翰的真实写照，感觉这份心理侧写报告就是以约翰为研究对象而写的。我低下头，双手扶额，深吸了一口气，只感觉扶着额头的双手不停颤抖。"老天爷啊！"我低声叫道，"这太可怕了。"

是不是有什么蛛丝马迹而我没有发现？在接受心理治疗的过程中，约翰有没有提起过那些受害者？或许他当真想抑制自己的暴力倾向，而所谓的"害怕自己会伤害布鲁克"只是他来接受心理治疗的借口？

不，不是的。或许他提起那些男孩时我没有留意，不过我敢肯定他的确有伤害妻子的暴力倾向，而且他也在拼命压抑自己的这种冲动。在心理治疗过程中，有时他情绪激动，脸上流露出愤怒，并且结结巴巴……在那种时候，他的确是真情流露，他也因此变得脆弱无助——我可以肯定这一点。

我闭上双眼，回想他最后一次接受心理治疗时的情景。当他谈到布鲁克和他们的邻居有一腿时，他开始大喊大叫，唾沫四溅。

"她就这样看着那家伙……我算是看出来了。"约翰跳起来，在我和他的座位之间来回踱步。他迈着小步，步态僵硬。"还有她提起他时的语气，"他说，"她和我上床时都在想着他——我知道，我能感觉到。她两眼放光，就像个傻头傻脑的高中女生。"他嗤之以鼻，"还有，她每天都自己一人待在家里，他们俩肯定是搞到一块儿去了。我知道，我就是知道。"说罢他一脚踢飞我书桌旁的小废纸篓。那个废纸篓越过大半间办公室，狠狠地砸在对面的墙上。

在这次心理治疗两周之后，斯科特·海顿逃出来了，而艾伯特夫妇也死了。约翰对我说那家伙是他们的新邻居，不过看看这时间……那个所谓的"新邻居"有没有可能就是斯科特·海顿？

我深吸了一口气，希望能控制住信马由缰的思绪，让它慢下来。假如正是布鲁克和斯科特的交流引发了约翰的嫉妒，那么……在那之前就是加布·凯文。这就意味着布鲁克和那些受害者进行交流——也就是说，她知道约翰做的事。

我原本以为约翰是妄想症发作，总是怀疑妻子。现在看来，或许那并不是他的妄想，或许布鲁克真的和那些男孩上床。而那些男孩都遭到了强奸，布鲁克有没有参与其中？

还有受害者身上的药膏，为他们疗伤的善意行为……我原本以为那是另一重人格的善行，可如果那并不是杀手在另一重人格的控制下行事，而是另一个人做的呢？

布鲁克。

当我想到这意味着什么，可怕的不祥预感突然袭来，如同一把尖刀戳进我的灵魂。

这样就解释得通了。斯科特·海顿之所以要撒谎，都是为了一个女人。一个没什么性经验的十几岁男孩和一个成熟的女人发生了性关系，这样很容易引发斯德哥尔摩情结。尤其是考虑到当时的那种情况——约翰扮恶人，而布鲁克扮好人，那样就更容易引发受害者对她的依恋。那么布鲁克是不是真的对斯科特产生了感情？是不是她放走了斯科特？而约翰是不是因为这件事而把她杀了？

还有这些事情发生的时间——在艾伯特夫妇死亡的那天早上，斯科特·海顿再次现身。我从来没有把这两件事联系起来。当我想到这一点，我的手开始颤抖。我拼命握紧手中的钢笔，想让自己的手停止颤动。

我想起约翰不停地提到布鲁克对他们的邻居有好感。在他们死去的那天早上，他在语音留言里是怎么说的？"她要为了他而离开我。"或许约翰说得没错。

当我将几条看似不相干的信息整合到一起，一股恐惧突然袭来。

我曾经告诉约翰解雇那个庭院设计师。

我急忙翻开约翰的心理治疗档案，差点把档案封面都扯下来。我疯狂地翻找，找到约翰头一个月的心理治疗记录。我的手指沿着自己所做的笔记快速挪移：病人背景……病人与妻子的关系……找到了，那个庭院设计师……

约翰曾经担心自己的妻子和那个庭院设计师走得太近。他听到两人在谈笑，看见两人目光相接。他发现洗碗槽里有脏盘子，并以此推断妻子给那个人弄吃的。

对于此事他颇为恼怒，也因此产生了强烈的不安全感。为了解决他的问题，我提出了一个建议。当时我用工整的笔迹写下了这个建议：我建议他解雇那个庭院设计师，以解决这个问题。

约翰最初几次接受心理治疗的时候，都表示自己很担心妻子和那个庭院设计师太过亲密。这让他担忧，因此他想杀掉她。而我则提出了一个他最能接受的解决方法——解雇那个庭院设计师。这么做很容易，不是吗？把第三者除去，然后致力于修复并增进与妻子的关系。

假如最后几次心理治疗过程中他提到的那个"邻居"就是斯科特·海顿，那么这个"庭院设计师"就是……我发出一声痛苦的啜泣，狂乱地揪扯自己的头发。所谓的"庭院设计师"就是加布·凯文，我建议他"解雇"加布·凯文。

约翰对加布施以水刑，以不同于之前的杀人手法杀死了加布。约翰那夹杂着怒火的嫉妒引发了这一暴力行为，让加布极其痛苦地死去——真是这样的吗？啊！啊！啊！是我当时满怀自信，用抚慰人心的语气向他提出了解决方案，建议他"解雇"那个庭院设计师。

我紧紧闭着眼睛，尽力不让那些验尸照片浮现在我的脑海中。加布睁着浑浊的双眼，他的胸前刻着一个心形，心形的边缘沾着凝固的血块。他还那么年轻，那么单纯……

"你好啊,格温。"

我不禁瑟缩一下,原本托着头的手也马上缩回来。我抬起头,看见罗伯特正站在工作室门口,他身侧有什么东西在闪闪发亮。是一把刀。

# 第39章

斯科特·海顿站在淋浴喷头下。他对着大大的喷头抬起头，热水冲刷着他的脸颊和肩膀，他的身上升起团团水蒸气。他紧紧抿着嘴唇，闭上双眼，任由水流冲刷自己的身体，让自己慢慢放松，不再紧张。

他在那个阁楼里待了七个星期。在那段时间里，他一直梦想着能洗个澡。现在他的梦想已经成真。他正站在宽阔的淋浴间里，他的光脚丫踩着地板上那些平整的鹅卵石。然而现在他却想回到那间阁楼里，回到那张床上。他想坐在那张金属折叠椅上，而布鲁克则拿着一块大大的海绵，擦洗他那赤裸的身躯。她擦洗他的伤口，擦洗他的背，擦洗他两腿之间。想到这里，他起了生理反应。他伸手去抚摸，可是就和之前一样，性欲立刻消散了，仿佛只有她才能让他享受性爱的欢愉。

或许那是因为她是他的第一个女人。学校里的女生经常说起这种事。听她们的意思，仿佛第一次跟她们做爱的男人对她们拥有某种魔力。以前对于这种说法，他总是一笑了之，不过现在看来那些女生或许说得没错。或许他正是因此才迅速堕落，狠狠地坠入人生低谷。难道就不能不想她吗？

他拿起洗发水，在手心挤出一点淡蓝色的液体。在那个阁楼里，要想洗头可不容易。她也信不过他，不敢带他下楼去洗头。

他在手里搓出泡沫，抓抓自己的头发。他想起她用长长的指甲抓挠他的头皮，按摩他的头皮。他想起她亲吻他的前额，回味她那柔软的嘴唇掠过肌肤的感觉。

和年长的女人在一起感觉就是不一样。和布鲁克相比，学校里的女生显得那么幼稚，什么都不懂。当她坐在他赤裸的身躯上，她的脸上流露出满满的自信。"我爱你。"那个浑蛋还在场的时候她偷偷跟他说。她能理解斯科特的感受。

每天当她丈夫去上班的时候，她就上到阁楼来看他。她亲吻他，为他处理前一天晚上留下的伤口。她穿上蕾丝内衣，躺在他身边，谈论他们俩以后的共同生活。他们要在一起，她要离开阿杰，而他也不用再去上学。她并没有把他当成小孩子，而是把他视为一个成年男子。她想要他。

而他也想要她。即使过了一个月，他还是想要她。现在他对她的欲望尤为强烈。

"斯科特？"

听到母亲的叫声，斯科特暗骂了一句。母亲就是不肯放过他，总是围着他打转。她总是盯着他，眉头紧皱，仿佛想知道他心里在想些什么。他只希望母亲赶紧停手，离他远远的。她甚至还查看他的手机通话记录，难道他就没有半点隐私吗？

他把头伸到淋浴喷头下，冲走头上的泡沫。母亲又叫他了，这次她的嗓门更大，距离更近。不过斯科特不理她。还好他把浴室的门锁上了。或许母亲正趴在门上，对着门缝大叫他的名字，她那做过手术的假胸紧紧地贴在门板上，被压得扁扁的。

她为什么不走开呢？父亲根本不在乎，他甚至没有注意到斯科特有什么异样。

布鲁克的胸部十分完美。她任由斯科特抚摸自己的胸，摸上一整天都行，还任由斯科特问有关乳房的问题，想问什么都行。她告诉他自己没有做过隆胸手术，这完全是自然的造物。

响亮的撞击声传来，接着洗浴间外又响起了碰撞声。斯科特用手擦去洗浴间玻璃门上的水汽，向外张望。他看见浴室的大门打开了，他的父母站在门边。搞什么鬼！他伸手关上淋浴喷头。

"斯科特？"

母亲为什么老在叫他？他从毛巾架上扯下一条毛巾。

"斯科特，新闻说警方发现了一个房间——一个阁楼房间。"他父亲说。斯科特已经很久没有听到父亲用这么严厉的口吻说话了。

斯科特停下来，将毛巾贴在脸上。阁楼。他擦擦落在眼里的水，慢慢地擦拭自己的身体。他打开淋浴间的门，走了出去。

他的父母并肩站在那里。母亲穿着红色的套头衫和白色的短裤。父亲把手放在胯上，他的头发几乎全白了。

"就不能给我点私人空间吗？"斯科特说。

"你听见了吗？"母亲重复道，"他们找到了一间阁楼，里面放着一些……东西。他们说之前你就被关在那里。"

"而且那里并不是兰道尔·汤普森的家。"父亲一脸阴郁地补充道。

当然，那里当然不是兰道尔·汤普森的家。那家伙只是一个棋子。谁让他以前对布鲁克做过那种事呢？他活该在监狱里度过余生，在囚室里慢慢烂掉。斯科特将毛巾围在腰间，走过父母身边，走进属于他的衣帽间。

"你是不是被关在那个阁楼房间里？"母亲问道。

他从一沓衣服中抽出一件白色T恤，心想不知那些警察知道多少，他们怎么发现那个阁楼的？如果布鲁克和阿杰要卖掉那栋房子离开，在搬走之前他们肯定会清理那个阁楼吧？

"就是这栋房子。"母亲举起手机，正对着他的脸。他别过脸，不想看。然而母亲逼得更近了："看看吧，斯科特，你认得这栋房子吗？"

他当然认得那栋房子，然而他不能承认。之前他对警察说杀手把他送到距离自己家几英里的地方，所以他没有看清那栋房子，没有看清自己被关在什么地方。

"我不知道，不认得。"他说着将母亲的手臂拨开。

"就在你跑回家的那天早上，他们在那栋房子里发现了两具尸体。"母亲继续说道。她站在原地一动不动，她的声音如同生铁般又冷又硬。

斯科特正要去拿一条短裤，听到这话他不由得停了下来，他的手悬在半空中。两具尸体？"谁死了？"他问道。

"死者名叫约翰·艾伯特和布鲁克·艾伯特。"她滑一下手机屏幕，打开另一张照片，举起来让斯科特看。

约翰·艾伯特和布鲁克·艾伯特

当斯科特看到那对夫妇的照片，他的大脑仿佛卡壳了，根本无法思考。照片上，布鲁克穿着一条红色的背心裙，大波浪长发垂到肩上，对着镜头咧嘴笑；阿杰上身穿着有领衬衫，下身穿着卡其布长裤，一顶假发盖在秃顶上。就是他们。照片下方是一行黑体字：血腥之心杀手夫妇的身份已经确认。

　　原来阿杰的真名叫约翰！难怪斯科特在网上找不到有关他们的信息。他也明白自己不可能找到，因为他根本不知道那两人姓什么。他接过母亲的手机，死死地盯着照片上的那对夫妇。正是这个男人毁了他的人生，而这个女人拯救了他。再过三个月，她说，等过了三个月就给他打电话。在她放斯科特离开时，她将写着她手机号的纸条塞进他的口袋里。三个月。她亲吻他的嘴唇。然后他们就可以在一起了。

　　可他等不了三个月。没有她，他几乎要发疯了。他回归了原来的生活，可他感觉茫然无措。他还有那么多问题想问她：该如何回答警察的问题呢？她有没有在电视上看到他？他能不能见她一面，哪怕只是远远地看一眼也好？现在沉闷乏味的感觉如同潮水，将他淹没。如果能和她说说话，或许他就能摆脱这种感觉了。

　　然后他给她打了电话。他知道现在还不是时候，他不该给她打电话的。然而他还是盼着她能接听他的电话。如果她不方便接听，哪怕过后给他回个电话也好啊！但她并没有接听，也没有回复。于是斯科特开始给她发语音信息。等到她手机的语音信息储存空间用尽之后，斯科特打破之前的承诺，跑去找她。他按照自己跑回家的路线，反向而行，找到他们的房子。去到那里之后该怎么做呢？他不知道。或许他可以开车经过那里；或许他可以把车停在附近，然后走过去；或许他可以等一会儿，等她出来，然后跟上去。

在逃出来三周之后，他开车经过那里。然而他们已经离开了。房屋的百叶窗拉下来，车子也不见了。草坪刚经过修剪，前院竖着一块"房屋待售"的牌子，牌子上还有一个电话号码。当他拨打这个电话，接电话的女人告诉他那栋房子已经没人住了。

布鲁克离他而去了。他们原本计划长相厮守，一起过上幸福的生活。可是布鲁克放弃了这个计划，离开了。当时他就是这么想的。当他开车回家，回归他那空虚的生活，他的心都要碎了。回来之后父母问了他不少问题，可他不予理会，而是直接上床睡觉。

可或许布鲁克没有离开，她只是……

"斯科特，这个是不是绑架你的人？"他父亲也举起了手机。他的手机上显示的是一张脸——阿杰的脸。他脸上挂着阴恻恻的笑容，嘴咧得大大的，露出上排牙齿。他的牙齿参差不齐，漂白之后白得晃眼。当阿杰在校园停车场截住斯科特的时候，当阿杰把斯科特压在床垫上掰开他的双腿的时候，他的脸上都挂着这样的笑容。过后，布鲁克告诉他这是有关"控制欲"的问题。阿杰小时候曾遭受虐待，现在只能通过伤害别人来获得内心的平静。

阿杰太需要平静了。斯科特面对阿杰时拼命喊叫，哀求阿杰停手。然而，他的叫声越响亮，他的求饶声越哀切，阿杰就越开心，他的嘴咧得更大，他脸上的笑容越发丑陋。这时布鲁克就坐在旁边，静静地看着。她能怎么办呢？如果布鲁克出手阻止，阿杰就会把怒火和欲望发泄到她身上。她和斯科特一样，也曾是阿杰的囚徒。每天在阿杰去上班之后，布鲁克便为他疗愈身体上的伤，而他也为布鲁克疗愈心灵上的伤。

父亲拼命摇晃他，他的脖子都要折断了。"斯科特！"父亲大叫道。

"谁死了？"斯科特茫然地问道。不可能是布鲁克，她不会死的。她不接听电话，难道是因为她已经死了？不会的，不会的！

"约翰·艾伯特和布鲁克·艾伯特已经死了。"母亲逼近一步。斯科特感到自己被逼到角落，而他的父母还在不断逼近。他们正瞪着他，仿佛他做了什么错事。"斯科特，警察很快就要到了，他们要来逮捕你了。"

他看看父亲，又看看母亲，可他还是不明白。

那天早上她还活着。她把斯科特带到门边，恋恋不舍地亲吻他的双唇，然后把他推出门外。不久之后他们要一起度过余生。三个月，再等三个月。三个月后他们就要长相厮守，直至永远。

# 第40章

怎么办？我在心里仔细掂酌。罗伯特堵住了工作间唯一的出口，我手边有一个固定电话，只要一伸手就能拿起来。罗伯特继续逼近，我全身僵硬，眼睁睁地看着他举起刀。短短的刀尖平贴桌面划了个圆弧，刀刃割断了座机的电话线，也斩断了我的一线生机。

我直视他的眼眸。以前的罗伯特神志清醒，思维极有条理。现在的罗伯特简直像变了个人，变成了一个我从未见过的陌生人。他看着我，目光中蕴含着惋惜和厌憎。"你听任他杀了我的儿子，格温。"他说。

他说的话既对也不对。我怀疑约翰有杀人倾向——这一点我猜对了，然而我以为他想杀的是布鲁克，我并没想到那些男孩。一个更为优秀的心理医生或许会问一些不同的问题，揭开约翰内心的阴暗面，发现他的真实意图。在获取了这些信息之后，这名心理医生或许会报警，救出加布，约翰会被逮捕，而斯科特也不会遭到绑架并被强奸了。

可是我怎么知道布鲁克也参与其中呢？我能发现其中的蛛丝

马迹吗？或许不能。约翰很聪明，他一直在算计。他知道该和我说什么话，知道我的底线在哪儿。他一直在这条底线边缘不停试探，却又不会引发我的警觉，让我报警。

或许我犯了一些错误，可我所做的一切——以及没有做的一切——都是无心之失，而不是有意为之。对于某些问题我撒了谎，对于某些问题我避而不谈……然而那都是在约翰和布鲁克死亡之后，我再怎么做也无法对之前发生的那些可怕事件产生任何影响。

罗伯特举起刀，而我则竭尽全力，不去看他那把刀，只是盯着他的脸。我想从他眼中发现怜悯，可惜却是徒劳。他的眼中只有疲惫和赤裸裸的憎恨。他不是杀手，我知道他不是杀手。他受到了伤害，他怒火中烧。可是他不会伤害我的——即使他知道所有一切，他也不会伤害我的。

他不会伤害我的——我必须坚信这一点。

"罗伯特，"我轻声说道，"我不知道约翰就是血腥之心杀手。"

"你撒谎！"他厉声喝道，"你告诉我说你知道。约翰·艾伯特来你这里接受心理治疗，而同时我的儿子却被他绑在阁楼里！在他来你这里接受心理治疗的期间，他杀了我的儿子！还绑架了斯科特·海顿！把他从他的家人身边夺走！"他咬牙切齿，调整一下手中的刀，把刀握得更紧了。这时我却想起萨克斯警探用严肃的语气向我道出约翰的死讯，当时他说："尸体的腹部有捅刺伤。根据形成伤口的角度和周围的环境，我们认为是自杀。"

"不！不是这样的！"我拼命摇头。我用目光疯狂地在桌面上搜寻，试图找到任何可以证明自己清白的物件。"你问我知不知道约翰的所作所为，我以为你是在说布鲁克的事。约翰杀了布鲁克——我对你隐瞒的是这个，我本该为了这事去报警的。"我双掌合十，用哀求的语气对他说，"约翰有伤害布鲁克的暴力倾向，他正是为了解决这个问题才来找我的。"

他停了下来。不管怎么说，至少我的话他听进去了。他的本性让他倾向于相信我，而我只是提供了些许信息，让他服从自己的本性。我尽力不去看他手中的刀，这时候可不能用目光提醒他手中还有一把刀。

"不，"他生硬地说，"你说过，病人会对你吐露他们的秘密。你还说过你本可以在他杀人之前阻止他的，可你没有这么做。"

"我当时说的是布鲁克，约翰和我说的都是有关布鲁克的事。"我语气坚定地回答他。我一手按着约翰的心理治疗档案，继续对他说："这是约翰的心理治疗档案，里面记录了他每一次心理治疗的过程。你可以看看，当时我做的笔记全在这里。他说布鲁克背着他出轨，他为此很愤怒。他害怕自己会伤害她，而我们则致力于解决这个问题。"

"他担心自己会伤害老婆，所以来看心理医生？那我儿子呢？他为什么要伤害我儿子？"现在罗伯特一手拿刀，另一只手攥拳。

"我根本不知道加布的事，"我轻声说道，"我真的不知道。"我指了指那份心理侧写报告和那沓没写几个字的便笺纸，"我刚刚看到了新闻……就是发现那间阁楼的新闻，然后我就跑回家了。

我翻看所有档案资料，想看看……"我说不下去了，强烈的情感从我心中喷薄而出，将我淹没。我紧紧抿住嘴唇，想要压抑那翻江倒海的情绪。"我想看看……"我试图说下去，"……发生了那么可怕的事，可我却没有发觉。我想看看我是不是有所疏漏。他是不是曾经露了马脚，可我却没有发现。"我声音哽咽，"对不起，罗伯特。"我结结巴巴地向他道歉，"真对不起，我很抱歉。"

他咽了下口水。我发觉他的五官开始抖动——他已经无法控制自己的表情。这个男人受到了如此沉痛的打击，他正濒临失控的边缘。他死死地盯着我，缓缓地在一张椅子上坐下。他那犀利的目光中充满探询之意，仿佛想从我身上找出什么。"不要对我撒谎，格温。"他说。

"我没有对你撒谎。"我直视他的眼睛，深吸了一口气。我必须打起精神，控制自己的情绪，保持冷静。他的怒火正在消减，可他的情绪并没有平复，依然在剧烈地起伏。他仍然具有危险性。

我想起上回我们两人在这间工作室里的情景。当时他站在我的桌边，当我走进门，他缓缓地转过头。他不停追问有关约翰·艾伯特的事，而我的忧虑也随之增加。我担心他认为布鲁克的死亡有蹊跷。然而我想错了，他并不知情。引发他怒火的是血腥之心杀手，而不是布鲁克之死。如果真是这样的话……

我的脑子拼命转动，回想那些让我心存疑虑的时刻。我一直觉得他在玩什么游戏，而且在这场游戏中他总是比我快两步。还有，他坚持说兰道尔·汤普森是无辜的，而斯科特·海顿在撒谎。"你早就知道了，"我平静地说，"你知道约翰就是血腥之心杀手。"

他脸上的表情并没有丝毫变化，也没有点头。对于我的话，他并没有承认，也没有否认。可我知道自己猜得没错。线索一直都摆在我面前，然而我并没有发现。

"你是怎么想的？"我缓缓问道，"如果我知道约翰·艾伯特就是血腥之心杀手，那我还会为你做这份该死的心理侧写吗？"

"约翰非常符合这份报告的描述，"他轻声说道，"而当时我问你在接诊的病人中，有没有哪一个和这份报告的描述相符。"

"好吧，当时我并没有把死去的病人也纳入考虑范围。"我气急败坏地说，"那么我和兰道尔·汤普森会面又算什么？算是一种测试吗？我和你聊了那么多次，我还对兰道尔是否无辜质疑……你以为当时我都在干什么？假装自己是个傻瓜吗？"我提高嗓门叫道。和一个情绪激动且拿着一把刀的男人争论简直就是在找死，可我顾不了那么多。

"我必须知道约翰和你说了什么。"几星怒火再次在他的眼中燃起。刚才我居然试图转移话题——这究竟是我想出来的最聪明的点子，还是最愚蠢的招数？反正现在他又把话题引回约翰身上。"可是每当我问起约翰的时候，你总是躲躲闪闪，"他说，"所以现在我只能直截了当地来问你了。"

我很想确认一下他是不是还拿着那把刀，可我还是克制住了。"可你并没有直截了当地问我'约翰是不是血腥之心杀手'，你问的是别的问题……"我无奈地吐了一口气，继续说道，"……比如我是不是知道他的所作所为，还有一些模棱两可的问题，而我一直以为你所指的是布鲁克的事。好吧，假如我知道血腥之心杀手的真实身份却为他隐瞒，那我怎么会让你靠近我？怎么会为你做这个心理侧写？怎么会和你上床？"我气急败坏地举起双手，"我承认……或许你也赞同，就约翰·艾伯特这件事而言，我的直觉和推断能力的确是……"

"糟糕透顶。"他当真不给我留半点情面。

"……有所欠缺，"我说，"可我不是傻瓜，也不是白痴——至少你要承认这一点吧。"

作为回应，他缓缓地将那把刀摆在我们两人之间的桌面上。他停顿了一下，然后松开握住刀把的手。这把刀刃长四英寸的锋利武器化身为他抛给我的一根橄榄枝。

我盯着那把刀，感觉全身每一块肌肉都松弛了下来。现在还算不上安全，不过至少他相信我了。

"罗伯特，"我小心翼翼地说，"你是什么时候发现约翰就是血腥之心杀手的？"

他的脸依然绷得紧紧的。然而这种冰冷的表情与之前的愤怒不同，还多了一点其他情绪。我已经进行了忏悔，现在轮到他了。"10月2日。"他说。

我低头看着桌面，我的脑子拼命转动，想理清楚这一系列事件的先后顺序，看看10月2日之前或之后到底发生了什么事……

"那是约翰死去的前一天。"他的嗓音没有流露出半分感情，仿佛只是在就事论事，我端详他的面容——他一脸阴沉，毫无悔意，"就是我杀死他的前一天。"

原来是这么回事——这就是他的秘密。

"我……呃……走进他家厨房，看到他跪在妻子身边。他一边哭泣,一边摇晃她,给她做人工呼吸。可她已经死了。"

约翰在杀死布鲁克之后感到后悔——对此我并不觉得意外。在多次心理治疗过程中,我曾多次告诉他杀死布鲁克不能解决任何问题。杀死她或许用不了多少时间,可是杀死她的那一刻却会毁掉他的整个人生。约翰对布鲁克的爱是扭曲而狂暴的,与一个自私的孩子对自己的玩具所怀有的罕见感情颇为相似。

"他没有听到我走进去。我身上带了一把枪,不过我把枪放在厨房的料理台上,从刀架上拿了一把刀。"

他的嗓音含混不清,仿佛这些话在他心里憋了很久才吐出来,已经发霉了。他看看自己的手掌,用手指搓搓掌心,然后把手放下,直视我的眼眸。

"我知道斯科特已经离开了。我一直盯着那栋房子……当我看到斯科特逃出来,我简直气得发疯……我知道这样不对,可是……我实在不明白,为什么他能逃出来,而加布却……我……"他停下来,深吸了一口气,继续说道,"我戴着手套。我在他身后蹲下,伸出拿刀的手,绕到他前方,用尽全力,朝他的腹部狠狠地扎下去。"他皱皱眉,"那把刀的刀身很长,也很锋利。他往后仰,倒在地上。他挣扎着想挪动身躯,想坐起来,想翻个身,可是没有成功。他动不了了。"

我没有说话。我能想象出当时的场景,能想象出当时罗伯特说了什么话,能想象出约翰脸上的表情。伤口的疼痛让约翰露出痛苦的表情,不过在这痛苦之中,他是否也感到欣慰?他有没有看一眼布鲁克——看看躺在他身边、已经死去的布鲁克?他是不是觉得这就是他的宿命?

罗伯特凄然一笑,继续说道:"他认出了我是谁,也知道我为什么要杀他。他动不了,不过还能说话。我就坐在餐桌上,等了十五分钟,看着他死去。"

三声响亮的敲击声传来,把我们俩吓了一跳。有人在敲前门的玻璃门板。罗伯特站起来,走进过道。我看到他站在那里,朝前门方向张望。我知道他在看什么——他正在看门外的人。我家的前门颇具现代风格,门上镶着三块长条形的玻璃。无须在门上安装猫眼,屋内的人也能看清门外的人。

"虽然我不知道是谁在敲门,可他肯定能看见你,"我说,"门外很暗,而屋里有灯光。"罗伯特放下的那把刀正摆在我面前,摆在桌子边缘。如果我伸出手,我可以把它拿起来。不过我并没有动那把刀,只是把双手放在膝盖上。

他回头看我一眼。"那是一个警察。"他说。

# 第 41 章

我还没来得及完全理解罗伯特那句话的真实含义,他已经沿着过道朝大门走去。现在我坐在工作室里已经看不到他的背影了。我站起来,跟上去。这时候我听到大门被拉开的响声。

"是萨克斯警探啊。"罗伯特亲切地说。他的演技真好,大可以去争夺奥斯卡奖。

我走进过道,缓步走向前门,心想不知道这个警探为什么会上我家来。之前我还担心自己会因没有将约翰的杀妻预谋报告给警察而被捕,可现在约翰已经被证实就是血腥之心杀手,他有没有杀死自己的老婆似乎也没那么重要了。

我又想到了另一种可能性:萨克斯警探可能和罗伯特之前的想法一样——我一直都知道约翰就是血腥之心杀手,却知情不报。想到这我的胃开始抽搐。

"晚上好,凯文先生。"站在前门廊里的警探说。他看着我走到罗伯特身边,又加了一句:"晚上好,莫尔医生。"

我清清喉咙:"请进吧。"

罗伯特侧侧身子,为萨克斯警探让路。警探走进屋内,他挂在腰间的警徽闪闪发亮。我将他们带入书房，打开椅子旁的一盏灯。

"你们俩都在啊，"警探看看我，又看看罗伯特，"你们俩又凑到一块儿了，我有个问题：这究竟是巧合，还是因为你们喜欢讨论有关死人的事？"

我擦擦额头。我真希望自己刚才在心理诊所里吃了那不知放了多少天的意面。现在我胃里空空，饿得发慌，只觉得头重脚轻。可眼下我需要用所剩无几的脑力和萨克斯警探斗智。"我们看到了新闻，"我说，"不过我很惊讶没看见你出现在现场。"

"我去过一次，不过那是上一回那里死人的时候。现在特别调查小组和联邦调查局已经接手了这起案件。警探已经去斯科特·海顿家里了。可我觉得可以先顺道来这里拜访一下。我事先打过电话，可没人接听。"

我看向厨房。我回到家时把手提包扔在厨房的料理台上，手机就放在手提包里。"抱歉，"我说，"我的手机落在厨房里了。"

"好吧，让我们来看看究竟发生了什么事，"萨克斯警探说，"两个连环杀手死亡当天早上，一个孩子跑回自己家中。我会调查斯科特是否与这两人的死有关，不过在那之前，我想听听你的看法。尤其是考虑到当天上午约翰·艾伯特曾经给你留过语音留言，你就没有发觉什么？"

我和罗伯特对视一眼，然后马上把目光移开。除了我和罗伯特本人，还有多少人知道是他杀死了约翰？

而罗伯特是怎么知道约翰就是血腥之心杀手的？对于这个问题，我依然百思不得其解。

萨克斯警探看看手里的记事本："你当时就是这么说的，对吧？你说约翰给你留了一条很短的语音信息，在语音信息中他要求你给他打个电话，对吧？"他抬起头，"你想改变之前的说法吗？"

"你刚才说什么？两个连环杀手？"我皱皱眉，"你们找到确凿的证据证明布鲁克也参与其中？"

"她肯定知情。想想看，那家伙把受害人都关在自己家里……"警探无奈地叹了口气，"你有什么要告诉我的吗？我这么和你说吧，医生。你的一个病人是这一系列惊天大案的真凶，你也会因此受到诸多关注。"

他说得没错。接下来我要说的话或许会导致我的行医执照被吊销，不过我管不了那么多了。"约翰杀了自己的妻子，"我开口说道，"我不能百分之百确定，不过我知道他一直都有杀妻冲动，他来我这里接受心理治疗的目的就是抑制这种冲动。在这一年里，他每次来赴诊我都要听他不停地说想杀死自己的妻子。或许你们已经对布鲁克进行了毒物筛查，不过如果换作是我，我会关注她体内的某种维生素含量是否异常。布鲁克服用治疗心脏病的药物，某些维生素和这种心脏病药物一起服用会导致致命后果。"我走了几步，在距离我最近的椅子上坐下。我终于把藏在心里一直想说的话说出来了，说完之后我马上感到一阵轻松。

萨克斯警探低头看着我，仿佛在看一个疯子："约翰·艾伯特想杀死自己的妻子？你想让我相信你正是为了解决这个问题才为他提供心理治疗的？"

"没错。还有，约翰的心理治疗档案就在我家。如果有需要的话，你只管拿去。"我说。

"哇！突然之间你就变得那么配合了，至于是不是泄露了病人的秘密你也不在乎了。"萨克斯警探看着我，他的眼中流露出难以掩饰的厌恶。"你应该一开始就告诉我的，"他说，"这样我和警局就不用浪费那么多时间了。"

"他们都已经死了，"我直白地说，"至于那些被囚禁的少年，我并不知情。我以为约翰只是一个妒火中烧的丈夫，想要压抑自己伤妻杀妻的冲动。"

"我认为莫尔医生不应该继续说下去了。"罗伯特插手干预了。这个刚才还想杀死我的男人现在居然在维护我的合法权益？好感人啊！

萨克斯不说了。我朝他挥挥手，示意他说下去："你只管问吧。"

"约翰·艾伯特把那些男孩囚禁在阁楼里，捆在床垫上，可他从来没有对你提起过，对吗？"

对于心理医生而言，这对杀手和这一系列案件就如同令人叹为观止的奇景。我尽力不让自己沉溺其中，然而这里边的细节依然让我着迷。布鲁克知道约翰所做的事，她很可能对那些受害者产生好感，他们把那些男孩囚禁在自己家里……

萨克斯和罗伯特都不说话，等我开口。我赶紧收回自己的思绪，摇摇头。"不，他从来没有提过，甚至没有过任何暗示。"我说，"我一看到新闻就赶回家了。我想看看他的心理治疗档案，看看我是否有所遗漏，不过……"我看看萨克斯警探，又看看罗伯特，继续说道，"我觉得我没有遗漏什么。约翰因自己心中的伤妻杀妻冲动而害怕，跑来接受心理治疗；与此同时，他又囚禁折磨并杀害那些孩子——这两者并行不悖，也没有任何联系。约翰身为血腥之心杀手，行残忍之事，可他对此并不会感到良心不安。如果我没猜错的话，他甚至会乐在其中。可是当他产生了要伤害布鲁克的念头……他被自己的想法吓坏了，所以他才来找我。只是我一直没有意识到自己面对的正是血腥之心杀手。"我自知理亏，只得勉强承认自己的不足。

萨克斯警探脸上的表情明明白白地表露他心中所想——他认为我身为心理医生的业务水平实在不怎么样。随他怎么想好了，现在我也不在乎。我已经竭尽所能，将搜集来的信息整合起来。没错，我是有所隐瞒，不过那是为了保护自己的职业生涯不受影响，罗伯特也一样，或许萨克斯警探也一样。我们都在进行自我保护，而自我保护本来就是人的天性。

"这么说，是约翰杀了布鲁克？"萨克斯警探问道。

"我很肯定就是约翰杀了布鲁克。我之前也说过了，我建议你们检测布鲁克尸体内所含的药物。"

"那么又是谁杀死了约翰？"

罗伯特眉头紧锁。现在正是生死攸关的时刻。我可以把实情告诉萨克斯警探。他有枪，可以保护我，可以马上逮捕罗伯特，把他带走。而这么做也是在履行我的公民义务，不是吗？然而我并没有这么做。我调整自己的表情，装出一副茫然的样子。

"我记得是你告诉我约翰是自杀的，他捅了自己腹部一刀。"我说。

"的确……"他缓缓说道，"可现在我们了解到更多信息，这件事似乎也没那么简单了。某些人想要他的命，而且动机非常合理充分。"他看了一眼罗伯特，"就拿凯文先生来说吧，你的儿子是被血腥之心杀手杀害的第六个受害者，你应该能理解究竟是怎么回事。假设受害者父母已经知道约翰就是血腥之心杀手，如果这时我们把一把刀塞到受害者父母手中，我敢肯定他们会毫不犹豫地捅死他。你说是吧，凯文先生？"

我紧张得直冒汗，罗伯特却很镇定。"我会剖开他的肚皮，就像杀一条鱼一样。"他毫不犹豫地说。

萨克斯警探咯咯直笑。他居然笑了——看来面对杀人凶手而浑然不觉的不止我一个。警探的目光再次落到我身上："这么说你认为结合当时他的心理状况，他是有可能自杀的？"

"他对自己的妻子抱着无望的爱。假如他一时控制不了自己，伤害了她，甚至杀了她……对，没错，他很可能因此自杀。约翰自杀一事或许在意料之外，却也在情理之中。"萨克斯警探和罗伯特都站着，我也只好撑着椅子的扶手勉强站起来。

"好吧，"警探点点头，"如果还有问题要问，我会和你联系的。凯文，看来这回你的委托人运气很好嘛。"

"在我看来，这可不算是什么好运气，"罗伯特说，"不管怎样，汤普森的人生算是被毁了。"

"那样的话就起诉斯科特·海顿吧，别起诉我们警局。"他将记事本塞进衬衫的口袋里，"莫尔医生，请不要离开本地。警方或许会要求你上缴那些档案。"

"如你所愿。"我尖酸地回了一句。我骗了他，让他以为约翰是自杀的，可我对此并没有感到半分愧疚。

警探离开之后，罗伯特一直站在玄关。他转身面对我，我们之间只隔着几英尺的距离，但我们谁都没有说话。

"不要因为布鲁克的死而感到愧疚，"他粗声粗气地说，"她和约翰一样，都是恶魔。约翰临死之际把一切都告诉我了。"他闭上眼睛，痛苦地吸了一口气，接着说道，"他们的所作所为真的很可怕，格温。约翰在肉体上摧残那些孩子，而布鲁克残忍地玩弄他们的感情。这是约翰和布鲁克之间的一场游戏——感情与性的游戏，那些孩子只是他们的玩具。布鲁克死得不冤。即使她以更加惨烈的方式死去，那也是她活该。"

我交叠双臂，抱在胸前。"我不想心怀愧疚，"我说，"可是没有办法。现在我觉得更愧疚了，只不过引发愧疚的原因和之前不同而已。"

在外面的街道上，警探的车子发出轰鸣，如同一头沉眠的活物醒了过来。罗伯特握着门把手，拉开前门。"再见了，格温。"他说。

我向前一步："等等，罗伯特。"

他不理我，只是走进门廊，把门关上。我正要跟上去，差点被迎面而来的门板打个正着。我赶紧后退一步，透过门板上那薄薄的玻璃看着他。他步入暗沉沉的前院，没有回头。几秒钟之后，路边的一辆车亮起车灯，开走了。

我插上门闩锁，然后跑进厨房，把侧门的门闩锁也插上。刚才我居然没有锁门！一想到这我就生自己的气。我回到工作室，坐下来，拿起罗伯特的那把刀。他没有带走这把刀。这把刀曾经摆放在他家的多宝阁上，不过他并没有告诉我有关这把刀的故事。我把玩了一下，然后打开抽屉，把刀放进去，看着摆在面前的档案文件，不由得叹了口气。

一个小时前，我正在疯狂地翻看约翰的心理治疗档案，想从中找到一些之前被我遗漏的线索。现在我已经不想做这件事了。这么做还有什么意义？将来这些档案要上缴警方或法院，而我也会成为新闻故事里的人物，成为维基百科的一个词条，成为人们茶余饭后的谈资。我会作为"有史以来最无能的心理医生"而闻名于世。兰道尔·汤普森将被无罪释放，而斯科特·海顿……我皱皱眉，我不知道他将面临何种命运，不过他肯定会因妨碍司法而遭到起诉。而我呢？我的未来又将如何？

我不在乎。过去这一个月我一直为一个女人被谋杀而深感愧疚，这种愧疚感已经让我的一颗心都麻木了。然而这个女人竟然是个恶魔。现在，两个十几岁少年的鲜血让我的良心不得安宁。在接下来的几十年里，我会反复咀嚼约翰·艾伯特对我说过的每一句话。

一周之前，我还为能和兰道尔·汤普森会面而激动。我以为自己将要和血腥之心杀手面对面谈话——那可是终生难再遇到的大好机会啊！现在我终于知道，自己早就和血腥之心杀手见过面了。在近一年的时间里，我和他多次交谈。当这个洛杉矶最臭名昭著的杀手坐在我面前侃侃而谈时，我却在自己的笔记本空白处信手涂鸦。

我失败了，或许我终生都无法原谅我自己。

# 第42章

一个月后

斯科特·海顿躲在高高的草丛里，透过窗户盯着兰道尔·汤普森。兰道尔坐在桌前，他的椅子离桌子很近，啤酒肚抵着桌边。他叉起意大利面，送进自己口中。他目不转睛地盯着手中的屏幕，微弱的说话声飘出窗外——那声音来自他正在看的一部情景喜剧。

斯科特手中握着一把刀，这把刀是那天早上布鲁克塞到他手里的。他们早就计划好了，等约翰驾车驶离车道，他们就开始行动。布鲁克将他推出门外，亲吻他的前额，把刀塞到他的手里。"拿着吧，以防万一。"她说。至于这把刀会派上什么用场，他们并没有谈及。不过用这把刀来杀死兰道尔倒是很好的选择，布鲁克也会为他感到自豪。假如约翰·艾伯特真心爱着自己的妻子，他早就该这么做了。

可约翰并没有杀死兰道尔。据海顿家的律师说，现在这个浑蛋正打算起诉斯科特、斯科特的父母和警局，还要求一千万美元的赔偿。

这样的事不应该发生，布鲁克肯定不愿看到事情发展到这一步。正是她冒着莫大的风险，带着一盒子"小玩意儿"钻进那栋房子里，藏到床底下。而那栋房子的主人曾经强奸过她。所有这一切都是她精心策划的，目的就是让那个浑蛋最终受到应有的惩罚。在她读书的时候，她相信自己的老师，结果却被他侵犯。

这个教自然科学的老师——兰道尔·汤普森强奸了布鲁克。他强奸她时并没有戴避孕套。当她发现自己不再来例假时，她只得把实情告诉母亲。可她母亲根本不相信她的话。她带布鲁克去诊所做人流手术，手术过程中还不停地责骂她。

布鲁克告诉斯科特，当时没人相信她，学校里的女孩都管她叫"贱货"。没人相信她的话，就连她自己的父母也不信。她不得不一直待在兰道尔的班上，坐在前排听课。整整一个学期，她都能感觉到他那淫邪的目光在她的身上溜来溜去。

兰道尔强奸了她，遭到他强奸猥亵的可不止布鲁克一人。然而他一直没有为自己的所作所为付出代价，现在是时候了。斯科特悄悄地绕过房屋的一角，朝后门走去。屋内传出兰道尔的笑声。在斯科特身边，一台空调外机开始启动。

斯科特想着布鲁克，想着她亲吻他时那柔软的长发落在他脸上的感觉。他沿着狭窄的侧门廊走了几步，伸手握住门把手。

"斯科特。"

他吓了一跳，转过身，举起拳头准备自卫。他站着不动，朝幽暗的前院张望。一个瘦小的身影从黑暗中走出来。那人身上穿着蓝色天鹅绒连身裤，慢慢朝他靠近，斯科特放下拳头。"妈妈，你来这里干什么？"他低声喝道。

"把刀给我。"她说着走上微微下陷的木质门廊，来到他面前。斯科特还没来得及反应，妮塔就一把夺下了他手中的刀。"我们回家去。"她说。

"不要！"斯科特伸手去抢那把刀，而妮塔后退一步。她神色严峻，根本不给斯科特讨价还价的机会。"你不知道那家伙干了什么……"斯科特开口道。

"我们开车回家的时候你可以告诉我，然后我们一起找到解决的方法。拿着一把刀闯进一个人的家是不会有好结果的，我不能再失去你了。"她低声说道。她的嗓音因情绪激动而颤抖，眼中闪烁着泪光——斯科特实在是不忍面对。

微弱的笑声飘出窗外，斯科特回头看了一眼屋内。兰道尔继续吃着意大利面，根本没听到自家侧门廊上有人说话。

"来吧。"妮塔命令道。她抓住斯科特的前臂，用力将他拉走。她的力道很大。"回到车里，你可以原原本本地告诉我。"她说。

可斯科特不想和自己的母亲说这些事。他想要布鲁克，他希望能像之前他们计划的那样，和她共度余生。母亲不停地说布鲁克的坏话，简直让他无法忍受。母亲恨布鲁克，可她压根儿就不认识布鲁克。她不知道布鲁克在保护他，照顾他。她不知道布鲁克爱他。

每当他开口解释，母亲就用那种眼光看着他，仿佛他已经发疯了。

妮塔拼命拉扯斯科特的手臂，可他不愿离开。他回过头，透过窗户看向屋内。兰道尔·汤普森又拿出一瓶啤酒，拧开瓶盖。在这最后一刻，斯科特打算挣脱母亲的手，冲过去踢开房门。他想象自己用双手扼住那老头粗壮的脖子，用力，再用力，直到那张脸变成紫色，直到那张嘴吐出白沫。

他在脑海中勾勒出这样的场景，并沉醉其中。之后他跟着母亲，朝自家的车子走去。

# 第43章

两个月后

　　在为莉拉·格兰特进行心理治疗的过程中，我的手机响起了短信提示音。莉拉正在滔滔不绝地向我讲述昨晚她看的某部网飞出品的电影的情节，直让我昏昏欲睡。我瞄了一眼手机——短信是一个陌生号码发来的。我再次看向莉拉。

　　"最后的结局出乎意料，那家伙就是她的继父！不过如果不看到最后一幕，你根本猜不到。然后那家伙拿出枪，对着她的脸开了一枪！"莉拉的眼睛睁得大大的，我能清楚地看到她眼睛周围的紫色闪亮眼线。

　　"有意思，"我沉吟道，"所以你推荐我去看这部电影？"我已经在笔记本上写下了这部电影的名字，现在我在这个名字周围加上了花纹边框。

　　"哦，不，你已经知道剧情了，再去看也没什么意思了。"莉拉一脸沮丧，仿佛天塌下来似的。之后她又打起精神："我看新闻说洛杉矶警局开始调查兰道尔·汤普森性侵女学生的事了。"

"是啊,我也听说了。"

"血腥之心杀手系列案件受害者的几位母亲联合起来,创立了一个受害者援助基金——我觉得她们做得很好,简直是太棒了。她们现在是……开始调查以前的案件?"莉拉死死地盯着我。

我不知道她期望得到什么样的回答,只得点点头:"没错,的确很棒。"

的确很了不起。我一直密切关注新闻,我知道这个非营利性基金组织颇具影响力,并产生了积极的作用。这不仅是对得到帮助的受害者而言,创建基金会的几位母亲也受益匪浅。在她们的儿子被绑架期间,她们感到孤独无助;在发现儿子尸体的时候,她们只能独自承受悲伤。可现在她们已经联合起来,为了一个共同的目标而奋斗——帮助那些无法发声的受害者讨回公道。她们颇为强势,财力雄厚。之前没人理睬那些控告兰道尔·汤普森的女学生,现在她们已经成为这个基金会的首批法律援助对象。

"你知道吗?莎拉以前也在贝弗利高中读书。"

啊,对了,莎拉——莉拉痛恨的大姑子,甚至想杀掉她。

"我们俩一起在社交媒体上关注这起案件的最新进展。"

我等她说下去,说她恨不得用十大酷刑来拷问莎拉,从她嘴里掏出点信息,又或是想用一条笔记本电脑数据线将自己的大姑子勒死。

然而莉拉并没有这么说。

"这样不错啊,"我试探着开口道,"你们俩一起?还是……"

"哦,不,"她摇摇头,"我是说,她住在帕萨迪纳,不在本地。不过我们经常发信息讨论这事。她想和我一起去旁听这起案件的第一次听证会。兰道尔没有教过她，不过她当时也是那里的学生，几乎每天都能在教学楼的走廊里看见他。再说了，她还认识捷米·贺拉斯——就是其中一个受害人。她真的认识捷米，她们俩当时都是学校啦啦队的队员，也算是最好的朋友了。"莉拉满脸放光，"我在元宇宙上向捷米发出加好友申请。因为我已经是莎拉元宇宙账号的好友了，可不是什么猎奇分子，所以她也通过了我的好友申请。"她用手指绞着一绺头发，继续说道，"感觉很棒，莎拉通过捷米和这起案子扯上关系，而我通过你和这起案子也扯上关系，我们俩……怎么说呢？感觉我们俩真真正正地为这起案子的调查出了一分力。"

她说的话如同包裹着糖衣的毒药，我在心里仔细斟酌一番，决定对她的话不予置评。"这么说你和莎拉相处得还不错？"我问道。

"是啊，我觉得我已经不想杀死她了。"她皱皱眉，"不过……我不是说我不想来这里接受心理治疗了，我还有其他心理问题需要……"

我举起手，打断她的话。"我很高兴你能来找我，你也用不着为了上我这儿来就刻意培养你的暴力倾向，"我说，"以后你还可以上我这儿来，我们可以聊聊你想聊的话题，无论什么都行。"

"哦，那太好了！"她想跳起来欢呼，不过还是克制住了，只是坐在椅子里晃了两下。看到她的样子我很想笑，不过我还是忍住了。尽管莉拉这个人很可笑，不过在这段阴云密布的日子里，她现在流露出的真情就如同一缕阳光。我一直以为我的职业声誉会毁于一旦,然而,在血腥之心杀手身份被揭露后的一个月里,我的心理咨询业务反而蒸蒸日上。我接受了十几次采访;出版社提出让我就此事写两本书,不过我拒绝了;还有一群人正等着成为我的病人,急着向我诉说潜藏于他们内心深处的暴力倾向。相形之下,听莉拉大谈特谈电影、名流八卦以及她女儿的进步就变成了一种很好的调剂,令我神清气爽。莉拉的女儿麦琪现在按时去接受心理治疗,心理状况也有很大的改善。

几分钟之后,我把莉拉送出门,和她道别,让候诊室里的雅各来应付她。雅各非常擅长拍马屁奉承人,让他来对付莉拉再合适不过了。我走回桌旁,拿起手机,查看短信。那个陌生号码发过来的短信很短:

"好久不见,望你安好——罗伯特。"

我盯着这条短信,不知该如何回复。在那个决定我们命运的下午,他离开了我的家。从那时起他就消失得无影无踪了。他没有给我发短信,没有给我打电话。后来我登录他律所的网址,发现他的名字和简历已经不见了。我实在按捺不住自己的好奇心,亲自跑去他的律所。律所那扇光可鉴人的玻璃门上原本贴着他的名牌,可当我走出电梯,我却发现他的名牌不见了。他原来的办公室开着门,我看到一位女士坐在他原来的位置上。

我没有开车到他家去找他。在我看来,跑到他的律所去窥探已经很过分了。我认为假如罗伯特·凯文想和我说话,他会给我打电话的,就像现在这样……虽说发短信不等于打电话,不过也差不多。

我把手机放在桌上,把它推得远远的。我不知道该如何回复,我感觉自己的心正在怦怦乱跳,如同一群蝴蝶正在我的胸腔中飞舞——这肯定不是什么好征兆。这个人曾经跑到我家来要杀我。话又说回来,他最后并没有杀我,可是如果当时我没有让他相信我是无辜的,他会不会动手呢?

神志清醒的正常人不会动杀心,不过失子之痛足以让任何人失去理智。我不会因他杀死了约翰·艾伯特而责怪他,即使他认为我听任他的儿子被杀,将怒火和憎恨转移到我身上,我也不会责怪他。

在过去的两个月里,有关部门对约翰和布鲁克那令人毛骨悚然的杀戮史进行了巨细无遗的调查。尽管我认为约翰的心理治疗档案不会对调查工作有所帮助,我还是上缴了手中的档案。不仅如此,我还接受了累计几个小时的询问。所幸州政府相信了我的说法,并没有以妨碍司法的罪名起诉我。之后他们就将调查的重点放回到约翰·艾伯特和布鲁克·艾伯特身上。随着调查的深入,他们的发现也越发触目惊心。

艾伯特夫妇是血腥之心杀手系列案件的真凶,然而那并不是他们第一次作案。他们的第一个受害者是约翰的高中同学。假如我没有猜错的话,那个受害者曾经对约翰·艾伯特实施了性侵。除此之外,有关部门还对约翰工作的药店进行了彻查,结果发现大量归错档的文件和篡改过的处方。而受害者的又一共同点也浮出水面——在六个受害者之中,有四个是布雷尔药店的主顾。

我拿起手机,打算回复他。只不过是发一条短信而已,能有什么坏处呢?没事的。

"我很好。"我把这条短信发送了出去。

只是一条短信,肯定算不上调情,对吧?我把手机扔进手提包,凑近办公桌。我打算在回复完所有未读电子邮件之前都不看手机一眼。这时,细微的短信提示音从我的手提包中传出。

我打开邮箱——四封未读邮件。我点开其中一封,光是邮件的第一段我就看了两遍。好吧,我实在是忍不住了。我掏出手机,靠着椅背,点开刚收到的短信。

"我们一起喝一杯,聊聊近况,如何?"

喝一杯——感觉就是那么简单,能有什么坏处呢?我不假思索就回复了:

"当然,什么时候?"

# 第44章

两天之后，我们在南贝弗利车道旁的一家烛光酒吧碰面。一辆布加迪汽车停在酒吧门前，酒吧里光影摇曳。酒吧的老板娘是个整容过度的女人，浑身上下挂满了钻石首饰，却没什么头脑。罗伯特先我一步到达酒吧，坐在吧台前的一张金色高脚凳上。看见他时，我不由得停下脚步——我担心自己认错人。

才过了两个月，罗伯特·凯文就像变了一个人似的。他原本蓄着剪得短短的络腮胡，现在他的胡子变得浓密；他的头发乱糟糟的，染上一抹灰白色，和那浓密的大胡子正好相配；他的皮肤晒得黑黝黝的，眼眸闪烁着一抹前所未有的活力；他上身穿着一件有领的高尔夫球衫，下身穿着一条深蓝色短裤，裤管上还绣着小小的鲸鱼图案。

"哇！"我来到他身边，"你看起来……很有海滩风情嘛。"我低头看看自己的装束：我身上穿着海蓝色职业套装，脚上套着高跟凉鞋——我在心理诊所工作时就是这身打扮，没有回去换装。"或许我应该约在一个更舒适更随意的地方见面，再回家换身衣服。"我说。

他站起身凑过来，亲吻我的脸颊。他的胡子刮擦着我的皮肤，让我感觉如此陌生。他身上散发着椰子和肥皂的气味。"我喜欢你这身打扮，不过嘛……"他朝旁边的空位指了指，示意我坐下。"我还是喜欢你把头发放下来，"他说，"我是说真的。还有，想想把头发放下来之后会做的事……我也很喜欢。"他揪揪我的发髻，我拨开他的手。当我看到他偷走了一枚发卡，我不禁感到气恼。

"我倒希望你能稍微修剪一下毛发呢，"我皱皱眉头，"干吗把自己弄得跟穴居人似的？"

他微微一笑："我把职业正装统统扔掉了，连剃须刀也一起扔掉了。"他揪揪脸颊上的胡须茬儿，"你不喜欢我这个样子？"

"还好啦。"我不情不愿地回他一句，然后拿起酒吧的菜单。说实在的，他这个样子很帅，非常帅，帅到你想马上宽衣解带的程度。"你的委托人看到你这副模样会怎么想呢？"我问道。

"我不知道。我离开了律所，搬到威尼斯海滩去了。我在海边找到了一栋破败的旧房子，现在正在对那栋房子进行翻修。"他伸手来握我的手，我把手缩了回来，"你错了，你知道吗？"

"真是令人震惊的重大消息啊，"我面无表情地讥讽道，"我怎么错了？"

"我的金鱼还活着。"

我笑了起来："你把它带回家了？"

"是啊，我让它住在客房里。在挑选新居的设计方案时，它还给我提建议呢。它好像很喜欢住在海边。"

"感觉你也很喜欢海边啊。"我说。他看起来比以前瘦了，他身上那种紧张感也消失了。

"是啊,我喜欢威尼斯海滩。以前我一直想着在退休之后跑去加勒比海的某个小岛上,不过嘛……"他耸耸肩。

"你是害怕被引渡遣返吧?"我干巴巴地问道。

他哈哈一笑:"并不是因为这个,我不愿离开的原因可没这么不堪。"

我叫来酒保,点了一杯伏特加汤力酒。

"那又是为什么?"我继续问道。

"我之所以不愿离开,是因为你在这里。"

我顿了一下,感觉摸不着头脑。"那又怎样?"我说。

"我们还有些事没做完呢,"他看着我,"你能不能在你的接诊名单上再多加一个名字?"

我放下菜单。"实话告诉你吧,为病人舒缓悲伤情绪并不是我的强项。一般来说,我的病人心理更加阴暗。"

"我也有一些不可告人的秘密啊,我的心理也很阴暗。"他说。

"而且我的病人都要刮脸剃胡子。"

他做个鬼脸:"我也可以刮脸剃胡子。"

我伸出手,扯扯他下巴上那疯长的浓密胡须:"算了,还是留着吧。"

他把我所坐的高脚凳拉近,让我靠近他身边。"还有,我要把这个给你,"他说,"你把它落在我家里了。"

他往我手里塞了什么东西。我低头一看——是那枚翡翠戒指。"罗伯特……"我正要拒绝,可他打断了我的话。"别说了,他用命令的语气说,"我们已经讨论过了,这枚戒指是你的,拿着吧。之前我还想杀你,就把这当成我的谢罪礼吧,"他做个鬼脸,"好了,现在你能原谅我了吗?"

"我不知道。"我把戒指套在右手的无名指上,对他说,"那你呢?我没有及时发现约翰·艾伯特是杀人恶魔,你能原谅我吗?"

他端详我。他在我眼中看到了什么?他的瞳孔微微跳动,他正在解读、评判、揣摩从我眼中读到的信息。然后他说:"我觉得我早就原谅你了。"

不,他并没有原谅我,他很可能永远都不会原谅我。

"你怎么知道约翰就是真凶呢?"我问道。两个月来,这个问题一直困扰着我,让我百思不得其解。

他叹了口气——看得出他不愿回忆这件事,可我很想知道他到底发现了什么蛛丝马迹而我却没看出来。"加布的验尸报告,血液检测部分,"他转身面对吧台,拿起自己那杯酒,"他死前的胰岛素水平很正常,就像是他随身带着胰岛素泵一样。胰岛素泵当然不在他身边,而要维持这种水平的胰岛素,就必须对他进行静脉注射。"

"那你应该怀疑某个糖尿病患者才对啊。真凶是糖尿病患者,所以能给加布用药。"

"胰岛素注射药物有很多种,不同的病人使用的药物是不同的,某个病人所用的药物未必适用于其他病人。不过更重要的是,在加布失踪期间,药店从来没有通知我去取加布的药物。当时我没有留意到这件事,想想看,我的儿子失踪了,我都快发疯了，几乎连自己姓甚名谁都不记得了，怎么会在意有没有收到药店的取药通知呢？即使当时我留意到这事，我也会以为是药店的人知道加布失踪，觉得这些药派不上用场，因此没有通知我取药。不过几个月之后……在加布去世将近七个月之后，我去布雷尔药店买药，然后就想起了这事。"他看着我，继续说道，"我联系那家保险公司——我给加布购买的就是那家公司的医疗保险，结果发现已经有人取走了加布的药。那人不仅取走了胰岛素药物，还取走了他的药物吸入器。"

"所以你就认定约翰是真凶了？"

"不是这样的，"他叹了口气，啜饮一口啤酒，"之后我就对药店员工进行了背景调查，开始时我怀疑其他几个员工，浪费了很多时间。直到最后我才怀疑到约翰身上。"

"啊，原来如此。"加布·凯文因需要购买胰岛素而结识了约翰，而加布的父亲又循着胰岛素这条线索，发现约翰是真凶并杀死了他——这真是残酷的讽刺啊！

"在加布被绑架之前、被绑架期间和之后，我和约翰聊过不下十次，在聊天时我都提到了加布，然而我却一直没有怀疑他就是真凶。"他直视我的眼眸，"可我却认为你能看出他就是真凶，我真是个浑蛋。"

我耸耸肩："我的职业是心理医生，我本该看出其中的蹊跷。"就这件事而言，我们俩在某个时刻都犯过浑、撒过谎，所以就算扯平了，谁也不欠谁的。

"来，"他举起啤酒瓶，"干杯吧，'让我们怀抱自己的哀伤，哄它入睡'。"

我和他碰杯："干杯。"

当我听到这熟悉的祝酒词，我不禁面露微笑。我想起我们在那家破败的郊区酒吧见面的情景，感觉那就像是上辈子的事。当时我们还是路人，可我们的过往已经相互交织，只是我们还不知道而已。当时我们只想找点消遣，驱散心中的哀伤，摆脱困扰我们的问题。

威廉·巴勒斯[1]曾经说：没人能拥有生命，然而任何一个能拎起平底锅的人都能夺去他人的生命。他说得没错。夺人性命很容易，难的是活下去，在人生中寻求幸福。摆脱心中的哀伤和愧疚，学会爱他人，信任他人——我想循着这条路走下去，但我的内心却更喜欢"怀抱哀伤，哄它入睡"，这样的感受让我感到欣慰——这证明了尽管我的心已经伤痕累累，可我依然能对他人感同身受。

终有一天，我会摆脱过去，原谅我自己，过上正常的生活。可眼下我需要渡过难关，继续活下去。我还要在就诊病人名单上加一个名字，而我的新病人是一个胡子拉碴、肮脏邋遢的杀人凶手，身上散发着防晒油的气味，还养了一条金鱼作为宠物。

罗伯特握住我的手。这回我没有把手缩回去。

---

[1] 威廉·巴勒斯（1914—1997）：美国作家。

# 致　谢

　　写这本书的过程很有意思。一般来说，创作初稿就如同踏上一段孤独的旅程。你要熬夜熬到很晚，只觉腰酸背痛，旁边堆着一堆空汽水瓶。你的狗正在大声打呼噜，而你还想再写几百字。这个时候没人能帮你。你总不能把键盘递给某一个人，对他说："嗨！能不能帮我写完这章？"我和书中的角色仿佛身处一叶独木舟中，漂浮在湖中央，只能凭自己的力量将小舟划到彼岸。

　　可是……一旦来到彼岸，就会有一大群人来迎接我们。他们正等着接过那沉甸甸的手稿，向我们伸出援手。就这本书而言，在彼岸等我的是一群超级棒的人。我想对他们大加赞扬，对他们的赞颂我可以再写上两百页。然而，现在我只能言简意赅地向他们表示谢意。

　　莫拉·凯－卡斯勒，在过去这八年，你如同智慧的源泉，给予我诸多支持，为此我向你表示感谢。你一直对我和我的作品抱有信心。你为我的写作和我的职业生涯奉献良多，对此我不胜感激。

　　麦格·帕里克，这本书能诞生多亏了你。你就这部作品提出了自己的见解和看法，为本书情节提供了奇思妙想；我们对五六种设想进行了筛选，最后选中最合适的一种。为此我向你表示感谢。我很高兴这本书能以这样的面目问世，很高兴能成为托马斯&梅塞出版社大家庭的一员。你独具慧眼，为我提供了支持，我为此向你表示感谢。

夏洛特·赫斯切，是你对本书的编辑和反馈让这本书更具说服力。当我需要人推一把的时候，你不停地鞭策我；当我不愿修改书中某些部分时，你也尊重我的选择，并给予我自由写作的空间。你在深夜时分还给我打电话、发邮件。你或许想不到，你坚强的意志力和奉献精神令我动容。现在我们又有两本已经粗具雏形的书，我希望在未来我们能一起让更多的作品问世。

我还要向以下人员表达我的谢意：劳拉·布莱特，文字编辑莎拉·布莱迪，校对员吉尔·卡莱默，排版人员，封面设计人员和托马斯&梅塞出版社的团队。我为你们细心的工作、创造才能以及对本书的支持表示感谢。我要对你们所做的一切表达自己诚挚的谢意。

最后还要谢谢你们，读者。你们不知道你们有多么重要。谢谢你们选择了这本书，谢谢你们步入格温和罗伯特的世界。当我写作本书时，我乐在其中，因此我希望你在阅读本书时也能感受到同样的快乐。

敬请期待下一本书……

A.R. 托雷